KB211779

# 패밀리,
# 태국에 빠지다!

# 패밀리, 태국에 빠지다!

방콕 in 치앙마이 out 온 가족의 리얼 여행기

**초 판 1쇄** 2025년 03월 25일
**초 판 2쇄** 2025년 05월 20일

**지은이** 우미
**펴낸이** 류종렬

**펴낸곳** 미다스북스
**본부장** 임종익
**편집장** 이다경, 김가영
**디자인** 윤가희, 임인영
**책임진행** 김요섭, 이예나, 안채원, 김은진, 장민주

**등록** 2001년 3월 21일 제2001-000040호
**주소** 서울시 마포구 양화로 133 서교타워 711호
**전화** 02) 322-7802~3
**팩스** 02) 6007-1845
**블로그** http://blog.naver.com/midasbooks
**전자주소** midasbooks@hanmail.net
**페이스북** https://www.facebook.com/midasbooks425
**인스타그램** https://www.instagram.com/midasbooks



ISBN 979-11-7355-160-4 03810

값 20,000원

# 패밀리, 태국에 빠지다!

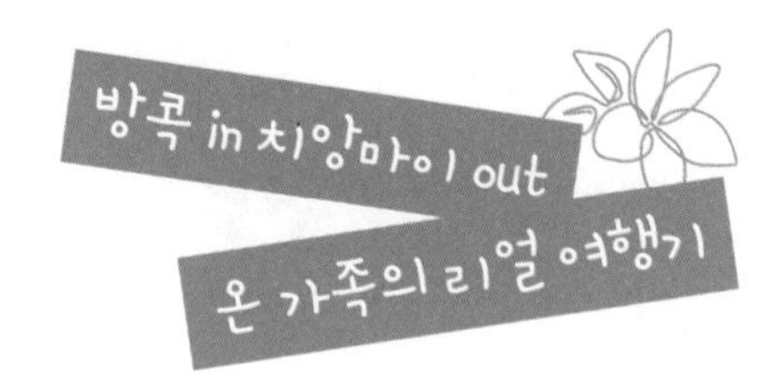

우미 지음

미다스북스

## 여행 전

살까 말까 망설여지는 물건이 있으면 그 물건은 구입하지 않는다. 반면에 갈까 말까 고민이 되는 여행이 있다면 두 눈 질끈 감고 그냥 간다. 살면서 가장 고민했던 여행의 순간은 서진이를 낳고 다시 회사로 돌아가기 직전 혼자 떠난 유럽 배낭여행이었다. 독일에 사는 친구가 자기가 있을 때 꼭 한번 다녀가라고 했던 말이 갑자기 왜 그때 떠오른 건지. 지금이 아니면 다시는 못 갈 것 같았다. 태어난 지 몇 개월 안 된 딸도, 아이를 돌보느라 힘드실 부모님도, 혼자 밥 챙겨 먹으며 회사 다니고 있을 남편도 기억의 저편에 있을 뿐 내 머릿속은 온통 유럽으로 가득 찼다. 결국 난 유럽행을 택했고 40대 중반이 된 지금 돌아보면 그게 유일한 내 유럽 여행이었다. '그때 가길 잘했다.'

나와 태국과의 인연은 26년 전으로 거슬러 올라간다. 대학 전공을 정하지 못해 갈팡질팡하고 있을 무렵, 이모부는 나에게 '태국어과'를 추천했다. 여행이 자유롭지 않은 시절부터 태국을 오가며 무역업을 하셨던 이모부에게 태국만큼 기회의 땅도 없을 때였다.(이모부는 나 역시 그 기회의 땅을 밟았으면 하셨다. 그 이후로도 가끔 태국에서 살아보지 않겠냐고 하셨으니까.) 무슨 마음이었는지 모르겠지만 이모부의 '태국' 이야기는 자석처럼 나를 끌어당겼다. 그때까지만 해도 태국은 가본 적도 없었다. 3박 5일의 동남아 여행 패키지에 늘 등장하는 나라 정도로만 알았지 태국에 대해 어떤 정보도 없던 시절이었다. 그렇게 들어간 태국어과에서 태국을 머리로 먼저 익혔다. 그리고 몇 년 후 태국을 실제로 방문하고는 완전히 빠져 버렸다. '내가 알고 있던 것보다 훨씬 좋잖아.'

순박하고 친절한 사람들과의 인연이 이어졌고, 덥고 햇볕이 쨍한 날씨도 마음에 들었다. 어디를 가든 초록색의 푸르름으로 가득 메워진 길이나 아름다운 자연을 곳곳에서 느낄 수 있으니 그냥 내가 지금 그곳에 있는 것만으로도 좋았다. 그리고 먹는 건 어쩜 하나같이 다 맛있는지. 놀라울 따름이었다. 동갑내기 친구 에이가 생기며 매년 태국에 가기 시작했다. 결혼을 한 이후에는 식구들과 함께 태국을 찾았다. 결국 남편과 딸도 태국을 좋아하게 되었다. 외국에서 오래 살아 서양식 문화에 익숙했던 남편은 '태국이 최고'라며 태국 여행에 힘을 실어 주었다.

그토록 많이 간 태국이지만 한 달 살기는 이번이 처음! 한겨울의 추위를 뒤로 하고 따뜻한 나라에서 보내는 한 달은 어떤 느낌일까? 생각해보니 예전에 태국을 방문한 건 늘 여름이었다. 문득 태국의 겨울이 궁금해졌다. 낯익고도 낯선 태국에서의 한 달은 그토록 바라던 일이면서도 동시에 왠지 모를 부담감이 느껴졌다. 하지만 시간이 지난 지금 돌아보니 방콕 한 달 살기는 정말이지 탁월한 선택이었다. 방콕 한 달 살기의 좋은 기억은 치앙마이 이 주 살기로 이어졌다. 아이는 치앙마이에서의 여행을 인생 최고의 여행이라고 했고 우리는 그때 만난 호스트 패밀리를 잊지 못해 그 해 또다시 치앙마이를 찾았다.

태국은 이미 잘 알려진 여행지라 여행 정보는 어디서든 쉽게 찾을 수 있다. 하지만 우리 가족은 태국에서의 소소한 일상을 즐기기로 했다. 체계적인 일정에 따라 관광지를 도는 것보다는 여행과 태국 현지인의 일상을 조화롭게 누려보려고 했다. 태국의 시간과 날씨는 우리와 다를지 몰라도 사람 사는 건 다 비슷하지 않을까? 백문이 불여일견(百聞不如一見)이다. 일단 가보자! 태국에서의 여행기, 지금부터 시작해 봅니다!

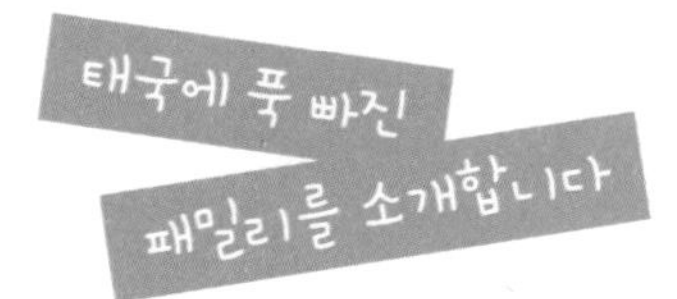


### 소심한 반면에 강단 있는 서진엄마, 우미(나, 45세)

초5 여자아이를 키우는 전업주부다. 관광통역안내사, 여행 컨설턴트, 관광가이드가 정말 하고 싶었지만 현실에 순응하며 지금껏 잘 살았다. 여행은 취미로 만족하고 살다가 더 늦기 전에 용기를 내어 여행 에세이를 내기로 결심했다. 태국어를 배우던 대학 때부터 태국살이를 꿈꿨다. 26년이 지난 최근에야 한 달 살기를 했고 지금은 또 다른 여행을 준비 중이다.

### 우리 집 재간둥이 서진(딸, 11세)

바깥세상을 어지간히 빨리 구경하고 싶었는지 칠삭둥이로 태어났다. 세상에 대한 호기심은 엄마 뱃속을 나와서도 여전하다. 떠나는 곳마다 잘 따라다녔고 새로운 곳에 가는 것을 좋아한다. 방학이면 떠난 여행을 통해 또 다른 세상을 경험하며 이제는 떠나기 전 본인만의 계획을 세우고 체크리스트를 직접 챙기는 경지에 올랐다.

### 모녀의 여행을 늘 응원해 주는 고마운 서진아빠, 다니엘(남편, 44세)

결혼 전에는 아주 다르겠거니 했는데 그냥 특이한 거였다. 우리 집의 '맛'을 담당하며 모든 요리에 고수를 넣어 먹는 걸 무척 좋아한다. 여행 계획을 세우거나 준비하는 건 싫어하면서 가는 건 좋아하니 여행 준비에 진심인 나랑 너무 잘 맞는다. 우리 집 에피소드의 중심에는 항상 남편이 있다.

### 든든한 버팀목 친정아버지(75세)

나 어릴 적 주말이면 가까운 곳이든 먼 곳이든 항상 데리고 다니셨다. 40대 중반이 되어서야 그게 쉬운 게 아니었단 걸 알게 되었다. 젊은 시절 똑소리 나는 분이었지만 이제는 서진이에게 인기 최고인 마음씨 좋은 할아버지! 허리가 아파 오래 못 걸으셔도 모든 일정에 적극적으로 참여하셨고, 새로운 음식을 맛보는 것도 좋아하고 방콕에서 하는 건 다 재미있어하셨다.

### 우리 집 분위기 메이커 친정엄마(71세)

아쿠아로빅을 하며 살도 빠지고 혈당수치도 좋아져 한참 예뻐졌다는 말을 들으시던 중 방콕 한 달 살기를 함께하셨다. 다니던 정형외과 원장님의 응원과 격려를 받고 기분 좋게 방콕행 비행기에 몸을 실었지만, 방콕 도착 2일째 코로나 확진이 되었다. 본의 아니게 방콕에서 그야말로 방콕을 경험한 셈! 여행 전에는 말도 안 통하는 곳에서 한 달씩이나 뭐하냐고 하셨지만 방콕 한 달 살기 후에는 매년 겨울에 방콕에 오고 싶다고 말씀하실 정도로 방콕의 매력에 푹 빠졌다.

목차

**여행 전** 005

**태국에 푹 빠진 패밀리를 소개합니다** 008

## 여행 1부

# 방콕과 사랑에 빠진 삼대 가족의 한 달 살기

1일 차 공항 방송으로 내 이름이 나온다 020
2일 차 그 나라 쇼핑몰에는 학원이 있다 023
3일 차 코로나, 찐 '방콕'을 경험하다 028
4일 차 도심 한복판에서 이모를 만났어요 030
5일 차 온 가족의 식사를 위해 나선 랑수언 로드 033
6일 차 방콕 예술문화센터(BACC) 찍고 조드페어 야시장 035
7일 차 미식가에게 아이콘시암을 추천합니다 039
8일 차 한 달에 한 번은 분위기 좋은 레스토랑으로 – 셀라돈 043
9일 차 삼 일만 더 따로 지내요. 046
10일 차 태국의 요아정, 요거트 랜드 049
11일 차 방콕의 신기한 택시 053
12일 차 베스킨라빈스 vs 스웬슨 057
13일 차 수상버스 타고 짐톰슨하우스 박물관에 가다 060
14일 차 까오와 함께 아쿠아리움 Sea Life 063
15일 차 태국 베프에게 생일파티 초대를 받다 067

16일 차 왕궁은 겨울에도 더워요 071
17일 차 이곳은 배달의 천국, 주말은 짜뚜짝 시장 075
18일 차 마담투소 박물관의 DJ와 댄서들 079
19일 차 BTS와 썽태우 타고 고대도시 무앙보란에 가다 083
20일 차 어린이 과학관(Science Center for Education) 방문하기 086
21일 차 아유타야 선셋투어 가는 길에 코끼리 타기 089
22일 차 야경맛집 촘아룬(Chom Arun) 093
23일 차 랑수언 길거리 음식과 세븐일레븐 그리고 복권 한 장 096
24일 차 어린이날, 레고시합에 출전하다 100
25일 차 아시아티크에서 마지막으로 만난 소중한 인연 103
26일 차 콘도야 안녕, 이비스방콕 리버사이드 호텔로 이동하기 108
27일 차 이번에는 부모님과 아시아티크 114
28일 차 수영장: 메리어트(구 호텔 뮤즈) vs 홀리데이인 vs 이비스 118
29일 차 끝나지 않을 것 같았던 방콕 여행 마지막 날 124

**방콕 한 달 살기의 소중했던 추억** by 친정아버지 128
**꿈만 같던 방콕에서의 한 달** by 친정엄마 130

## 여행 2부

# 왜 이제야 치앙마이에 왔을까

1일 차 편안함과 설렘이 가득한 치앙마이의 첫인상 140
2일 차 미술학원 Art for Kids School 143
3일 차 치앙마이 대학교 나머 야시장에서 머리를 땋다 150

4일 차 올드타운에서 삼왕상 구경하고 화덕피자 맛보기 154
5일 차 카페에서 병 페인팅에 도전하다 161
6일 차 어제부터 우리는 홈스테이 패밀리와 치앙다오 166
7일 차 코끼리 바지 입고 코코넛 마켓을 구경하다 172
8일 차 뭐, 코끼리 똥? 엘리펀트 푸푸페이퍼 파크 가기 176
9일 차 두 번째 버킷 리스트, 무에타이를 배우다 183
10일 차 키즈카페 After School 188
11일 차 로컬 네일숍을 방문하다 192
12일 차 현지인들이 가는 미용실에서 염색하기 197

**최고의 순간, 나의 첫 치앙마이 여행** by 서진 201

## 여행 3부

## 사랑하는 태국으로 또다시 떠난 패밀리!

1일 차 이 코트야드 호텔이 아닌데요 208
2일 차 차오프라야강에서 디너 크루즈 타고 우아하게 211
3일 차 또다시 찾은 아이콘시암 217
4일 차 마하나콘 스카이워크 & 야경맛집 타아룬(Tha Arun) 221
5일 차 수요일은 태국의 무비데이 226
6일 차 다시 만난 홈스테이 패밀리 – 빈, 플로이, 피글렛 230
7일 차 님만해민 전망카페 FOHHIDE & 고카트 타기 233

8일 차 태국 공주가 된 날, K-food를 알리다 237
9일 차 몬쨈 짚라인 & 지양과 도이수텝 야경투어 241
10일 차 홈스테이 패밀리에게 새우 낚시를 추천하다 248
11일 차 크리스마스이브의 핑강 & 크리스마스 선물 253
12일 차 반캉왓 예술인 마을에서 예술을 배우다 259
13일 차 샤부샤부 뷔페 Ryota에서 치앙마이 공항으로 265

**여행은 새로운 나와 춤추는 것 - 스윙댄스 같았던 태국 여행!** by 효정(지양) 269
**기대하며 다시 떠난 방콕, 치앙마이 여행** by 서진 272
**호스트 패밀리를 위한 특별한 선물** by 서진 274
**나에게 방콕이란 – 3분 인터뷰** by 서진아빠 276

**여행 후** 278

**부록**

## 태국 가족 여행 필수 팁

이 앱 추천합니다 283
한 달 살기 비용 285
여행지 추천 286
태국 가족 여행의 소소한 꿀팁 287
캐리어를 하나 더 사서 채워야 할까요? 기념품 리스트 291
꼭 알고 가세요! 비상 연락망 292
알아두면 좋은 태국어, 나 vs 서진이가 많이 쓴 태국어 293

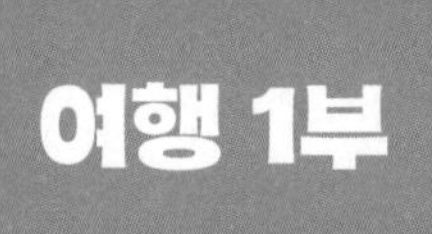

## 여행 1부

# 방콕과 사랑에 빠진 삼대 가족의 한 달 살기

"거울인가 싶은 조그마한 타일로 뒤덮인 반짝이는 사원을 보자마자 서진이가 감탄사를 연발하며 너무 좋아했다. 그러나 오 분쯤 지나자 느껴지는 더위에 서진이, 부모님 할 것 없이 빨리 나가자고 아우성이었다."

## 방콕에서 한 달이나 뭐할 건데?

### 항공과 숙소

코로나가 좀 잠잠해질 무렵, 나의 여행에 대한 본능은 꿈틀거리기 시작했다. 때마침 남편이 "이번 겨울에 방콕으로 며칠 여행 갈까?"라며 나를 더 부추겼다.

"며칠은 항공권 아깝잖아. 서진이랑 나는 한 달 갔다 올게."

즉석에서 '방콕'과 '한 달'이 결정되었다. 뭐부터 준비하지? 문득 코로나로 몇 년간 여행을 못 가신 친정 부모님 생각이 났다. 둘이 가나 넷이 가나 들어가는 돈은 비슷하잖아? 생활비도 아끼고 오랜만에 예전처럼 같이 지내고 좋은 생각이다! 바로 친정엄마께 전화를 했다.

"엄마, 우리 이번 겨울에 방콕 한 달 살기 갈 건데 같이 가시죠."
"뭐, 방콕? 한 달? 한 달이나 가서 뭐 할 건데?"

무려 한 달이나 여행할 수 있다는 설렘보다 한 달 동안 집을 비워두고 가야 하는 게 더 걱정된다던 부모님을 또 언제 같이 외국에서 살아 보겠냐는 말로 설득했다. 추운 겨울날, 따뜻한 곳에서의 한 달이 근사하지 않겠냐고, 감기에 걸릴 확률도 줄어든다고. 생각나는 건 일단 다 던지고 봤다. 귀여운 손녀의 애교도 부모님의 마음을 움직이는데 한몫했다. 결국 부모님은 한 달 살기를 함께하기로 하셨다. 젊은 사람들끼리면 새벽 시간도 상관없지만 부모님께서 나오고 들어가는 시간을 고려해 낮 시간에 움직일 수 있는 비행기 위주로 알아봤다. 드디어 항공권을 결정했다.

이제 숙소가 남았다. 시내 중심가이면서 저렴하면 좋겠지만 그런 곳은 찾기가 힘들다. 합리적인 가격에 부모님이 언제든 다니실 수 있는 시내 중심가의 콘도를 에어비앤비로 예약했다. 방이 두 개, 화장실도 두 개이니 넷이 지내기 괜찮을 것 같았다.(서진아빠는 방콕에 머무는 일주일 동안 근처 호텔을 예약하기로 했다.) 오랜만의 방콕 여행이라 가고 싶은 곳이 더 많아졌다. 항공권과 숙소가 해결되니 마음이 한결 편해졌다. 그럼 이제 여행 갈 준비를 본격적으로 해볼까?

### 왜 방콕을 선택했을까?

항공권이 저렴하다. 관광과 쇼핑 둘 다 완벽하게 가능하다. 쇼핑몰 안에 학원이 많다. 아이, 부모님과 함께 가 볼 만한 곳이 많다. 맛집과 카페가 많다. 음식이 맛있다. 마사지숍이 많다. 사람들이 친절하다. 근교 여행지가 많다. 두 시간 거리에 바다(파타야)가 있다.

### 항공

스카이 스캐너 앱, 네이버, 항공사의 프로모션 안내문을 보고 특가 항공권을 구입했다. 방콕을 오가는 항공은 주로 늦은 밤과 새벽에 출발과 도착이 많다. 낮 시간 항공은 대한항공, 타이항공, 에어 아시아가 있다. 참, 가끔 타이항공을 저가항공으로 오해하기도 하는데 타이항공은 태국의 국적기다. 시설과 서비스가 좋은 편이다.

### 숙소

숙박할 지역, 숙소의 형태(호텔, 콘도, 민박 등)를 결정한 후 숙소를 검색했다. 시내 중심가와 외곽의 가격 차이는 크게 나니 여행 일수나 목적, 여행 스타일에 따라 지역을 먼저 결정하는 것이 도움이 된다.(태국은 호텔을 제외한 곳은 보증금, 전기세와 물세, 와이파이, 청소 포함 여부 등을 확인해야 한다.) 방콕에서는 BTS 노선도를 보는 것도 숙소 결정에 도움이 된다. 네이버 호텔, 아고다, 트립닷컴, 에어비앤비, 콘도 자체 사이트, 페이스북(현지 중개사에게 문의)으로 숙소 예약을 할 수 있다.

1일차

## 공항 방송으로 내 이름이 나온다

며칠에 걸려 싼 짐을 마지막으로 점검하고 리무진에 올랐다. 여행을 가면 그곳의 향기를 듬뿍 느낄 수 있는 기념품을 한가득 사 온다. 그래서 늘 여행 일정보다 큰 캐리어를 챙겼다. 줄인다 줄인다 해도 한 달 동안 써야 할 짐이다 보니 28인치와 20인치 캐리어가 꽉 찼다. 기념품은 어디에 담아오지? 인천공항에서 부모님을 만나 무사히 수속을 마쳤다고 생각하는 찰나 수하물 검색대에서 내 이름을 불렀다. 도대체 무슨 일이야? 이런 저런 상상을 하며 가보니 벌레 퇴치용 스프레이가 문제였다. 작은 스프레이면 뭐든 다 되는 줄 알았더니 반입 가능한 스프레이의 종류가 있었다. 방콕 간다고 야심 차게 준비했던 벌레 퇴치용 스프레이는 그 자리에서 과감하게 폐기했다. 드디어 출국장을 통과하여 방콕 가는 비행기에 탑승 완료! 방콕의 12

비행기에서 바라본 풍경

월 하늘이 너무나도 궁금하다.

뉴하우스 콘도의 넓은 안방

수완나폼 공항에 잘 도착하여 예약해 둔 택시를 타자마자 잊고 있던 방콕의 교통체증이 생각났다. 그나마 낮이 아니라서 다행이다. 차가 안 밀리면 삼십 분이면 가는 거리를 한 시간이 조금 더 걸려 도착했다. 에어비앤비 사이트에 있는 사진과 다녀온 사람들의 후기 몇 개에 의존해 뉴하우스 콘도미니엄(New House Condominium)을 선택했다. 시내 한복판에 있다는 지리적 이점과 깨끗하게 정돈된 내부 모습이 마음에 들었다. '와, 생각한 것보다 훨씬 넓고 아늑하잖아.' 동남아의 집은 벌레와 공존(?)해야 하는 곳도 있는데 다행히 벌레가 없었다. 특히 짐을 정리하며 가장 좋았던 건 한 달 살기를 위한 수납장이 곳곳에 있다는 사실이었다. 캐리어의 짐을 다 빼서 진짜 내 집처럼 한 칸 한 칸 채워 넣고 한 달 살기를 시작할 수 있었다. 너무나도 소중한 수납장이었다.

짐 정리를 끝내고 우리가 간 곳은 센트럴 칫롬 백화점의 1층 푸드코트였다. 콘도에서 걸어서 일 분 거리다. 앞으로 수시로 들락거릴 느낌이 왔다. 방콕에서의 첫 끼는 부모님, 서진이와 다 같이 맛있게 먹을 수 있는 것으로 골랐다. 카우팟 꿍(새우 볶음밥), 팟타이 꿍(새우 팟타이), 무삥(돼지고기 꼬치), 딤섬, 오렌지주스!

센트럴 칫롬의 푸드코트

참, 태국의 오렌지주스를 강추한다. 초록빛이 도는 청귤로 만든 주스. 한 입 먹고는 설탕을 안 넣고도 이런 맛이 가능한가 처음에는 의심의 눈초리를 보냈다. 하지만 곧 목으로 전해지는 그 단맛이 인위적인 게 아니라 자연의 단맛임을 알아 버렸다. 오랜 비행의 피로가 싹 풀리는 맛있는 식사로 기분업이다! 매일매일 맛있는 태국 음식 먹을 생각에 행복해지는 밤이다.

2일차

## 그 나라 쇼핑몰에는 학원이 있다

새벽 네 시면 어김없이 기상하는 아버지. 방콕이라고 달라진 건 없었다. 자연스럽게 기상한 아버지와는 달리 엄마, 나, 서진이는 평소보다 일찍 눈을 떴다. 어제 짐을 풀며 발코니가 있는 큰 방은 여자방, 사방이 막힌 조용한 작은 방은 남자방으로 정했다. 큰 방 발코니 너머로 들려오는 차 소리가 여인들의 단잠을 깨웠다. 타의에 의해 일찍 기상을 한 서진이는 아침부터 입이 나왔다. 방학에만 허락된 늦잠을 방해받아서 기분이 별로라나. 그래도 방콕이라서 좋다며 금방 기분이 풀렸다. 가고 싶은 곳은 많지만 부모님, 서진이랑 함께해야 하니 페이스를 조절해야 한다. 세대를 아우르며 갈 수 있는 곳, 일단 오늘은 쇼핑몰이다!

방콕 여행 전 서진이가 다닐 영어학원을 여기저기 알아보았다. 미리 결정하고 왔으면 더 좋았겠지만 규모가 큰 국제학교는 한 달 동안만 수강하는 건 어려웠다. 비용도 부담이었다. 예전에 있던 그 많던 영어 학원들이 코로나로 없어지거나 일대일 수업으로 바뀌었다. 외국 친구들과 같이 수업을 듣고 싶으니 일대일 수업은 일단 제외했다. 그래도 다행인 건 방콕의 쇼핑몰에는 아이들이 다닐 만한 학원이 꽤 있었다. 결국 쇼핑몰로 직접 찾

센트럴 월드 앞의 전경

아가 발품을 팔기로 했다. 숙소에서도 멀지 않고 학원이 제일 많은 센트럴 월드 쇼핑몰이 딱이다.

센트럴 월드까지는 도보 이동이 가능했다. 칫롬역에서 씨암역까지 뻗은 스카이워크를 따라 걸으면 한낮의 더위도 피할 수 있다. 길 따라 양 옆으로 보이는 방콕 중심가를 구경하는 재미도 쏠쏠하다. 스카이워크를 걷다 보니 어느새 센트럴 월드다. 스카이워크와 연결된 센트럴 월드 이 층으로 들어가자마자 빙수 맛집인 '애프터유'가 나왔다. 눈치를 보아하니 다들 덥고 다리가 아프니 어디에 잠깐 앉았으면 하는 분위기다. 애프터유의 시그니처 메뉴인 망고 빙수(Mango Sticky Rice Kakigori)를 시키고 잠깐의 휴식을 가졌다.

애프터유의 시그니처 메뉴 망고 빙수

우리나라 설빙의 망고 빙수가 달달함이 가득한 진한 맛의 빙수라면 애프터유의 망고 빙수는 은은한 망고 맛에 쫀득한 찹쌀이 씹히는 깊은 맛이 느껴지는 빙수였다. 취향에 따라 선택이 달라질 것 같아 즉석에서 투표를 해봤다. 결과는 2대 2 동점. 나와 서진이는 설빙, 부모님은 애프터유를 선택했다. '부부는 일심동체'라는 말이 괜히 있는 게 아닌가 보다.

달콤한 시간을 뒤로하고 아이들의 놀거리와 학원이 모여 있는 6층 지니어스 플래닛 섹션(Genius Planet Section)으로 갔다. 입구에 들어가자마자 인형 뽑기가 눈에 들어왔다. 인형 뽑기는 다섯 번에 20바트였다. 아빠가 하는 인형 뽑기를 보기만 했던 서진이가 외할아버지의 응원을 받으며 첫 인형 뽑기에 도전했다. 뽑기 두 번 만에 좋아하는 포차코 인형을 득템했다. 아빠는 몇 번을 해도 못 뽑았던 인형을 두 번에 뽑다니… 단숨에 우리 집 뽑기의 신으로 등극하는 순간이었다.

목적지까지 오는 여정이 길고 길었다. 드디어 쉐인 영어학원(Shane

English School)에 도착했다. 수강 문의를 하니 평일은 일대일 수업뿐이고 주말에 다른 아이들과 함께할 수 있는 수업이 있었다. 처음부터 우리의 목적은 '학원에서 외국 친구 사귀기'였으니 주말 수업을 등록하기로 했다. 레벨테스트가 끝나고 나오는 서진이의 표정이 무척 밝았다.

"엄마, 태국 레벨테스트 진짜 짱이다. 시험도 안 보고 선생님이랑 같이 게임했어. 나 여기 다니고 싶어."

한국에서는 학원을 옮기려고 하면 늘 레벨테스트를 봐야 한다. 몇 시간씩 집중해서 문제만 푸니 아이들에게 부담이 된다. 부담감이 드는 건 엄마도 마찬가지다. 혹여나 아이가 실력 발휘를 못 하면 어쩌나 테스트 결과가 나올 때까지 마음을 졸이며 기다린다. 하지만 여기는 방콕이 아닌가? 레벨테스트를 재미있게 보고 나오는 서진이도 기다리는 나도 마음이 한결 편했다. 객관화는 전문가들이 해결해 주는 걸로 하고 우리도 재미있는 레벨테스트를 도입해 보면 어떨까? 하는 말도 안 되는 상상을 잠깐 해봤다. 테스트 결과, 학원에서는 더 높은 레벨이 있는 다른 지점을 추천했다. 하지만 우리는 여행자들이다. 학원도 가야 하지만 여행에 영향을 미칠 정도로 학원을 다니는 건 짐이 될 수도 있겠다 싶었다. 고민 끝에 콘도에서 도보로 이동이 가능한 이 지점에 등록하기로 했다. 학원 등록이라는 오늘의 미션이 끝났다. 같은 층을 둘러보니 영어학원이 하나 더 있고 태권도, 피아노, 댄스, 미술 심지어 우리나라에는 없는 클레이 학원도 있다. 서진이는 클레이 학원에 큰 관심을 보였다. 일일 특강도 가능하다고 해서 있는 동안 한 번 해보기로 했다.

6층의 학원가를 빠져나오니 쏨분씨푸드(Somboon Seafood)가 눈에 보였다. 예전에는 번호표를 받고 한참을 기다려 식사했던 곳이 이제는 분점이 많이 생겨 오래 기다리지 않아도 된다. 가끔은 본점에서 줄 서서 내 차례가 오기를 기다리던 그때가 그리울 때도 있지만 가족들과 함께 있다 보니 그런 낭만을 즐기는 건 사치다. 푸팟퐁커리와 농어 튀김, 칼라마리(오징어), 모닝글로리를 주문하고 푸팟퐁커리 국물에 원 없이 밥을 쓱쓱 비벼 먹었다. 푸팟퐁커리에 밥을 비빌 때는 볶음밥보다는 풀풀 날리는 동남아 흰 쌀밥이 제맛이다.

집에 돌아가는 길에 택시를 잡지 못해 툭툭을 탔다. 미터택시는 숙소까지 41바트였지만 툭툭은 깎고 깎아 200바트였다. 택시는 안 잡히고 툭툭은 부르는 게 값이니 어쩌겠어. 놀이기구 탔다 생각하고 앉아서 더운 바람을 받아들였다. 다행히 부모님과 서진이는 넷이 타기에 좁은 툭툭에 끼어 앉아 서로를 밀며 깔깔대고 있었다.

**여기서 잠깐!**

방콕의 쇼핑몰 내에는 어학, 미술, 음악, 태권도, 댄스, 발레, 클레이 등 다양한 학원이 있다. 학원비는 우리나라와 비슷하다.(학원이 있는 쇼핑몰: 센트럴 월드(Central World), 엠쿼티어 쇼핑몰(Emquartier Mall), 케이빌리지(K Village), 밤비니 빌라(Bambini Villa) 등)

3일차

## 코로나, 찐 '방콕'을 경험하다

우리의 방콕 삼 일째 날, 서진아빠가 일주일 휴가를 내어 방콕으로 오기로 한 날이다. 같이 콘도에 있기를 극구 사양하며 서진아빠는 콘도 주변 호텔을 예약했다. 방콕에서의 자유를 원하는 서진아빠를 누가 말릴까? 산책 삼아 콘도에서 호텔로 왔다 갔다 할 수 있고 한 달 살기에 며칠은 조식 뷔페도 괜찮을 것 같아 나도 적극 찬성했다.

첫 어학원 수업을 무사히 마친 서진이와 집으로 돌아오니 어제 오후부터 속이 좀 안 좋다던 친정엄마의 목소리는 완전히 쉬어 있었다. 설마 하며 코로나 진단키트로 검사를 했다. '악, 처음으로 마주하게 된 선명한 두 줄, 코로나였다.' 코로나가 기승이던 몇 년 동안 한 번도 안 걸렸던 코로나를 방콕에서 마주하게 될 줄이야. 서둘러 화장실이 있는 큰 방으로 엄마를 격리시키고 긴급회의를 시작했다. 콘도는 환기를 하려면 큰 방의 베란다를 열어야 하는 구조였다. 엄마가 계신 큰 방의 문을 열고 환기를 계속할지 환기는 포기하고 문으로 코로나 바이러스를 막으며 지낼지 아무리 생각해도 모든 것을 만족할 만한 좋은 방법이 떠오르지 않았다. 한 달 동안 네 명이 돌아가며 코로나에 걸리는 최악의 사태가 발생하면 한 달 살기를 접어야 한다. 차라리 다 같이 마스크를 벗을까? 일주일에 모든 걸 끝내자며 어른들이 먼저 마스크를 벗었다.

"난 코로나에 걸리기 싫어."라며 서진이가 마스크를 쓴 채 대성통곡하기 시작했다. 어찌나 시끄럽고 서럽게 우는지 나와 아버지는 다시 마스크를 쓰고 엄마가 계신 큰 방의 미닫이문을 닫아 버렸다. 그래도 여행이 일주일이 아니라 한 달임에 감사하기로 했다. 한창 즐겁게 비행기를 타고 날아오고 있을 서진아빠한테는 마음의 준비를 하라고 카톡을 보내 두었다. 환기가 되지 않는 작은 방과 거실에 셋이 모여 있으니 오히려 우리가 격리된 느낌이었다. 혹시 모를 추가 코로나 확진자를 대비하여 서진아빠는 콘도 방문 앞에서 인사만 나누고 호텔로 갔다. 휴가와서 혼자 일주일을 지내야 할 수도 있는 황당한 상황에 서진아빠도 그저 웃을 뿐이었다. 일단 오늘을 잘 넘겨야 한다. '제발 추가 확진자가 나오지 않게 해주세요.'

4일차

## 도심 한복판에서 이모를 만났어요

여행의 꽃이 무엇이냐고 물으면 무조건 조식 뷔페라고 외쳤던 나. 한 달 살기를 하며 생각이 달라졌다. 빵 한 조각에 커피 한 잔의 여유가 더 좋아졌다고 해야 할까? 맛있는 음식이 가득한 뷔페를 이리저리 둘러보며 골라 먹는 재미보다 간단하게 하는 식사가 좋아진 건 꼭 나이 탓만은 아닌 것 같다. 서진이가 큰 만큼 내 마음에도 여유가 생긴 것 같다. 그래도 공짜로 먹을 수 있는 조식 뷔페를 포기할 수는 없다. 엄마께는 죄송하지만 아버지, 나, 서진이는 서진아빠가 머무는 호텔로 가서 여유로운 아침 식사를 했다. 그리고 산책도 할 겸 아버지, 서진이와 함께 센트럴 엠버시 백화점으로 출발했다.

칫롬역에서 센트럴 엠버시를 향해 부지런히 걸어가고 있는데 "서진아." 하고 누군가가 서진이를 불렀다. 순간 내 눈을 의심했다. 이모랑 사촌 동생 지윤이가 신호등 반대편에서 걸어오고 있는 게 아닌가? 서울에서도 마주친 적 없는 이모와 사촌 동생을 방콕에서 마주치다니 정말 신기하고 반가웠다. 이모가 어제 방콕에 도착했다고 연락이 왔기에 코로나 때문에 못 만날 것 같다고 했다. 그리고 바로 지금 방콕 한복판에서 이모를 만났다.

횡단보도에서 우연히 만난 이모와 지윤이

이산가족 상봉한 듯 생난리를 쳤으나 그게 다였다. 같이 밥 한 끼 할 수 없는 상황이니까. 며칠 더 지나 다시 만나기로 하고 목적지인 센트럴 엠버시에 도착했다.

서진이의 레이더망에 크리스마스 쿠키를 만드는 코너가 걸려들었다. 센트럴 엠버시에서 200바트 이상 구매한 영수증이 있으면 무료로 쿠키를 만들 수 있었다. 영수증을 보여 주고 서진이는 신이 나서 쿠키를 만들었다. 멋진 쿠키가 완성되자 서진이는 쿠키를 누구에게 선물할 건지 행복한 고민에 빠졌다. 서진이 뒤에서 나와 아버지는 "저 쿠키 심하게 조몰락거렸는데 먹을 수 있을까?"라고 소곤거렸다. 쿠키 선물의 주인공이 되지 않기를 바라면서.

센트럴 엠버시에서

5일 차

## 온 가족의 식사를 위해 나선 랑수언 로드

어젯밤 서진이와 함께 남편이 있는 호텔로 이동했다. 엄마가 큰 방을 쓰시니 우리가 작은 방을 쓰고 아버지는 거실에 계셔야 해서 조금씩 불편했다. 두 분만 두고 오는 게 마음에 걸렸지만 조금 편하게 계시는 게 낫겠다 싶어서 며칠만 그렇게 하기로 했다. 아침에 눈 뜨면 입에 뭐라도 빨리 넣어야 하는 서진아빠가 눈 뜨자마자 한마디 했다.

"오늘은 호텔 조식 말고 다른 거 없을까?"

방콕의 호텔 조식을 좋아하지만 길거리 음식을 더 좋아하는 서진아빠. 침대에 편히 누워서 은근히 내가 나갔다 오기를 바라는 눈치다. 랑수언 로드의 아침 풍경은 어떨까 궁금하기도 하던 차라 길거리 음식을 사오겠다고 나섰다. 우와, 아침에 나오니 낮에는 안보이던 흥미로운 노점상이 꽤 많다. 아침 식사를 사먹는 태국 사람이 많으니 아침에만 문을 여는 곳들이다. 나도 현지인들 사이에서 이것저것 주문했다. 그래도 가격 부담이 없으니 좋다. 구경하면서 마실 타이 티(Thai Tea)를 한 잔 구입했다. 노점상 타이 티는 한 잔에 20바트. 진짜 저렴하지만 만드는 과정을 보면 안 먹으려는 사람이 있을지도 모르겠다. 캔 음료를 넣어 두는 아이스박스의 얼음을 꺼내 음료에 넣어 준다. 캔도 시원해지고 음료도 만들고 일석이조다. 처음에는 너무 충격이었지만 사람의 적응력은 끝이 없나 보다. 지금은 완벽하게 적응이 되어 이것도 '방콕의 맛'이라며 잘 먹는다.

가족들이 두 곳에 분산되어 있고 식사를 모두 내가 챙기니 하루가 그냥 지나갔다. 아무거나 시켜도 괜찮다는 부모님과는 달리 서진아빠와 서진이는 각자 먹고 싶은 것을 쉴 새 없이 주문했다. 서진아빠는 망고찹쌀밥, 서진이는 스파게티란다. 나는 또 부지런히 음식을 사러 나갔다. 처음에는 즐겁고 기쁜 마음으로 음식을 사러 다녔지만 양손이 무거워지고 덥고 배가 고프니 결국에는 화가 났다. 방콕에서 배달비는 천 원이면 충분하다. '내일부터는 무조건 배달이야.'

길거리부터 쇼핑몰까지 발품 팔아 구입한 음식들

참, 슬픈 소식이 있다. 아버지가 오후부터 목이 좀 잠긴다고 했다. 내일 아침에 코로나 검사를 해보기로 했다. 서진이와 나도 어쩌면 하는 불안한 마음에 마스크를 썼다. 그래도 함께라서 다행이고 완전히 낯선 나라가 아닌 태국이라 다행이다. 코로나로 며칠째 숙소 주변만 구경했다. 내일은 서진이와 BTS를 타고 어디든 가봐야겠다.

6일차

## 방콕 예술문화센터(BACC) 찍고 조드페어 야시장

아버지의 코로나 검사 결과는 예상한 대로 양성이었다. 그래도 부모님이 시간 차를 크게 두지 않고 거의 동시에 걸리신 거니 곧 함께할 수 있을 거라고 생각하기로 했다. 이로써 아버지도 휴식기를 가지게 되었다. 엄마는 이 동네 지리를 대충 알았다며 식사 해결도 알아서 할 거니 신경 쓰지 말라고 하셨다. 엄마가 요청하실 때만 식사 준비를 돕기로 했다.

오늘도 서진아빠는 눈 뜨자마자 길거리 음식을 원했다. 요 며칠 택시를 타고 다니며 눈여겨봤다며 룸피니 공원 앞 노천식당으로 가보자고 했다. 랑수언 로드에서 칫롬 반대 방향으로 계속 직진이다. 노천식당이 보이자 서진아빠는 도파민이 넘쳐나는지 확연하게 커진 눈으로 이 집 저 집을 다니며 반찬을 확인했다. 음식의 가짓수가 제일 많아 보이는 곳을 선택하고 음식을 주문했다. 원하는 반찬으로 한 접시 꽉꽉 눌러 담고 50바트를 냈다. 미식가인 서진아빠에게 너무나도 행복한 시간이었다.

방콕에 온 지 6일 차! 서진아빠는 일을 하느라 호텔에 남고 서진이와 둘이 나가 보기로 했다. 우리의 첫 방문지는 방콕 예술문화센터! BTS 내셔

널 스타디움과 연결되어 찾기 쉽고 서진이가 좋아하는 그림을 무료로 구경할 수 있다니 안 가볼 수가 없었다. 마침 소원 엽서를 만들어 크리스마스 트리에 다는 체험부스가 운영되고 있어서 서진이와 함께 즐거운 시간을 보냈다. 나는 할머니가 되어서도 서진이랑 여행 다닐 수 있게 해달라고 썼는데 서진이는 어떤 소원을 썼을지 궁금했다.

방콕 예술문화센터 내부

오랜만에 콧바람을 쐬는 것까지는 좋았다. 그런데 몇 시간을 쉬지 않고 걸어 다녔더니 발이 아팠다. 호텔로 돌아오는 길에 멀리서도 눈에 띄는 마사지 간판이 있었다. 발마사지를 받기로 하고 들어가니 마사지사는 서진이의 발 씻기를 생략하고 바로 발마사지를 하려고 했다.(아이라서 그랬던 것 같다.)

"제 발도 씻겨 주시면 안 되나요?"

서진이의 말에 발마사지를 받던 사람들과 마사지사들의 웃음이 터졌다. 서진이는 발을 씻겨 주니 만족스러운 표정이다 이내 잠이 들었다. 마사지숍을 나오며 서진이가 "발 씻겨 주는 시간이 제일 좋았어."라고 했다. 발을 안 씻고 그냥 마사지를 받았으면 정말 섭섭할 뻔했다.

발마사지로 피로를 풀고 오늘 하루를 편안하게 마무리하고 싶었다. 하지만 종일 방에 있던 서진아빠는 우리를 보자마자 야시장 이야기를 꺼냈다. 한 번 나갔다 왔으니 나가지 않겠다는 딸과 여행 막바지를 즐기려는 아빠 사이에서 난 누구 편을 들어야 하나 고민할 새도 없이 서진아빠가 이겼다. 조드페어 야시장으로 출발이다! 야시장에 가서 서진이 마음에 드는 걸 하나 사주겠다는 말로 서진이를 설득했단다. 요즘 가장 핫한 야시장은 조드페어다. 예전 야시장은 먹고 구경하고 쇼핑까지 한 번에 모든 게 가능했지만 조드페어는 먹는 게 대부분이다. 워낙 먹을 게 많아 선택하기가 어려웠다. 시장을 한 바퀴 돈 후 서진아빠는 최종 결정을 내린 듯했다.

"메인 메뉴 하나만 야시장에서 공략하고 나머지는 포장을 해서 호텔로 가져가자. 맛있는 게 너무 많다."

역시 기대를 저버리지 않는 서진아빠다.(심지어 1년 365일 다이어트를 한다.) 야시장을 한 바퀴 돈 후 조드페어의 상징과도 같은 랭쎕을 먹어 보기로 했다. 뼈찜을 탑처럼 쌓아주는데 아주 먹음직스러워 보였다. 랭쎕을 먹으려고 기다리는 사람들의 줄이 식당을 에워싸고 있었다. 다행히 줄은 생각보다 빨리 줄어 들었다. 처음 먹는 랭쎕은 고기가 진짜 야들야들해서

조드페어 야시장의 랭쎕 맛집

입안에서 살살 녹았다. 많이들 랭쌥과 감자탕을 비교한다. 나는 청양고추를 넣어 매콤하면서도 고기가 아주 부드러운 랭쌥을 랭쌥 그 자체로 기억 속에 남겼다.

**여기서 잠깐!**

야시장이 아니더라도 프랜차이즈인 짭앨리(Zaab Eli) 레스토랑에서 랭쌥을 맛볼 수 있다.

7일차

## 미식가에게 아이콘시암을 추천합니다

우리나라는 참 살기 좋은 곳이다. 사계절을 온전히 느낄 수 있고(태어나서 눈 구경을 한 번도 못 한 방콕 친구도 있다.), 한겨울에도 수영이 가능한 실내 수영장과 온수풀이 있다. 밤에도 안전하게 거리를 다닐 수 있고, 24시간 문을 열고 손님을 맞이하는 편의점과 식당이 있다. 아쉽게도 태국에는 실내 수영장과 온수풀이 없다. 동남아는 한겨울도 우리나라의 여름 날씨이니 매일 수영을 하리라 생각한 건 나의 착각이었다. 수영장이 그늘에 있으니 발만 담갔을 뿐인데 온몸이 추웠다. 그제야 왜 외국인들이 수영은 안 하고 썬베드에 누워 햇볕만 쬐고 있었는지 알았다. 추워도 수영을 하겠다는 서진이의 입수가 시작되었다. 하지만 수영장에 들어간 지 십 분도 안 되어 입술이 파래졌고 기대했던 수영은 그렇게 끝이 났다.

모레 새벽이면 집으로 돌아가는 서진아빠와 오늘은 어디를 가볼까? 방콕에서 딱 한 곳만 갈 수 있다고 하면? 아이콘시암이 떠올랐다. 길거리 음식부터 고급스러운 음식까지 한 번에 해결할 수 있는 곳!(서진아빠를 위한 곳이라면 '맛있는 먹거리'가 가장 중요한 포인트다!) 쇼핑도 하고 차오프라야 강을 따라 방콕 시내를 볼 수 있는 전망대도 있다. 저녁이면 건물 밖의 멋진 분수쇼를 구경하며 멋진 야간 조명 아래에서 인생샷을 남길 수 있다.

아이콘시암 테라스에서 바라본 차오프라야강

BTS를 타고 아이콘시암으로 가는 무료 셔틀보트 선착장이 있는 사판탁신역에서 내렸다. 셔틀보트를 타는 곳은 사람이 정말 많았다. 하지만 끝없이 사람을 태우는 기네스북감 보트 덕분에 오래 기다리지 않고 배를 탔다. (무료이던 셔틀보트는 아쉽게도 이후 유료가 되었다.) 그렇게 차오프라야강을 건너 아이콘시암에 도착했다. 아이콘시암은 가까이서 보면 훨씬 더 화려하고 아름답다. 낮과 밤의 모습이 많이 다르기에 낮부터 밤까지 머물기를 추천한다.

아이콘시암

아이콘시암 식당가에는 유명한 식당이 정말 많다. 예전에는 방콕에 오면 맛집을 하나씩 찾아다니는 재미가 있었다. 태국을 자주 여행하는 사람들끼리 '본점 외에 이 지점이 어디에 있더라.', '어디가 맛집이다.' 등의 정보를 교환하며 작은 정보라도 하나 받으면 얼마나 좋아했는지. 이제는 그럴 필요가 없다. 일단 정보가 많지 않아도 아이콘시암에서 웬만한 건 해결이 가능하다.

한 층에만 식당이 몰려 있던 예전의 쇼핑몰과는 다르게 각 층의 곳곳에 카페와 식당이 있다. 그중에서도 지하 1층 격인 G층에 있는 쑥시암은 굳이 야시장에 가지 않더라도 야시장 분위기를 즐기며 유명한 음식들을 맛볼 수 있다. 식당이 제일 많은 6층에 위치한 인공폭포는 그 신비로운 모습에 지나가던 사람들도 발길을 멈추고 구경했다.(진짜 강추다. 다채로운 색의 향연이 벌어지는 폭포의 멋진 모습을 보고 온 가족이 감탄했다.) 이외에도 팟타이 맛집인 '팁싸마이', 수끼 맛집인 'MK Live', 농어튀김이 유명한 '랜자런 씨푸드', 디저트나 음료가 유명한 '애프

아이콘시암 식당가의 인공 폭포

터유', '팡차', '아라비카 커피(일명 응커피)'까지 없는 게 없다.

우리가 선택한 곳은 팟타이 맛집 '팁싸마이'였다. 카오산 로드의 팁싸마이 본점은 오래된 가게의 분위기까지도 너무 좋은 기억으로 남아 있다. 아이콘시암의 팁싸마이는 럭셔리 그 자체였다. 본점에서 몇천 원짜리 팟타이만 먹다가 몇만 원짜리 팟타이를 처음 본 나는 크게 당황했다. 그래도 여기까지 와서 안 먹어 볼 수는 없을 것 같아 새로운 팟타이를 주문했다. 맛을 솔직히 이야기해도 되려나? 굳이 프리미엄 메뉴를 선택하지 않아도 될 것 같다. 팁싸마이의 팟타이는 그냥 다 맛있다. 한 달 살기를 하는 동안 팁싸마이에 세 번 더 갔는데 오늘을 제외한 날은 오리지널 팟타이를 시켰다.

참, 오렌지주스도 꼭 시켜야 한다. 태국의 오렌지주스가 맛있다는 건 앞에서 이야기했다. 그 맛있는 오렌지주스 중에 최고봉은 팁싸마이의 오렌지주스다.(가격이 비싸기는 하다.) 팁싸마이 오렌지주스를 '안 먹어 본 사람은 있어도 한 번만 먹은 사람은 없다.'에 무조건 한 표다.

8일 차

## 한 달에 한 번은
## 분위기 좋은 레스토랑으로 - 셀라돈

이모와 지윤이는 홀리데이인 칫롬에서 지냈다. 며칠이 지나도 코로나 추가 확진자가 나오지 않자 이모가 놀러 오라고 연락을 했다. 나 어릴 적부터 예쁜 옷과 신상 과자를 사주시던 이모. 이제는 그 사랑이 서진이한테까지 내려갔다. 우리를 늘 챙겨주는 고마운 이모다. 덕분에 오늘은 새로운 수영장으로 출동이다. 홀리데이인 수영장은 호텔 한가운데서 온몸으로 햇볕을 받아들이고 있었다. 반짝이는 수영장 물을 보며 수영이 가능할 것 같은 행복한 예감에 발을 살짝 담갔다. 아, 이런. 호텔뮤즈 정도는 아니었지만 물이 차갑다. 그래도 수영을 못할 정도는 아니었다. 한낮의 햇볕이 너무 좋아서 서진이와 지윤이는 수영장으로 몸을 던졌다. 사이좋게 수영을 하며 이리 갔다 저리 갔다 넓은 수영장을 돌아다녔다.

홀리데이인 칫롬 수영장에서

"지윤이 언니랑 같이 수영하니 너무 좋다. 행복해."

(지윤이는 서진이에게 오촌 아줌마지만 서진이는 지윤이를 아줌마도 이모도 아닌 언니라고 불렀다. 나랑 띠동갑인 지윤이가 자기는 언니라며 서진이가 어릴 적부터 호칭을 정해줬다.) 지윤이 덕분에 오늘 수영은 최고였다. 서울에서 곧 만나자며 몇 번이나 인사를 했다.

삼 년 전 세 식구가 방콕에 왔을 때 서진아빠의 친구가 수코타이 호텔 셀라돈(Celadon) 레스토랑을 추천했다. 그때 먹었던 포멜오 샐러드의 맛을 잊지 못해 다시 셀라돈을 찾았다. 미국 잡지 〈트래블앤레저〉에서 선정한 최고의 레스토랑이자 미슐랭 선정 레스토랑이라는 문구가 인상적이었던 곳이다. 오늘은 코로나의 영향인지 예전보다 좀 조용해진 느낌이었다. 태국 전통 공연도 있으니 공연 시간에 맞춰 예약하면 좋다. 방콕에 한 달 있을 거라 식사 때마다 예산을 생각해 적당한 곳을 찾아다녔다. 오늘은 보통 때와 다르게 통 큰 지출을 했다. 서진이는 고급스러운 음식과 멋진 공연에 반한 분위기였다.

"엄마, 너무 좋다. 한국 돌아가기 전에 할아버지, 할머니랑 다시 와보고 싶어."

셀라돈 레스토랑의 공연

비싼 식당 가는 것보다 맛있는 식당 여러 번 가는 게 더 좋다며 사양하신 부모님 덕분에 다시 오지는 못했지만 서진이의 마음이 참 예뻤다. 식사하고 돌아오며 호텔 체크인 때 받은 '웰컴 드링크' 쿠폰이 생각났다. 밤 시간임에도 아이와 함께 라운지 입장이 가능하다고 해서 구경 삼아 올라갔다. 멋진 라운지를 그것도 저녁에 처음 와 본 서진이는 자기 스타일이라며 빈자리를 찾아 앉았다. 멋진 야경을 즐기려는 사람이 많은지 칵테일을 주문하고 한참을 기다렸다. '분위기고 낭만이고 아빠, 엄마는 너무 피곤하다, 서진아.' 우리의 마음을 아는지 모르는지 서진이는 연신 주위를 둘러보며 그곳의 분위기를 즐기고 있었다.

"내일은 아빠가 돌아가는 날이라 짐도 싸야 하니 칵테일이랑 주스가 나오면 들고 방으로 가자."

너무나 아쉬워하는 서진이를 데리고 방으로 왔다. '엄마가 소싯적에 술은 못 마셔도 클럽 가는 건 좋아했는데 너도 그런 거니, 서진아?' 서진아빠 스타일은 아니니 아무리 생각해도 왠지 나를 닮은 것 같다.

**여기서 잠깐!**

셀라돈(bangkok.sukhothai.com/en/dining/celadon)
더 수코타이 방콕 호텔 내 위치해 있다. 홈페이지에서 예약이 가능하며, 오후 다섯 시부터 밤 열한 시까지 운영한다. 공연은 하루 2회로 일곱 시 삼십 분과 여덟 시 삼십 분이다. 복장 규정이 있으니 짧은 바지, 남성의 민소매, 샌들이나 슬리퍼는 출입이 제한된다.

9일차

## 삼 일만 더 따로 지내요

숙소를 결정하며 제일 고려했던 것은 위치이다. 부모님께서 운동 삼아 쇼핑몰을 다닐 수 있는 곳 근처에서 숙소 검색을 시작했다. 엄마는 햇빛을 아주 싫어한다. 그래서 아무리 좋은 자연이 눈앞에 펼쳐져 있어도 잘 움직이지 않는다. 그런데 쇼핑몰에서는 물 만난 고기처럼 다니신다. 엄마 혼자 다닐 수 있는 쇼핑몰이 근처에 있다면, 방콕에서의 삶이 모두에게 풍요로워질 거라고 생각했다.(아버지는 늘 엄마와 함께하시니 엄마만 움직이면 자동이다.) 그렇게 찾은 우리의 숙소는 센트럴 칫롬 백화점에서 도보로 딱 일 분 거리다. 밥 먹고 나서, 운동 삼아, 심심할 때, 심지어 밥 먹다 말고 무언가 모자란 게 있을 때 센트럴 칫롬으로 향했다. 심지어 다른 곳을 다녀오거나 BTS를 타러 갈 때도 이곳이 지름길이라며 센트럴 칫롬을 통과해 숙소로 들어가곤 했다. 내가 없어도 부모님이 아주 불편하지는 않으실 것 같아 다행이었다.

오늘은 서진아빠가 한국으로 돌아가는 날! 방콕에 와서 구경도 제대로 못하고 혼자 지내고 일만 했다며 무척 아쉬워했다. 구경보다는 맛집을 많이 못 가서 아쉬운 마음이 더 큰 거겠지? 다음에 오면 그때는 매일같이 맛집 방문을 할 수 있도록 아주 완벽하게 준비하겠다고 살살거리니 그 새 또 신나 했다. 나와 서진이는 콘도로 돌아가야 했지만 조금 걱정이 되었다.(이때만 해도 코로나에 안 걸려 본 나와 서진이는 코로나가 정말 무서웠다.) 결국 부모님과 상의 끝에 방콕의 외곽 호텔에서 며칠 더 따로 지내기로 했다. 근처로 알아보니 방콕 여행의 최대 성수기라 호텔비가 많이 비쌌다. 비싸지 않고 안전한 곳을 찾아 시내에서 조금 떨어진 노보텔 방나로 숙소를 정했다.

서진아빠를 배웅하고 엄마가 좋아하는 샤부샤부 밀키트를 찾아 센트럴 칫롬으로 갔다. 가끔 안 보이기도 하던 샤부샤부 밀키트가 다행히 오늘은 있다. 다른 식료품까지 챙겨 부모님이 계신 숙소로 갔다. 왠지 마음이 울컥했다. 연말과 연초를 이 낯선 곳에서 두 분만 계시게 하려니 발걸음이 안 떨어졌다. 내 마음을 눈치챘는지 엄마가 먼저 말을 꺼냈다.

엄마가 좋아했던 55바트 샤부샤부 밀키트

"우리 이제 이 동네 다 알아. 심심하면 나갈 거니까 서진이나 잘 챙겨."

"삼 일만 있다가 다시 올게요. 연말이라 센트럴 월드 주변으로 행사도 많이 할 거에요."

"알았어. 걱정하지 말고 얼른 가."

부모님 걱정도 잠시, 이제 새로운 호텔로 이동할 시간이다. 부모님께는 곧 다시 돌아갈 거니 너무 슬퍼하지 말자. 조금 외곽이려니 하고 간 노보텔 방나 주변은 정말이지 아무것도 없었다. 호텔 앞은 핑크색 네일숍 하나가 전부이고 호텔 뒤편으로는 집들 몇 채만 덩그러니 있었다. 호텔의 편의시설 중 믿었던 어린이 수영장은 운영을 하지 않았다. 그나마 운영 중인 어른 수영장은 관리를 안 한 탓에 나뭇잎, 벌레와 함께 수영을 해야 하는 상황이었다. 수영장을 보자마자 우리는 To Do List에서 '수영'이라는 단어를 바로 삭제했다. 그렇게 서진이와 둘만의 짧은 여행이 시작되었다.

10일 차

## 태국의 요아정, 요거트 랜드

서진이는 오늘 아침도 일찍 눈을 떴다.

"엄마, 오늘 뭐 하지?"

한 달 계획을 야심 차게 세우고 방콕에 왔지만 뜻하지 않게 코로나를 만났고 계획이 전면 수정되었다. 부모님이 계신 숙소로 돌아갈 때까지는 그저 하루하루 즐겁고 안전하게 지내는 것이 여행 목표가 되었다. 여기가 방나 지역이니 '메가방나'가 가깝지 않나? 그래, 오늘은 메가방나로 가보자.' 방나 지역의 대표 쇼핑몰인 메가방나는 이케아, 센트럴 백화점, 빅씨, 영화관이 다 있어서 하루 종일 있어도 심심하지 않은 곳이다.

곳곳에 사진을 찍을 수 있는 인형들이 돌아다니는 메가방나는 연말 분위기가 물씬 느껴졌다. 요즘 들어 부쩍 먹는 걸 좋아하는 서진이와 도착한 곳은 푸드코트. 메가방나의 큰 규모만큼 푸드코트도 그 크기가 어마어마했다. 서진이가 종종 생각지도 못한 메뉴를 선택하니 메뉴 선택 때마다 살짝 긴장이 된다. 오늘도 역시 서진이의 선택은 당황스러웠다. 한국 분식 코너를 보자마자 '떡꼬치와 어묵'을 외쳤다.(여기가 푸드코트여서 참 다행이다.) 태국 음식 매니아인 나는 태국 음식을 실컷 먹을 생각을 하고 방콕에 왔다. 하지만 복병인 서진이 덕분에 한 달 동안 한식, 일식, 이태리식을 다양하게 먹고 있다.

K-Food의 열기는 이곳 푸드코트에서도 느낄 수 있었다. 한국 분식 코너의 태국 직원은 분주하게 라면을 끓이고 있었다. 관심을 가지고 다가가니 라면을 끓이는 방법이 우리의 그것과는 사뭇 달랐다. 물과 라면을 동시에 넣고 끓지도 않은 물에 떠 있는 라면을 열심히 집게로 뒤적이고 있는 게 아닌가! 라면은 쫄깃한 면발이 생명이잖아! 물에 불은 라면의 맛이 괜찮으려나? 태국 사람들이 퉁퉁 불은 라면을 한국의 맛으로 느끼면 어떻게 하지? 내가 먹을 라면도 아닌데 오지랖 넓게 연신 속으로 참견을 했다. '이래서 외국에 나오면 애국자가 되는 거구나.' 라면과 애국이 무슨 연관인가 싶지만 분식집을 나와서도 계속 신경이 쓰였다.

얼마 전부터 우리나라에서 인기를 끌었던 '요거트 아이스크림의 정석', 일명 요아정! 우리나라에 요아정이 있다면 태국에는 요거트 랜드가 있다. 큰 쇼핑몰에 주로 입점한 요거트 랜드는 우리나라보다 훨씬 다양한 요거트 아이스크림 종류와 토핑이 있다. 멀리서도 다 보이니 아이들이 그냥 지나치기 어렵다. 요거트 랜드는 요거트 아이스크림 종류가 플레인, 망고, 딸기, 블루베리, 치즈케이크, 캐러멜 피칸, 쿠키앤크림, 녹차까지 무려 여덟 가지나 되었다. 토핑은 씨리얼, 과일, 마시멜로, 젤리, 초콜릿 중에서 원하는 만큼 담으면 된다. 아이스크림 100g에 80바트라는 문구를 보고 시작했지만 원하는 걸 양껏 담다 보면 '요금 폭탄'에 놀랄 수 있다. 서진이 역

메가방나의 요거트 랜드

시 적당히 담았음에도 250바트를 가뿐히 넘겨 버렸다. 좀 전에 먹은 식사 비용의 세 배가 되는 가격이었다. 잠깐 미안해하던 서진이는 아이스크림을 한 입 먹고는 그새 모든 걸 잊었다.

"우리나라에도 요거트 랜드가 있으면 좋겠다. 너무 맛있어."

방콕에서 보내는 올해의 마지막 날! 칫롬역 근처였더라면 카운트다운도 보고 사람 구경도 했을 텐데… 노보텔 방나 주변은 한없이 고요했다. 서진이와 오늘 저녁은 어디서 해결하지? 여행 와서 조식 때 빼고는 호텔에서 식사를 안 하는 편이다. 그 나라의 로컬 음식을 한 번이라도 더 먹고 싶으니 외부 식당을 이용한다. 하지만 오늘은 예외다. 주변에 갈 만한 식당이 없다. 그렇다고 방에서 배달 음식 시키기에는 날이 아니다. 호텔에 어떤 식당이 있는지 둘러보던 중 내 눈빛이 갑자기 반짝거렸다. 오 마이 갓! 저녁에만 열리는 해산물 뷔페가 있다. 내 사랑 해산물이다! 오늘 같은 날 나도 한 번쯤은 먹고 싶은 걸 먹어야만 할 것 같았다. 내가 연말의 만찬을 즐기는 사이, 서진이는 디저트로 배를 채우고 있었다. 시간이 좀 지나니 배가 부른 건지 그림을 그리고 싶은 건지 팬케이크를 초코시럽으로 장식하고 있었다. 다행히 표정은 즐거워 보였다. 나와는 식성이 다른 그녀. 해산물을 싫어한다. 싫어한다는 표현보다는 무서워한다는 표현이 더 정확

할 것 같다. 내가 먹는 해산물이 무섭다며 왕새우의 눈이 안 보이게(?) 돌려 달라고 정중하게 요청했다. '서진아, 내일은 한식이나 패스트푸드를 먹는다 해도 기쁜 마음으로 먹을게.' 오랜만에 내가 먹고 싶은 음식을 먹으며 하루를 아니 올 한 해를 잘 마무리했다.

11일차

## 방콕의 신기한 택시

'연말은 부모님과 따로 보냈지만 새해는 같이 보내야겠다.' 눈 뜨자마자 택시를 타고 방콕 시내로 갔다. 호텔 뮤즈에서 노보텔로 올 때는 400바트 하던 택시 요금이 오늘 시내로 돌아가는 건 300바트다. 같은 길이고 차가 거의 안 밀리는 상황이었다.(미리 말하지만 내일 노보텔에서 시내로 나가는 건 165바트.)

태국의 택시는 예측이 불가할 때가 많다. 교통체증이 심해서 시간 예측이 어렵고, 미터 택시를 탔지만 요금이 저렴하니 미터대로 가지 않으려는 택시도 많다. 주행거리에 따른 요금과 밴의 기본요금이 인상되었다고는 하지만 여전히 일반택시의 기본요금은 35바트, 1992년에 미터제가 시행된 이후 그대로다. 택시업체 대변인도 아닌데 굳이 합리화를 해보자면 물가는 오르는데 택시 기사의 급여만 제자리이니 다양한 방법의 바가지요금이 존재하는 것 같다.

BTS 칫롬역 앞 도로의 모습

종종 미터로 가지 않고 웃돈을 요구한다. 예전에는 왕궁, 사원 등 특정 관광지로 가달라고 하면 오늘은 문을 닫았으니 더 좋은 곳으로 데려다준다며 보석가게로 데리고 가기도 했다. 코앞의 거리인데 이리저리 돌아가기도 해서 삼십 대 초반 겁이 없을 때는 달리는 택시에서 멈추라고 소리치며 택시 문을 연 적도 있었다. 지금 생각해 보면 그때 무슨 정신이었나 싶다. 삼십 대 초반에는 나도 참 용감했다.(다행히 요즘은 볼트나 그랩을 많이 이용하니 바가지 요금은 피하고 있다.)

방콕의 택시

부모님께 신년 인사를 드리고 서진이와 센트럴 월드에 도착했다. 서진이는 점심 메뉴로 KFC를 선택했다. 어제 다짐한 게 있으니 아무 말 하지 않고 함께 KFC로 들어갔다. 간식거리 좋아하는 아빠를 쏙 빼닮은 서진이가 식사 후에 디저트를 찾았다.(여행 와서 디저트는 필수 코스가 되었다.) 우리의 눈에 망고 카페인 망고 오브 옌리유어스(Mango of Yenlyyours)가 들어왔다. 태국 디저트 중 하나를 추천하라면 나는 무조건 망고찹쌀밥이다. 서진이도 망고를 좋아하니 잘 되었다 싶어 망고찹쌀밥 하나를 주문했다. 주문한 망고찹쌀밥이 나오자 서진이는 망고만 쏙쏙 빼먹으며 망고가 아주 잘 익었다고 칭찬을 끊임없이 했다. 여태껏 먹어 본 망고 중에 이 망고가 최고라며 엄지척을 몇 번이나 하며 순식간에 망고를 다 먹었다. 내 입으로 들어간 망고는 딱 한 조각. 찹쌀밥만 남은 접시를 보고 그제야 서진이는 자기가 망고를 다 먹은 걸 알게 되었다. 나만큼 당황했다. 이제 남은 찹쌀밥과 코코넛 밀크는 나의 몫이었다. 한 입 먹으니 그 맛이 그래도 나쁘지 않다. 이럴 줄 알았으면 큰 사이즈를 시킬 걸 그랬다.(아쉽게도 이번에 자주 갔던 망고 오브 엠리유어스 센트럴 월드점은 이후 폐점했다는 소식이 들렸다.)

식사에 디저트까지 완벽하게 끝낸 서진이는 카트 타기에 도전했다. 십 분에 100바트. 뭐가 그렇게 재미있나 싶지만 센트럴 월드 올 때마다 '한 번만, 제발 한 번만.' 하며 들렸던 곳이다. 카트까지 타고 나니 오늘의 할 일은 다한 기분이다. '이제 엄마가 즐거워도 되지? 나가서 좀 걷자.'

12일 차

## 베스킨라빈스 vs 스웬슨

코로나가 기승을 부리던 삼 년여의 시간 동안 서진이와 나는 한 번도 코로나에 걸리지 않았다. 부모님이 코로나에 걸린 지 십 일이 지났지만 '진짜 괜찮은 건가?' 반신반의하면서 조심조심 다시 합숙(?)을 시작했다. 이제부터가 진짜 여행이라며! 서진이가 방콕에 오기 전 베프인 나현이에게 "가서 꼭 편지할게."라고 했던 말이 문득 생각났다. 오늘은 시내로 돌아온 김에 나현이에게 편지를 보내러 우체국에 가기로 했다. 콘도를 나선 서진이의 첫 마디는 "배고파!"였다. 초등학교 입학 때 20kg을 넘기면 소원을 하나 들어주겠다고 했을 만큼 마른 체형이었다. 인라인과 수영을 시작한 이후 식욕이 폭발했고 이제는 그만 먹자고 회유하는 지경에 이르렀다. 오늘 식사하러 간 곳은 부모님의 단골집이 된 센트럴 칫롬 푸드코트의 메트로 레

메트로 레스토랑의 육포 볶음밥

스토랑. 육포가 올려진 볶음밥을 맛있게 먹고 한 정거장을 걸어가다 시암 파라곤에서 또 발동이 걸렸다.

"엄마, 디저트 먹고 우체국 갈까?"

시암파라곤의 스웬슨을 지나다 보니 사람들이 아이스크림 케이크로 생일 축하를 하고 케이크를 먹고 있었다. 가게에서 아이스크림 케이크를 먹는 모습을 처음 본 서진이가 신기하다고 했다. 서진이에게 스웬슨이 태국의 베스킨라빈스라고 소개했다. 서진이는 자기가 직접 먹어보고 베스킨라빈스와의 차이점을 평가해 보고 싶다고 했다. 메뉴판을 정독하더니 드디어 하나 선택했다.

스웬슨 아이스크림

"음, 일단 아이스크림 가짓수는 베스킨라빈스가 훨씬 다양해. 그리고 베스킨라빈스는 늘 새로운 맛이 있으니 좋아. 스웬슨은 세트 구성이 있고 파르페나 아이들이 좋아할 만한 메뉴가 많아. 둘 다 너무 맛있어서 승부를 가리기가 어렵다. 다음에 다른 맛도 먹어보고 이야기할게."

우리의 최종 목적지인 우체국에 도착했다. '편지 한 장이 뭐가 그렇게 비쌀라고.' 아무 생각 없이 일주일 안에 도착하는 익스프레스 우편 가격을 물었다.

"응, 881바트."

뭐라고? 우리나라 돈으로 삼만 오천 원이 넘는다고? 갑자기 꼬리를 확 내리며 삼 주 안에 가는 우편을 물었다. 역시 비쌌다. 결국 한 달 걸리는 일반 우편으로 50바트를 내고 편지를 접수했다. 우리가 집에 가는 날보다 더 늦게 도착할 편지에 서진이는 당황했다. 한 달이 안 걸려 도착할 테니 걱정 말라고 안심시켰다. 다행히 편지는 우리가 귀국하는 날 나현이에게 전달되었다.

13일 차

## 수상버스 타고 짐톰슨하우스 박물관에 가다

부모님은 한국에서 가져온 라면으로 점심을 드시고 스카이워크를 따라 동네를 돌아보겠다고 하셨다. 이제 내가 없어도 콘도 주변을 잘 다니신다. 아버지는 이 동네가 '방콕의 우리 동네'라고 하셨다. 쇼핑몰이 많은 시내 한복판의 우리 동네라니. 서울로 치면 명동에 살고 있는 셈인가? 서진이와 나는 콘도에서 걸어서 오 분 거리인 센트럴 엠버시에서 식사를 하기로 했다. 그사이 새로운 맛집도 많이 생겼지만 내 선택은 쏨땀누어였다. 내가 쏨땀누어에서 주문하는 메뉴는 1년 365일 똑같다. 까이텃(치킨), 찹쌀밥, 옥수수 튀김, 쏨땀(파파야 샐러드)까지 딱 네 가지이다. 혼자 오나 여럿이 오나 치킨 양의 차이지 메뉴는 동일했다.(혼자 온다 해도 이 중 하나라도 빼면 나중에 후회할 것 같다.) 한 달 동안 쏨땀누어는 몇 번 더 와야지 했는데 한 번 더 오고 한 달이 끝나 버렸다. 그래서 내가 내린 결론은 먹고 싶을 때 먹고 가고 싶을 때 가야 한다는 거다. 한 달 살기도 그런 마음으로 결정을 내렸다. 일상을 다 내려놓고 온다는 게 쉬운 결정은 아니었지만 지금이 아니면 다 함께 올 수 있는 날이 또 있을까 싶었다.

오늘은 서진이와 집에서 멀지 않은 짐톰슨하우스 박물관에 가보기로 했

짐톰슨하우스 박물관의 실크

다. 보통 때 같으면 BTS를 이용했겠지만 놀이 삼아 수상버스를 타고 가기로 했다. 한 정거장이 12바트라니, 저렴한 가격에 종점까지 가고 싶어졌다. 후아창 선착장에 내려 좁은 내천을 따라 오 분 정도 걸으니 짐톰슨하우스 안내판이 보였다.

입장료가 어린이는 무료(만 8세까지), 어른은 200바트다. 시간마다 가이드가 한 시간 내로 투어를 해준다. 태국어, 영어, 프랑스어, 중국어, 일본어까지. 그런데 왜 한국어 투어는 없지? 지금 내 눈앞에 보이는 이 많은 한국 사람들이 다른 나라 언어로 설명을 들어야 한다는 사실에 살짝 서운해 지려고 했다. 우리나라 말로 들어야 이해가 잘 될 텐데 왠지 모를 아쉬움이 남았다. 짐톰슨하우스 구경을 끝내고 다시 수상버스를 탔다. 콘도와 가까운 칫롬 선착장에 내려 걷다가 우연히 팟타이 노점상을 발견했다. 팟타이 만드는 걸 구경하다가 방금 주문한 사람에게 물었다.

칫롬 선착장 부근의 팟타이 가게

"무슨 팟타이 주문했어요? 여기 맛있어요?"

팟타이 탈레(해산물 팟타이)를 주문했단다. 나도 같은 걸로 주문했다. 내가 제대로 주문했는지 주인에게 다시 확인을 해주는 태국인. 예전에도 느꼈지만 태국 사람들은 참 착하고 친절하다. 이제는 방콕 사람들도 많이 변했다고 하지만 그래도 여전히 순박하고 친절한 사람이 많다.

**여기서 잠깐!**

짐톰슨하우스 박물관은 태국 실크 산업의 선구자인 '짐톰슨'이 살던 집을 개조한 박물관이다. 태국의 전통 양식인 고대 아유타야 방식으로 건축된 지붕과 붉은색의 건물이 아름다운 곳이다.

14일차

## 까오와 함께 아쿠아리움 Sea Life

에이는 나의 동갑내기 태국 친구다. 에이의 아버지와 나의 이모부는 사업을 하며 오랜 우정을 쌓았다. 몇 년 전 에이의 아버지가 돌아가신 후 에이가 회사를 맡았다. 나와 에이와의 첫 만남은 서울에서 시작되었다. 20대 여름날, 에이가 한국에 왔을 때 내가 가이드를 했던 게 인연이 되었다. (코로나 기간을 빼고) 25년 동안 매년 만났다. 호텔에 문제가 생겼을 때는 에이 집에 머무르기도 했다. 에이가 내 호텔방에서 지내며 둘이 밤새 놀고 뜬 눈으로 비행기를 탄 적도 있었다.

우리나라 사람처럼 정이 많고 마음이 따뜻한 에이다. 하지만 그런 에이에게 없는 딱 한 가지가 있으니 그건 바로 시간관념이다. '에이야, 쏘리!' 3박 5일 여행을 와서 일분일초가 아까웠던 시절. 호텔 방에서 에이를 무려 세 시간 동안 기다린 적이 있었다. 지금처럼 유심이나 로밍이 대중화되지 않았던 때다. 그날 이후 마분콩(현 MBK)에서 중고 휴대폰을 사서 방콕에 올 때마다 사용했다. 며칠 전 방을 정리하다 그 휴대폰을 발견했는데 어찌나 반갑던지. 코로나로 한동안 못 만났던 에이를 만나기로 한 날. 오늘도 지각은 아니겠지? 역시나 에이는 약속 시간보다 삼십 분 늦게 나타났다.(삼십 분 정도는 얼마든지 기다릴 수 있다.) 에이와 호들갑스럽게 인사를 하며 계산해 보니 거의 삼 년 만이다. 시암파라곤에서 에이, 챔(남편), 까오(아들)를 오랜만에 만났다.

"우미, 팁싸마이 갈래?"

나랑 서진이는 무조건 콜이지. 우리끼리라면 식사 후 바로 카페로 갔을 텐데 이제는 어디를 가든 애들이 늘 부록으로 따라오니 그것도 쉽지 않다. 시암파라곤에서 만난 것도 아이들과 함께 아쿠아리움(Sea Life)에 가기 위해서였다. 서진이가 까오라는 이름이 재미있다며 무슨 뜻이냐고 물었다.

"숫자 9, 아홉이라는 뜻이야."
"뭐? 진짜 이름이 '아홉'이야?

그렇다. 태국 사람들은 이름을 숫자나 색깔, 단어로 짓기도 한다. 에이의 친정엄마 성함은 댕, 빨강이라는 뜻이다. 그러고 보니 예전에 여행 와서 만난 태국 친구들의 이름도 렉(작은), 휜(비), 쏨(오렌지)이잖아? 부르기 쉽고 기억하기 쉬운 태국 이름이 하나쯤 있어도 좋겠다 싶었다.(본명이 따로 있지만 문서나 공식적인 자리에서만 사용한다.)

아직은 서먹서먹한 서진이와 까오는 인사만 나누고 말이 없다. 아쿠아리움에 들어가자마자 까오는 해저터널에 드러누웠다. 잠깐 눕나 싶더니 금방 일어나 쉴 새 없이 돌아다녔다. 에이와 챔은 까오를 잡으러 다니느라 정신이 없었다. 언제 구입을 했는지 에이는 아쿠아리움에서 찍어 주는 기념사진을 선물이라고 건넸다. 챔은 기프트숍에서 서진이에게 마음에 드는 걸 골라 보라고 했다. 인형 앞을 서성이던 서진이는 인형 가격이 비싸 보였는지 결국 예쁜 펜 하나를 골랐다. 에이는 돌고래 머리핀 한 쌍을 들고 와 서진이에게 잘 어울릴 것 같다고 펜 옆에 놓았다. 헤어질 무렵, 에이가 내일이 까오의 생일이라며 시간이 되면 생일파티에 오라고 했다. 우리는 시간이 너무나 많은 한 달 살기 여행객. 신난 서진이를 보니 나도 기분이 좋아졌다. 그나저나 생일 선물은 뭐로 하지? 행복한 고민을 하며 일찍 잠자리에 들었다.

아쿠아리움(Sea Life)에서 찍은 기념 사진

아쿠아리움에서 태국 친구 에이네 식구와

15일차

## 태국 베프에게 생일파티 초대를 받다

오늘부터 부모님과 함께하는 공식적인 여행이 시작되었다. 어디로 가면 모두가 즐거울까? 아버지는 척추관 협착증으로 오래 걷지 못하신다. 왕년에는 등산을 가면 선두에 서고, 배드민턴 대회에서 상까지 받으셨는데 이제는 조금만 걸어도 잠깐씩 쉬었다 가셔야 하는 상황이다. 아무리 생각해도 부모님 마음에 들 만한 가까운 장소는 짐톰슨하우스 박물관이다. 며칠만 기다렸다 같이 갈 걸 왜 서진이랑 둘이 먼저 다녀왔나 싶었다. 다행히 서진이는 할아버지, 할머니와 수상버스를 타게 되었다며 기뻐했다. 칫롬 선착장에서 짐톰슨하우스가 있는 후아창 선착장까지는 두 정거장이지만 중간에 쁘라투남 선착장에서 배를 갈아타야 한다. 그런데 이 환승이 진짜 신기하다. 칫롬에서 탄 배가 쁘라투남에 도착하기가 무섭게 후아창으로 가는 배가

짐톰슨하우스 박물관

바로 나타나 사람들을 싣는다. 어디서 연락이라도 받은 건가? 아니면 우연히 탈 때마다 시간이 맞았던 걸까? 어쨌든 기다림 없이 바로 갈아탈 수 있으니 재밌고 편리한 수상보트다.

짐톰슨하우스 박물관 입구에 도착하여 투어 신청부터 했다. 기다리는 동안 벤치에 앉아 입구에서 받은 브로셔를 펼쳐 보았다. 짐톰슨(Jim Thompson)은 1950~1960년대에 태국의 실크를 세상에 널리 알린 태국 실크 사업가다. 1967년 말레이시아로 휴가를 떠났다가 실종되었고, 그 이후 그가 거주하던 집이 박물관으로 일반인들에게 개방되었다. 짐톰슨의 이름을 그대로 딴 태국 실크 브랜드는 오랜 기간 태국 최고의 실크 브랜드가 되었다. 투어가 시작되고 가이드의 설명을 아버지께 전달해 드리니 궁금한 건 질문도 하시고 관심 있게 들으셨다. 엄마는 눈으로 보면 된다며 가이드나 내 이야기는 안 들으시고 직접 구경하기에 바빴다. 성격과 취향이 달라도 너무 다른 두 분이 어쩜 저렇게 늘 같이 다니시는 걸까? 아무리 생각해도 이해 불가다.

짐톰슨 매장에 들어서자 서진이는 이틀 전 실컷 구경했던 코끼리 인형 옆으로 또다시 가더니 구경을 시작했다. 손녀의 관심을 한 몸에 받고 있는 코끼리 인형을 본 할아버지는 인형을 선물로 사주셨다.

"할아버지, 이 코끼리 진짜 마음에 들어요. 감사합니다."

서진이는 코끼리 인형을 귀한 보물 다루듯 두 손으로 들고 다니다 갑자기 사진을 몇 장 찍었다. 그리고 그 사진을 지윤이 언니에게 보내 달라고 했다. 서진이의 코끼리 인형 사진을 보내자 지윤이에게서 똑같은 코끼리 인형을 들고 있는 사진이 도착했다. 이런 우연이 있을까? 예뻐서 자랑삼아 보낸 건데 지윤이도 방콕에 있을 때 똑같은 코끼리 인형을 구입했다고 했다. 나이 차가 많이 나지만 취향이 비슷해서 평소에도 둘이 쿵짝이 잘 맞나 보다.

부모님과의 짐톰슨하우스 방문 후 서진이와 까오의 생일파티에 가기 위해 BTS 온눗역으로 갔다. 온눗역에서부터는 챔의 차를 탔다, 차가 마당으로 들어가니 강아지 스시(Sushi)가 꼬리를 흔들며 우리를 맞이했다. 스시는 갓 태어났을 때부터 에이가 키운 강아지다. 일식 스시를 좋아하는 에이가 직접 이름을 지었다. 처음 보는 사람에게도 꼬리를 흔들어 주는 순둥이 스시. 잠깐이지만 서진이의 사랑을 듬뿍 받았다. 오랜만에 간 에이의 집은 예전과 완전히 다른 집이었다. 피규어를 좋아하는 챔의 취향을 반영하여 거실 한쪽 벽면은 전부 피규어였다. 뒷마당으로 나가니 까오가 언제든 들어가 놀 수 있는 대형 텐트가 있었고 그 주변으로 강아지, 새, 거북이, 고양이, 오리, 닭까지. 모르는 사람이 보면 미니 동물원인 줄 알 정도로 많은 동물을 키우고 있었다. 나도 처음이었지만 서진이도 이런 집(?)을 처음 방문했다. 서진이는 계속 돌아다니며 "너무 부럽다."라는 말을 수도 없이 했다. 까오를 위해 여러 동물을 키우고 있는 에이와 챔이 존경스러웠다.

에이네 집 귀염둥이 스시와 거북이

에이의 집 바로 옆에 에이가 운영하는 야외 레스토랑이 있다. 오늘은 장사도 접고 낮부터 까오 생일파티를 위한 장식에 분주했다. 생일파티는 에이와 챔, 여동생 펫 부부, 에이 친정엄마, 에이 외할머니, 회사 직원들까지 대가족이 함께했다. 수박을 반으로 잘라 만든 수박 케이크와 우리가 준비해 간 초콜릿 케이크, 에이와 펫이 각각 준비한 케이크까지 총 4개의 케이크가 한곳에 모였다. 레스토랑의 라이브 가수가 생일 축하 노래를 불러 주니 작은 축제에 온 기분이 들었다. 야외에서 하는 여유로운 생일파티는 또 다른 힐링이었다. 까오를 축하하기 위해 간 생일파티에서 우리가 더 행복해졌다. 컵쿤막막카!(매우 고맙습니다!)

까오의 다섯 번째 생일파티

16일 차

## 왕궁은 겨울에도 더워요

왕궁으로 들어가는 길

오늘은 왕궁과 에메랄드 사원(왓프라깨우)으로 가보기로 했다. 방콕의 겨울이지만 제일 뜨거운 곳으로 가야하기에 선글라스, 모자, 양산까지 챙기며 만발의 준비를 했다. 입장권을 구입하고 들어가자마자 제일 먼저 보이는 곳은 에메랄드 사원이었다. 거울인가 싶은 조그마한 타일로 뒤덮인 반짝이는 사원을 보자마자 서진이가 감탄사를 연발하며 너무 좋아했다. 미술에 관심이 많으니 영롱한 색깔의 작품을 감상하는 게 즐거움이었다. 그러나 오 분쯤 지나자 느껴지는 더위에 서진이, 부모님 할 것 없이 빨리 나가자고 아우성이었다. 에메랄드 사원을 빨리 돌고 왕궁은 더 빨리 돌아 출구로 나왔다. 그래도 사진은 몇 장 찍었으니 두고두고 추억으로 남길 수 있을 것 같다.

왕궁 내부의 건물

왕궁을 빠른 속도로 나오는데 출구에서 가면극 관람 안내문이 눈에 들어왔다. 서진이가 홍보하는 직원에게 가서 물었다.

"공연을 하나요?"

"지금 무료 셔틀버스를 타고 극장으로 가면 오후 한 시 공연을 볼 수 있어요."

먹는 거 좋아하는 서진이는 점심을 좀 미루고 공연을 볼 것인가 아니면 맛있는 점심을 먹고 행복해할 것인가 잠시 고민하더니 결국 공연을 선택했다.

"방콕까지 와서 공연을 안 볼 수 없지. 우리 가면극 보러 가요."

그렇게 우리는 태국 전통춤 가면극 콘(Khon)을 보기 위해 살라 찰럼크룽 왕립극장(Sala Chalermkrung Royal Theatre)으로 가는 셔틀을 탔다. 특별한 정보 없이 간 공연이지만 팸플릿을 보니 유네스코 인류무형문화유산에 등재된 유명한 공연이었다. 백화점 쇼핑 갔다가 가판대에서 세일 상품 건진 사람처럼 괜히 기분이 좋아졌다. 외국인 관람객이 대부분인 공연은 이십오 분가량 이어졌다. 태국의 전통 의상과 춤을 함께 볼 수 있는 공연이어서 부모님, 아이와 함께 보기에 정말 좋은 공연이었다.

오늘도 점심은 아이콘시암의 팁싸마이. 이번 여행에서 서진이와 나의 세 번째 팁싸마이 방문이다. 아이콘시암을 처음 본 부모님은 방콕에 이런 곳이 있었냐며 놀라움을 금치 못하셨다. 아이콘시암의 외관에 한 번 놀라고 식당가의 인테리어에 두 번 놀라고 팁싸마이의 팟타이와 오렌지주스에 세 번 놀랐다. 태국을 그냥 우리나라보다는 발전이 조금 덜 된 동남아의 한 나라로만 생각했다가 이번 여행으로 태국에 대한 생각이 많이 바뀌신 듯했다. 태국 사람도 아닌데 내가 괜히 뿌듯해졌다. 남은 여행 기간 동안 더 많은 곳을 보여 드리고 싶어졌다. 나 진짜 우리 집 소속 방콕 가이드가 된 것 같다!

**여기서 잠깐!**

왕궁과 사원에 갈 때 민소매, 짧은 상의, 짧은 바지나 치마, 7부 바지, 찢어진 바지, 레깅스 등은 입장이 불가하다.(입구 주변에 어깨를 가릴 수 있는 머플러와 바지를 판매하는 곳이 있다.) 겨울에도 더운 곳이니 물, 양산, 선글라스, 모자가 필수다. 몇 개의 건물은 내부로 들어갈 때 신발을 벗어야 한다. 바닥이 뜨거운 곳이 있으니 양말 착용을 추천한다.

17일차

## 이곳은 배달의 천국, 주말은 짜뚜짝 시장

부모님은 진작부터 한국에서 가져온 누룽지로 아침 식사를 하셨다. 서진이와 나는 누룽지를 먹거나 그때그때 먹고 싶은 걸 알아서 준비했다. 어제에 이어 나는 맥도날드 콘파이를 시켰고 아침부터 수박이 먹고 싶다는 서진이와 부모님을 위해 수박, 망고, 사과를 주문했다. 아침부터 과일이라니, 모닝 커피는 들어 봤어도 모닝 과일은 처음이다. 망고 1kg을 주문하면 큰 망고가 세 개 정도 온다. 가격은 80바트에서 100바트 내외. 수박은 귀여운 사이즈다. 태국 하면 망고를 먼저 떠올리지만 망고만큼이나 수박도 엄청 달고 맛있다. 사과는 음, 우리나라 사과가 훨씬 맛있다.

서진이의 영어학원에서 재밌는 이벤트를 했다. 새해를 맞아 학생들의 선물 교환이 있는 날! 200바트 이하의 선물을 준비하라는 안내에 어제 서진이와 장난감 가게를 몇 바퀴나 돌며 고민했다. 최종 선택한 선물은 마술 도구 세트. 누가 누구의 선물을 뽑을 것인가 설레는 마음으로 왔는데 반전이다. 학원에 들어가는 입구에 놓인 뽑기 통에서 반 친구의 이름을 하나 뽑고 바로 교실로 들어갔다.(각자 뽑은 종이에 적힌 친구의 선물을 받는 거다.) 조금 아쉬운 방식이지만 선물은 늘 기분 좋은 일이니까 괜찮다. 서진이는 뽑기 통에서 '픽'을 뽑았다.(친구 이름이 픽이다.) 산리오 캐릭터 인형이 두 개나 들어 있었다. 여자아이의 선물로 취향 저격이다.

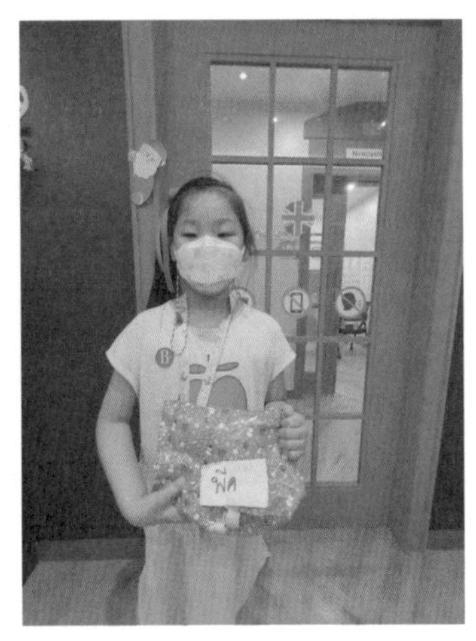
픽의 선물을 뽑은 기념으로

"우와, 너무 귀여워. 책가방에 달고 다닐래."

인형 포장을 벗기며 마술도구 세트는 누구에게 돌아갔는지 궁금해했다.

"마술도구 세트를 가져간 친구는 지금쯤 가족들에게 마술쇼를 멋지게 하고 박수를 받고 있을 거야."라고 호응해 주었다.

짜뚜짝 시장의 망고찹쌀밥

방콕 여행 초창기에는 주말이면 어김없이 짜뚜짝 시장에 들러 보따리 장수인가 착각이 될 정도로 사고 담기 바빴다. 그러다 오늘, 진짜 오랜만에 짜뚜짝 시장을 방문했다. 세월이 지난 만큼 짜뚜짝 시장에도 변화가 있었으니 그건 바로 정찰제이다. 예전에는 바가지도 심했지만 흥정하는 재미가 좋았는데 이제는 거의 모든 물건에 가격표가 붙어 있다. 그래도 아직 어떤 가게는 흥정이 가능하니 시작부터 포기하지는 말자! 서진이는 친구에게 선물할 동전 지갑과 방에 걸어 둘 부엉이 장식품을 골랐다. 원하면 장식품에 글자를 새겨 준다고 하길래 태국어로 태국(ไทย)이라고 새겨 달라고 요청했다. 글자를 새겨 준다는 건 펜으로 글씨를 써주는 거였다. 아주 전통적인 방식이잖아? 서진이는 예쁜 글씨체로 정성스럽게 써준 글씨가 아주 마음에 든다며 장식품을 흔들어 보였다. 방에 걸어 두면 볼 때마다 오늘이 생각나겠지?

방콕에 오면 늘 들리는 쏨땀누어. 늘 같은 메뉴였지만 오늘은 새로운 메뉴에 도전했다. 여기는 치킨 전문집이라고 아무리 이야기해도 각자 먹고 싶은 게 있다고 하니 그 의견을 반영할 수 밖에. 가끔은 안 해본 것도 해보고 안 먹어 본 것도 먹어 봐야 재미가 있는 거겠지? 서진이는 철판 스테이크를, 부모님은 항정살 튀김을 시켰다. 나는 찹쌀밥과 쏨땀을 시켰다. 다 나오니 한 상 가득이다.

"여기 스테이크 맛집이에요."
"항정살을 구워 먹지 않고 이렇게 튀겨도 맛있다."

즉석에서 각자 시킨 메뉴에 대한 품평회가 열렸다. 먹으며 말도 해야 하니 다들 입이 아주 바쁘다. 쏨땀누어에서 스테이크를 시킨 게 마음에 들지 않았지만 서진이가 맛있게 잘 먹으니 그걸로 만족해야지. 부모님 덕분에 항정살 튀김을 처음 먹었는데 내 취향이다. 내가 아는 게 다가 아님을 새삼 느꼈다. 늘 가던 곳 말고 새로운 곳도 찾아봐야겠다. 함께 여행 오기를 참 잘했다.

**여기서 잠깐!**

짜뚜짝 시장 쇼핑 추천 리스트는 다음과 같다. 여권 케이스, 네임텍, 가방, 파우치, 코끼리 바지, 원피스, 라탄백, 라탄 소품, 액세서리, 냉장고 자석, 수제 비누, 배쓰밤, 수공예품, 키링, 봉제인형 등.

18일차

## 마담투소 박물관의 DJ와 댄서들

혹시 페퍼런치라는 식당을 기억하는지? 그렇다면 그분은 40대 중반인 나와 비슷한 세대일 듯하다. 예전에 우리나라에 혜성처럼 등장했다가 소리 소문도 없이 사라진 추억의 페퍼런치. 1인용 뜨거운 돌냄비에 옥수수 토핑을 가장자리에 두르고 안쪽은 밥, 위쪽은 고기가 올려진 메뉴가 비주얼부터 환상적이다. 지글지글 소리와 함께 이리저리 뒤적여가며 익힐 때 그 기다림까지 너무 맛있었다. 그런 페퍼런치가 사라져 아쉬웠는데 센트럴 월드에서 다시 발견하고 얼마나 반갑던지. 그리고 오늘 페퍼런치를 좋아하는 내 뒤를 이을 서진이와 페퍼런치를 방문했다. 서진이가 한 입 먹더니 눈이 휘둥그레진다.

"엄마, 이 집 맛집이야."

다행이다. 맛있다고 하니 다음에 또 올 수 있겠다.

영어학원 그룹수업은 주말에만 운영이 되었다. 평일에는 일대일 수업만 있어서 기존에 한국에서 하던 줌(Zoom) 수업을 계속했고 주말에는 태국 친구들과 함께 수업을 받았다. 한 달을 주말만 다니며 친한 친구가 생기기를 바랬던 건 내 욕심이었나 보다. 그래도 수업 시간에 반에서 말을 제일 많이 한다고 하니 영어를 잊지 않고 꾸준히 할 수 있는 것만으로도 나쁘지 않았다. 서진이가 학원에 있는 동안 나는 학원 한 층 위에 있는 푸드코트를 누비고 다녔다. 유일하게 내가 먹고 싶은 걸 눈치 보지 않고 먹을 수 있는 시간이다. 화려한 색깔을 자랑하는 디저트 가게들 한쪽에 자리 잡은 차트라뮤(ChaTraMue)의 타이 아이스티는 무조건 한 잔 들고 시작했다.

센트럴 월드 푸드코트의 디저트 가게

서진이의 영어 수업이 끝나고 부모님을 만나 마담투소 박물관으로 이동했다. 아쿠아리움 티켓을 갖고 일주일 이내에 박물관을 방문하면 무료입장이 가능했다. 매표소에서 티켓을 사면 한 명에 1390바트. 아무것도 하지 않았는데 왠지 돈을 번 느낌이었다. 마담투소 박물관은 씨암디스커버리 쇼핑몰 사 층에 있었다. 밀랍 인형을 전시한 박물관으로 우리가 간 날은 사람도 많지 않아서 천천히 둘러보기 좋았다. 부모님은 밀랍 인형 하나하나 지날 때마다 열심히 포즈를 취하고 사진을 찍었다. 사진사는 나 혼자인데 모델은 세 명, 각자 다른 방향으로 흩어지기도 하니 혼자 감당하기에 분주하고 벅찬 시간이었다.

마담투소 박물관에서

여러 유명 인사들을 실제 사람 크기의 인형으로 만나니 평소에도 가끔 개그를 선보이는 엄마가 급기야 인형들과 대화를 시도했다.

"안녕하세요? 이거 보세요. 사람이 인사를 했으면 받아 줘야죠."

서진이가 그 광경이 재미있다고 깔깔거렸다. 밀랍 인형 사이로 서진이의 호기심을 자극하는 공간이 나왔다. 디제이 부스! 심지어 진짜 클럽에서 나올 만한 멋진 음악이 흘러나왔다. 서진이가 여기서는 특별히 동영상을 찍어달라고 요청했다. 신나는 음악과 진짜 디제잉을 하는 듯한 서진이의 현란한 손놀림에 여기가 클럽인가 잠깐 착각이 들었다. 어느샌가 서진이를 발견한 아버지가 서진이 뒤에 서서 리듬에 맞춰 흔들흔들 춤을 추기 시작했다. 서진이가 그 광경을 보고는 “할아버지가 춤을 다 추고 나면 다시 동영상 찍어 줘.”라고 귓속말을 했다. 아버지를 진정시킨 후 다시 촬영에 들어갔다. 몇 초 찍었을까 이번에는 엄마가 리듬을 타며 등장했다. 상황을 모르는 엄마는 아까부터 동선이 겹쳐 같이 다닌 중남미 여성이 보이자 어서 오라며 그 여인에게 손짓을 했다. 그리고 서진이의 뒤에서 그 여인과 커플댄스를 시작했다. 즉석에서 결성된 마담투소 박물관의 디제이와 댄서들! 그 광경이 너무 웃겨 영상을 찍는 내내 웃었다.(실제 영상에 내 웃음소리까지 들어가 아주 엉망진창이었다.) 신이 난 어른들과 다르게 서진이의 마음은 이미 상했다. 그렇게 디제잉은 중단되었고 영문을 모르는 엄마는 흥이 깨진 이 상황이 마냥 아쉬운 표정이었다. 그때는 멋진 단독 영상을 못 남겨 속상했지만 다행히 요즘은 서진이도 그날의 영상을 재미있어 한다. 나중에 안 건데 그 당시 서진이의 꿈은 디제이였다. 물론 지금은 바뀌었지만.

19일 차

## BTS와 썽태우 타고
## 고대도시 무앙보란에 가다

방콕의 BTS

아침에 눈을 뜨니 벌써 오전 아홉 시다. 이제 콘도가 집처럼 편해진 건가? 곧 있으면 집으로 가야 하는데 몸은 이제서야 방콕과 콘도에 적응이 된 듯했다. 오늘은 고대도시 무앙보란으로 가기로 한 날! 택시를 탈까 하다가 시원하고 넓은 BTS를 타고 가기로 했다. BTS를 타고 삼십오 분 정도 달려 종점인 케하(Kheha)역에 도착했다. 케하역에서 무앙보란까지 가는 썽태우가 어디 있다던데? 3번 출구를 나와 찻길로 눈길을 주며 살피고 있으니 썽태우가 와서 섰다.

"무앙보란?"
"오케이!"

일단 타고 구글맵을 켰다. 무앙보란에 가까워지는 걸 확인하다 외국인들이 많이 내리는 지점에서 같이 내렸다. 요금은 일 인당 10바트. 부모님께 설명할 겨를도 없이 순식간에 타고 내리니 부모님은 어리둥절해하셨다.

무앙보란

사이트에서 미리 결제한 입장권을 받고 넓은 무앙보란에서 타고 다닐 카트도 대여하기로 했다. 무앙보란에서 제일 처음 간 곳은 깐똑 레스토랑. 관광지에 있는 식당 중 괜찮다고 생각되었던 식당은 거의 없었다. 기대 없이 간 깐똑 레스토랑은 훌륭했다. 넓은 레스토랑에 들어서니 일단 테이블 간의 간격이 넓어서 좋았다. 식사하는 내내 악기 연주와 전통 무용 공연이 있고 공연하는 사람들과 기념 촬영도 가능했다.(팁 통이 놓여 있어서 약간의 팁을 지불했다.) 음식은 외국인들의 입맛에 잘 맞는 요리 위주였다. 식당 외부로 나가니 쏨땀, 국수, 카놈크록(코코넛 디저트), 바나나구이, 팟타이를 즉석에서 만들어 주는 곳이 있어서 보는 재미와 먹는 재미가 있었다.

"여기가 무앙보란 아니야? 여기도 좋다. 굳이 구경하러 안 나가봐도 되겠어."

더운 데 나가기 싫다고 하시며 부모님은 한 시간 반 동안 아주 여유롭게 식사를 하셨다.

카트를 타고 무앙보란을 돌 때 한국어 오디오 가이드가 있으면 도움이 될 것 같아 미리 대여했다. 처음 서너 곳은 열심히 들었지만 더운 날씨에 헤드폰을 썼다 벗었다 하기가 번거로워 결국은 그대로 카트 바구니에 모셔 두었다. 바깥에 오래 있을수록 더위에 지쳐 모두들 점점 말이 없어졌다.

"우리 카트에서 내리지 말고 그냥 쭉 한 바퀴 돌까?"

내가 낸 의견에 만장일치다. 여행 중 이렇게 의견이 잘 맞은 때가 또 있었나 싶었다. 무앙보란이 넓어서 그렇게 한 바퀴 둘러보는 데만 한 시간 남짓 걸렸다. 그래도 어쨌든 우리 무앙보란 다 봤다!

무앙보란 오디오 가이드를 들으며

20일 차

## 어린이 과학관(Science Center for Education) 방문하기

오늘은 부모님과 다른 일정으로 움직였다. 서진이와 나는 어린이 과학관을 둘러보고, 부모님은 디바나 마사지에서 네 시간 풀코스 마사지를 받기로 했다. 한 달 살기에 럭셔리한 하루를 선물하고 싶다며 외삼촌이 마사지를 예약해 주셨다. 원래는 나까지 세 명이 예약되어 있었지만 며칠 있다 집으로 돌아가는 서진아빠가 마음에 걸려 마사지를 양보했다. 서진아빠가 마사지를 받고 온 날, 내가 마사지를 받은 것만큼 마음이 편했다.

BTS 에까마이역에서 오 분가량 걸으니 과학관이 모습을 드러냈다. 열 시에 천체관(Planetarium)에서 영어 해설이 있다는 것을 미리 알고 온 터라 천체관부터 들렀다. 재미있을 거라는 상상과는 다르게 태국 할아버지의 영어는 알아듣기가 어려웠고 영상도 조금 지루했다. 서진이는 연신 뭐라고 하는 거냐고 나에게 물어봤다. 나도 못 알아듣기는 마찬가지였다. 한 시간 설명을 다 듣지 못하고 조용히 나와 과학관으로 갔다.

7층까지 각 층마다 테마가 정해져 있었고, 서진이는 그중 4층 DIY와 로봇 클럽을 가장 좋아했다. DIY 구역은 만들기 키트가 몇 가지 있었다. 돈을 내고 키트를 구입하면 친절한 선생님이 영어로 설명해 주고 도와주었다. 서진이가 선택한 DIY는 프로모션 1번, 돌리면 예쁜 무늬가 수시로 바뀌는 만화경과 종이접기, 잠자리 만들기 세트였다. 로봇 클럽에서는 로봇이 링 위에서 권투를 할 수 있도록 직접 조종하는 코너와 로봇이 골대에 골을 넣은 코너가 인기였다. 방콕의 어린이 과학관은 다양한 볼거리가 있고 만들기와 체험이 가능한 층이 있어서 아이와 시간을 보내기 좋았다. 단, 우리나라와 같은 시설을 기대하면 안 된다. 한 달 살기 일정으로 여행 온 분들께 추천해 본다.

어린이 과학관을 나와 버스를 탔다. 점심을 먹으러 간 곳은 시암파라곤, 이번 여행의 네 번째 팁싸마이 방문이었다. 팟타이를 먹고 옆 가게에서 서진이가 밥 먹기 전부터 관심을 보인 '남짝'을 주문했다. 인공미 가득한 색소가 한눈에 봐도 불량식품의 비주얼이다. 가격은 단돈 40바트. 큰 얼음 덩어리에 무슨 맛인지 알 수 없는 빨간색 시럽을 잔뜩 뿌리고 그 위에 연유를 올려 준다. 얼음 주변으로 오색의 젤리까지 넣어 주니 화려함이 절정이었다. 서진이가 한 입 먹더니 맛이 나쁘지 않지만 스웬슨이 훨씬 맛있다고 했다. 그래도 단돈 40바트로 백화점에서 디저트라니. 세상에 이런 아름다운 가격이 또 있을까? 알 수 없는 맛이라 서진이와 남짝의 맛에 대해 대화를 나누다 보

태국식 디저트 남짝

니 시간이 훌쩍 지났다.

집으로 가기 전 시암파라곤 2층의 아시아북스에 들렀다. 며칠 전 센트럴 칫롬에서 구입하려던 책(Journey to Atlantis)을 사기로 했다. 원서이다 보니 가격대도 있고 무게도 꽤 나가는 책이라 지금 사야 하나 싶었지만 방콕에서 어디든 가지고 다니며 읽겠다는 서진이의 말에 구입을 결정했다. 다행히 서진이는 방콕에 있는 동안 어디를 가든 그 책을 갖고 다녔다. 몇 번이나 읽어 본전 생각이 안 나게 해주니 감사했다.

부모님을 뵙자마자 풀코스 마사지가 어땠는지 여쭈어보았다.

“네 시간 동안 차와 간식이 일곱 번이나 나왔어. 팟타이랑 커리도 나와서 저녁까지 해결했네. 잘 먹으며 마사지를 받으니 대접받는 느낌이더라. 네 시간이 순식간에 지나갔어.”

듣는 내 마음도 힐링이 되었다. 내가 대학생이고 삼촌이 미혼일 때 몇 년을 같이 살았다. 삼촌의 물질적 지원(?)과 응원에 힘입어 스킨스쿠버를 배웠고 통역 자원봉사도 했고 나 홀로 해외여행을 시작했다. 말수가 없는 분이지만 도전하고자 하는 마음의 영감을 삼촌으로부터 많이 받았다.(내가 이러고 돌아다니는 것도 어찌 보면 반은 삼촌 덕분이다.) ‘고마워, 삼촌!’

21일차

## 아유타야 선셋투어 가는 길에 코끼리 타기

콘도에서 여유로운 오전을 보내고 점심은 센트럴 엠버시 5층의 쏨분씨푸드로 갔다. 엄마가 센트럴 월드 쏨분씨푸드에서 식사하고 소화가 안 된다고 한 다음 날 코로나에 걸렸다. 그 덕분에 쏨분씨푸드 하면 코로나밖에 생각이 안 났다. 오늘이 그 기억을 다 잊어버릴 절호의 찬스! 간혹 늦게 가면 모닝글로리가 품절되기도 하지만 이번 여행에서는 모닝글로리 주문에 연속으로 성공하며 쏨분씨푸드에서의 식사가 한층 풍요로웠다.

BTS 아속역 5번 출구 로빈슨 백화점 1층 맥도널드 앞!

이 장소는 투어의 집결지라고 생각하면 된다. 파타야, 수상시장, 아유타야 등 전일이나 반나절 투어를 갈 때면 늘 아속역이다. 오늘은 자연을 사랑하는 낭만가인 아버지를 위해 아유타야 선셋투어를 예약했다.(사원 관람, 코끼리 타기, 아유타야가 포함된 일정이다.) 한 시간을 차로 달려 도착한 첫 번째 사원은 '왓 야이차이몽콘'이었다. 층층의 높은 계단을 따라 올라간 사원에서 아래를 내려다보니 어찌나 높은지 아찔했다. 마치 성벽을 따라 올라와 전망대에 선 느낌이 들었다. 늘 해가 쨍쨍하던 방콕과 달리 먹구름이 잔뜩 끼어 사원의 분위기와 잘 어우러졌다. 우리나라의 사원과는 다른 광경을 놓치고 싶지 않아 조금씩 천천히 둘러보았다.

왓 야이차이몽콘

다음으로 간 곳은 코끼리 농장이었다. 코끼리가 목욕하고 밥 먹는 걸 구경할 수 있어 흥미로웠다. 일 인당 200 바트를 내면 코끼리 타기가 가능했다. 우리와 함께한 투어 그룹에서 코끼리 타기 신청자는 서진이가 유일했다. 코끼리 타기가 썩 내키지는 않았지만 서진이 혼자 코끼리에 태울 수는 없으니 나도 서진이와 같이 코끼리 등에 올랐다. 코끼리를 보고 반갑다고 인사하던 서진이의 눈에 갑자기 눈물이 글썽글썽 맺혔다.

아유타야 가는 길의 코끼리 농장

"코끼리야, 아플 텐데 등에 타서 미안해."

코끼리에게 사과를 했다. 그리고 코끼리를 타는 십여 분 내내 코끼리에게 연신 미안하다고 하더니 급기야 코끼리가 불쌍하다며 울음을 터트렸다. 네가 탄다고 했잖아? 억지로 태운 것도 아닌데 이게 무슨 상황이람!

두 번째 사원 '왓 마하탓'은 처음 오는 곳이었지만 친근한 느낌이 들었다. 혹시 태국에 관한 자료를 보다가 나무로 뒤덮인 불상의 얼굴을 본 적이 있는지? 바로 그 나무 불상이 있는 곳이 왓 마하탓이다. 유네스코 문화유산에도 등재되어 있어 관리가 엄격한 탓에 복장 규정이 철저했다. 나무 불상이 있는 곳에서 가이드의 도움으로 가족사진을 찍었다. 이 나무 불상 앞에서 사진 찍을 때는 특별한 주의 사항이 있었다. 앉아서 사진을 찍어야 한다. 불교 신자가 많은 태국이라 불상을 아주 귀하게 여긴다. 사람이 불상보다 높은 위치에 있으면 안 된다고 했다. 오늘 태국의 새로운 문화에 대해 또 하나 알게 되었다.

초저녁잠이 많은 부모님이지만 아유타야의 멋진 일몰을 보기 위해 야간 투어를 선택했다. 보트를 타고 해가 지는 강가를 따라 천천히 여유롭게 이동했다. 선상 뷔페와 라이브 음악을 즐길 수 있는 방콕의 화려한 크루즈와는 또 다른 느낌이었다. 굳이 둘 중 하나만 선택해야 한다면 나는 아유타야 선셋보트에 한 표다.(서진이의 선택은 아직 타본 적 없는 방콕의 크루즈란다.) 너무나 평화롭고 아름다운 모습에 쉴 새 없이 감탄이 나왔다. 자연의 아름다움과 숭고함에 경의를 표하고 싶은 마음이 들었다. 서진이 학교 보내고 청소하고 간식 챙기고 학원 데려다주고 밥을 하며 똑같은 일을 무한반복하고 살았다. 그러다 오늘 같은 여유를 즐기니 그 여유로움이 배로 느껴졌다. 다른 근교 투어지와 비교하며 마지막까지 고민하다 선택한 아유타야! 안 왔으면 어쩔 뻔했어. 집에 가면 다시 바쁜 일상이겠지만 그래도 이제는 아유타야의 아름다운 모습을 가슴에 담았으니 마음이 힘들어지는 날 다시금 꺼내며 파이팅 해야겠다.

선셋보트에서 바라본 아유타야 사원

22일차

## 야경맛집 촘아룬(Chom Arun)

방콕에 온 지 벌써 22일째. 이제 집으로 돌아갈 날이 점점 가까워진다는 게 실감이 났다. 길게만 느껴지던 한 달 살기도 어느덧 삼 분의 이가 지났다. 하루하루가 더 소중하게 느껴지기에 오늘도 부지런히 달려보려 했건만 잠에서 깬 서진이가 목이 아프다고 했다. 이마를 짚어보니 미열도 있다. 혹시나 해서 코로나 검사를 해보니 다행히 음성이었다.(부모님이 코로나에 걸린 이후 조금만 아파도 코로나 의심부터 하게 되었다.) 서진이는 한국에 있을 때도 목감기를 달고 살았다. 피곤하면 편도가 잘 부었다. 여행지에서 더 아프면 안 되니 잠시 쉬어가기로 했다. 시암박물관에 가려던 계획을 취소하고 낮 동안 모두가 콘도에서 뒹굴었다.

왓아룬의 일몰을 감상할 수 있는 레스토랑을 여행 전에 몇 군데 찾아 두었다. 그리고 여행 날짜가 다 되어서 예약하려고 연락을 하니 루프탑은 예약이 다 찼단다. 얼마나 일몰이 멋지길래 한 달 전에 예약해도 안 될까 궁금해졌다. 혹시나 취소되는 자리가 있으면 연락을 달라고 몇 번이나 부탁을 했다. 그리고 진짜 며칠 후 촘아룬에서 연락이 왔다.(다음 방콕 방문 때도 예약이 다 찼다고 해서 빈자리가 생기면 연락 달라고 했더니 안 된다고 했다. 이날 진짜 운이 좋았다.) 예약은 저녁 다섯 시. 서진이는 촘아룬의 아담한 건물 외관을 보고 살짝 실망한 눈치였다.(나중에 멋진 일몰을 보고 맛있는 브라우니를 먹은 후 촘아룬에 완전 반했다.)

루프탑으로 올라가니 아직 해가 지기 전이었다. 햇빛을 싫어하는 엄마는 자리에 앉자마자 햇빛을 가리기 위해 모든 에너지를 쏟았다. 지켜보고 있자니 전망이고 식사고 다 힘들 듯한 분위기였다. 아쉽지만 직원에게 양해를 구하고 일 층의 에어컨이 빵빵한 실내 자리를 이동했다. 카우팟 뿌(게살 볶음밥), 텃만꿍(새우살을 다져 튀긴 요리), 팟카파오 팟무쌉(돼지고기 덮밥), 두부볶음, 수박 주스를 주문하고 넘실거리는 차오프라야 물결과 함께 황금빛으로 변하는 왓아룬의 아름다운 모습을 감상했다.

촘아룬 레스토랑에서

시간이 좀 지나니 일 층의 접이식 문을 활짝 열어주는 촘아룬만의 특별한 서비스가 있었다. 식사가 끝날 무렵에는 한 직원이 테이블마다 돌며 지금 사진을 찍어야 하니 삼 층 루프탑으로 올라오라고 친절하게 안내를 해주었다. 삼 층 루프탑에는 사진용 대형 조명이 설치되어 있었다. 그리고 사진을 전담으로 찍어주는 직원이 있었다. 줄 서서 기다리는 손님들에게 포즈까지 알려 주며 정성스레 사진을 찍어주니 인생샷이 안 나올 수가 없었다. 음식이 어땠는지는 사실 생각이 잘 나지 않는다. 기억에 딱히 없는 거 보면 맛이 아주 있지도 아주 없지도 않았던 거겠지? 음식보다 더 근사했던 촘아룬의 환상적인 뷰와 직원들의 친절함이 지금까지 기억 속에 남아 있으니 그걸로 충분하다.

해 질 무렵의 왓아룬

"멋진 곳에서 가족사진을 남길 수 있어서 좋았다."

아버지는 그때의 일몰이 정말 멋있었다며 지금도 가끔 이야기하신다.

23일 차

## 랑수언 길거리 음식과 세븐일레븐 그리고 복권 한 장

오늘도 서진이는 미열이 있다. 엄마는 하루 더 쉬어 가자고 하셨다. 서진이는 하루 종일 콘도에 있었다. 컨디션이 좋을 때는 숙제를 하고 컨디션이 별로면 넷플릭스를 보다가 미니어처 만들기나 그림을 그렸다. 다이어리, 갑 티슈, 두루마리 휴지 등등. 저걸 어떻게 손으로 만들까 싶은 정도의 초미니 사이즈다. 숙제나 공부할 때는 하품을 그렇게 하고 진도가 안 나가는데 만들기를 할 때면 눈을 반짝이며 몇 시간이고 집중해서 작품을 완성한다. 나도 지극히 평범한 엄마인지라 수학 문제 하나 풀며 몇십 분씩 걸리는 걸 보고 있으면 속이 타고 화도 난다. 하지만 그 마음과는 별개로 서진이가 좋아하는 걸 꾸준히 했으면 좋겠다. 어떤 재능이든 아이를 성장시키는 재료가 되지 않을까? 좋아하는 것을 마음껏 하는 자유 속에서 더 큰 꿈을 품고 상상을 실현시켰으면 좋겠다.

서진이가 그린 태국 돈(바트)

서진이가 작품 활동을 하는 동안 엄마와 나는 밖으로 나왔다. 엄마는 좋아하는 센트럴 월드로 가시고 나는 랑수언 로드의 길거리 음식과 편의점 털기에 나섰다. 길을 따라 걷다가 오늘은 대형 튀김팬에서 이것저것 튀겨 내는 가게로 눈이 갔다. 튀겨서 맛없는 음식이 있을까? 무 끄럽(통으로 튀긴 돼지고기) 1인분을 40바트에 샀다. 엄마는 길에서 산 음식은 잘 안 드신다. 나는 누굴 닮은 건지 길거리 음식을 너무나 잘 먹는다. 그냥 맛이 좋으니까 사먹는다. 너무 깊게 고민하면 그게 다 스트레스가 될 것만 같다. 스트레스 안 받고 살기는 정말 어렵지만 웬만하면 단순하고 심플하게 살고 싶다.

어깨에 과자 꾸러미를 메고 이동하는 아저씨가 눈에 들어왔다. 앗, 엄마가 그렇게도 찾아 헤매던 쌀 과자(Rice Cracker)였다. 아유타야에 갔을 때 가이드가 비닐봉지째 건넨 과자. 엄마는 그 과자가 그렇게 맛있었다며 마트나 시장을 갈 때마다 과자를 찾아 나섰다. 여태 못 찾은 과자를 오늘 랑수언 로드에서 보았다. 너무나 반가운 마음에 과자 파는 아저씨에게 다가갔다. 아저씨는 먼저 온 손님을 상대 중이었다. 태국 손님이 과자 두 봉지에 20바트 내는 걸 눈으로 확인하고 "얼마에요?"라고 물으니 한 봉지에 20바트란다. 방금 전 태국인이 두 봉지에 20바트를 내고 사 갔는데? 집에도 가져가려고 넉넉히 구입하려다 마음이 상했다. 그냥 한 봉지만 구입했다.(거기서는 그렇게 쿨하게 한 봉지만 사놓고 집으로 돌아와 더 사지 않은 걸 바로 후회했다. 10바트 더 내도 엄청 싸잖아. 다음에는 30바트라 해도 그냥 사고 싶은만큼 살거다.)

방콕의 길거리 음식

길을 따라 걷다 보니 복권 판매상이 보였다. 오랜만에 복권이나 한 번 사볼까? 접었다 폈다 하는 나무로 된 좌판 위에 복권이 쫙 깔려 있다. 내가 원하는 번호를 선택해 직접 종이를 뜯으면 된다. 원래 복권은 80바트지만 판매상이 조금 더 붙여서 100바트에 판매한다.(더 붙여 파는 곳도 있다.) 당첨자 발표는 매월 1일과 16일. 일등 당첨금은 600만 바트다. 특이

하게 일등으로 당첨된 번호의 앞과 뒤 번호도 각각 10만 바트씩 준다. 복권 일등에 당첨되면 뭐 하지? 회사 다닐 때는 퇴사가 꿈이었지만 지금은 일등에 당첨되어도 내 직업(전업주부)은 그만둘 수가 없다. 그냥 내가 좋아하는 여행이나 실컷 하지 뭐. 상상만 해도 벌써 행복하다.(복권을 산 것조차 잊고 당첨일날 확인을 못 했다. 산 복권이 어디 있는지도 못 찾았으니 당첨 여부는 확인 불가다.)

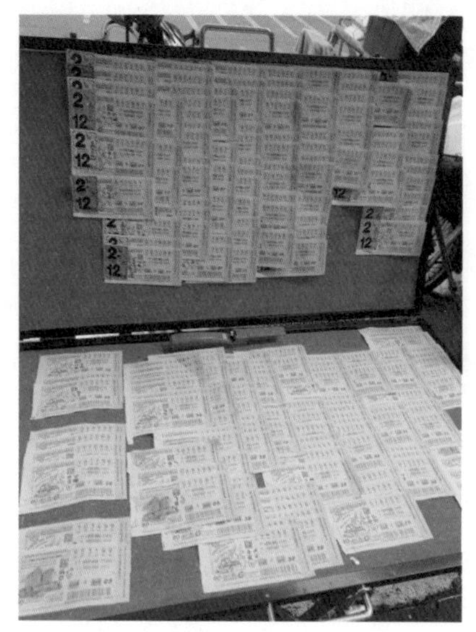
태국의 복권

혼자 나왔으니 편의점 구경도 여유롭다. 오늘은 내가 좋아하는 것만 잔뜩 담았다. 특히 편의점의 판단 커스터드 빵은 너무 맛있다. 열대식물인 판단의 잎으로 만든 잼이 초록색이다. 잼이라고 하기에는 색깔이 너무 특이해서(초록색을 보면 외계인이 제일 먼저 떠오른다.) 방콕 와서 지나치기만 했던 걸 태국 친구가 추천해 줬다. 처음에 먹고 너무 맛있어서 그 자리에서 두 개나 먹었었지? 아직 산 걸 먹기도 전인데 좋아하는 걸 양손 가득 들고 있으니 힘이 넘친다. 딱히 일정이 없으니 모든 게 평화롭다. 마음의 여유도 생긴다. 콘도에 가니 다행히 서진이는 열이 내렸다. 내일부터 다시 나가 보자, 서진아!

24일 차

## 어린이날, 레고시합에 출전하다

여느 날처럼 센트럴 칫롬을 통과(?)해서 밖으로 나가기로 했다. 지름길이라고 들어간 백화점은 평소와 분위기가 달랐다. 내려가서 나가려다 일단 멈췄다. 오늘이 태국의 '어린이날'이란다. 센트럴 월드에서 점심 식사를 하려던 계획을 접고 센트럴 칫롬의 어린이날 행사에 참여했다. 예쁜 아이싱 쿠키를 받고 대형 캐릭터 인형과 사진도 찍었다. 책갈피 만들기 행사에도 참여했다. 열두 시 정각에 레고시합이 시작된다고 해서 명단에 이름을 쓰고 시간이 되기를 기다렸다. 오늘따라 영어를 하는 직원이 없어서 내 짧은 태국어와 눈치로 행사에 참여했다.

"능, 썽, 쌈!"(하나, 둘, 셋!)
"서진아, 시작해."

행사 진행요원의 구령에 아이들이 미리 들고 있던 작은 레고 세트를 맞추기 시작했다. 그중 큰 아이 하나가 몇 분 지나지 않아 레고를 다 맞추고 손을 번쩍 들었다. 1등이다. 다 맞춘 아이들이 속속들이 손을 들어 완료했음을 알렸다. 서진이는 비록 우승 상품은 못 받았지만 이 행사를 즐겼다.

레고 시합 후에 다 같이 기념사진까지 찍었다.

레고시합 후 기념사진

쉐라톤 호텔에서 애프터눈 티 타임

영어학원이 끝난 후 쉐라톤 호텔의 카페 더리빙룸에서 애프터눈 티를 즐기기로 했다. 이티고에서 반값 할인을 받아 예약했다. 이티고는 레스토랑과 카페를 예약하는 앱으로 애매한 시간대일수록 할인율이 높다. 정시에 식사를 해야 하는 부모님이 계시니 식사는 패스고 애프터눈 티 예약할 때 딱이었다. 애프터눈 티를 처음 하게 된 아버지는 3단 트레이에 예쁘게 담겨 온 디저트를 보고 감탄했다.

"이야, 이게 다 뭐야?"

각자의 취향이 다르니 마음대로 골라 먹으며 티타임을 즐겼다. 서진이와 아버지는 호텔이 멋지다며 잠깐 카페를 벗어나 사진을 찍고 왔다. 작은 일에도 감사하고 소소한 즐거움을 즐기는 서진이의 감성은 어떻게 보면 아버지를 많이 닮은 것 같다. 덕분에 나와 엄마는 편안한 카페 소파에 앉아 휴식을 취했다.

BTS 아속역 매표소에서 줄을 서서 기다리는데 앞에 있는 태국인 아이가 공짜 표를 받았다. 어린이날이라 아이는 무료라고 했다. 다음부터 1월에 여행을 오면 어린이날은 무조건 BTS를 타고 최대한 멀리 갈 거다.

**여기서 잠깐!**

태국의 어린이날은 1월 첫째 주 토요일이다. 토요일을 포함하여 며칠간 행사를 하는 곳도 있으니 미리 알아 두고 일정을 짜면 좋다. 어린이날에 어린이의 BTS 요금은 무료다.

25일차

## 아시아티크에서 마지막으로 만난 소중한 인연

영어학원 등록하러 간 날부터 서진이는 영어학원보다 그 앞의 클레이 학원에 더 많은 관심을 보였다. 드디어 오늘! 클레이 학원 쿠모(Kumo)를 방문했다. 한 달 살기 초반에 클레이 학원 한 달 수강도 잠깐 고민했지만 방콕의 학원비는 생각보다 비쌌다. 그래서 수강 문의만 하고 지나쳤더니 영어학원에 들어갈 때마다 그쪽을 목이 빠져라 쳐다보며 눈을 떼지 못했다. 한 시간에 650바트이니 우리나라 체험수업과 비용이 비슷하다. 태국인 선생님과 어떻게 의사소통할지 궁금해하며 학원으로 들어갔다. 진열된 수백 가지의 클레이 작품을 둘러보며 만들고 싶은 것을 서진이가 직접 골랐다. 자리에 앉아 선생님께 먼저 설명을 듣고 시작했다. 다행히 선생님이 영어를 꽤 잘했다. 그러고 보니 방콕은 관광도시라 어디를 가나 간단하게라도 영어를 하는 태국 사람을 쉽게 만날 수 있었다. 영어의 유창성과는 별개로 외국 사람을 봐도 긴장하지 않고 대화할 수 있다는 점이 우리랑은 조금 다른 듯했다. 태국인의 영어에 대한 저 자신감은 어디서 나오는 걸까? 우리나라도 영어라면 꽤 오랜 시간 학교에서 배우는데 이상하게 외국인을 만나면 긴장부터 하니 대화가 쉽지 않다. 한 시간이 금방 지나 서진이의 작품 '햄버거'가 완성되었다. 어린이날 주간이라 선생님께 미니큐브 키링을 선물 받았다. 클레이 학원에 대한 좋은 기억이 생겼다.

몇 번 안 간 거 같은데 벌써 영어학원도 오늘이 마지막이다. 주말에만 수업을 듣다 보니 같은 반 친구를 깊게 사귀지 못한 게 아쉬웠다. 그래도 방콕에서 영어학원 다니기라는 1차 목표는 달성했으니 너무 아쉬워하지 말자!

"Suhjin, have a nice trip. Good luck." (서진아, 여행 잘 하고 돌아가. 행운을 빌어.)

선생님과 작별 인사를 하고 시원섭섭함을 뒤로한 채 학원을 나섰다.

이제 며칠 후면 한국으로 돌아가야 한다. 이번 여행에서 마지막으로 에이네 가족들을 만나러 간다. 오늘은 아시아티크다. BTS 사판탁신역에 있는 선착장에서 무료 셔틀보트를 눈 앞에서 놓치고 정확하게 삼십 분을 기다렸다. 에이와의 약속 시간은 오후 네 시지만 에이는 오늘도 지각모드다. 네 시 삼십 분에 온다, 다섯 시에 온다 하더니 다섯 시가 좀 넘어 나타났다. 서진이도 이제 에이의 시간에 적응했다. 서진이는 셔틀보트에서부터 대관람차를 타고 싶어 했고 바로 눈앞에 마주하니 타고 싶은 마음이 더 간절한 듯 보였다. 서진이의 마음을 눈치챈 에이가 챔에게 아이들과 함께 대관람차를 타고 오라고 했다. 졸지에 아이들 둘을 데리고 대관람차에 탑승한 챔. 덕분에 고소공포증이 있는 나는 한숨 돌렸다. 에이와 벤치에 앉아 얘기하는 중, 챔이 다급한 목소리로 에이에게 전화를 했다.

"지금 대관람차가 정상에 왔는데 너무 무서워. 숨이 안 쉬어지니 직원에게 얘기해서 운행을 멈추어 달라고 해. 지금 당장!"

응? 정상에 있는데 운행을 멈추면 계속 거기에 있어야 하는 거 아닌가? 챔은 나만큼 높은 곳을 무서워했나 보다. 에이가 심호흡을 한 후 눈을 감고 있으라고 했다. 그러면 곧 내려올 거라고. 전화를 끊고 잠시 후 챔한테 다시 전화가 걸려 왔다. 지금 이 상황을 나에게는 비밀로 해달라고 했다. 옆에 있으니 안 듣고 싶어도 다 들렸다. 심지어 전화를 끊은 에이가 자세히 설명도 해주었는데. '고마워, 챔. 나중에 한국에 오면 마음을 다해 가이드 할게.' 때로는 깊은 대화를 나누지 않아도 상대방의 마음이 느껴지는 순간이 있다. 에이와 챔을 만나면 문득문득 그런 마음이 느껴져 함께 하는 시간이 참 감사하다. 한국에 와본 적이 없는 챔과 까오가 꼭 한국에 오면 좋겠다.

세일 투 더 문(Sail To The Moon) 레스토랑은 아시아티크의 분위기가 고스란히 느껴졌다. 야외 테이블에 앉아 강바람을 맞으며 오가는 사람들을 구경하는 재미가 있었다. 간간이 실내에서 들려오는 라이브 음악소리는 바에 온 듯한 착각을 일으키게 했다. 여기 샤부샤부 집 아니었나? 태국은 어디를 가든 라이브 음악을 해주는 곳이 참 많다. 흥 많은 태국 사람들 틈에 끼어 있으니 어느새 내 엉덩이도 들썩거렸다. 오늘의 메뉴는 타이 샤부 보트 누들(Thai Shabu Boat Noodle). 고기와 국수를 좋아하는 서진이에게 아주 좋은 메뉴다. 보트 누들은 많이 먹어 봤어도 샤부 보트 누들은 처음이었다. 보트 누들 양이 적어 아주 가끔은 두 그릇도 시켜 먹었다. 그런 보트 누들을 샤부로 먹으니 양껏 먹을 수 있어 좋았다. 방콕의 수로가 중요한 교통 수단이었던 시절, 좁은 보트 안에서 요리하고 서빙해야 하다 보니 국수의 양을 적게 하고 작은 그릇에 담아 판매했던 게 보트 누들의 시작이란다. 이제는 노점상, 식당 심지어 고급 레스토랑까지 보트 누들을 판매하는 곳이 늘어났다. 그래도 여전히 작은 그릇에 담겨 나오니 현대 문화와 전통이 공존하는 모습이 조화로우면서도 인상적이었다.

길거리에서는 풍선아트가 한창이었다. 어린이라면 그냥 지나칠 수 없는 예쁘고 멋진 모양의 풍선들! 서진이와 까오도 풍선을 보자마자 원래 목적지가 그곳이었던 것처럼 풍선아트 아저씨 앞에 멈추어 섰다. 서진이는 테디베어, 까오는 총 모양의 풍선을 하나씩 받고서야 다시 이동을 시작했다. 아시아티크에서의 만남을 마지막으로 에이네 가족과도 작별 인사를 했다. 대학생 때 만나 이제는 둘 다 사십 대 중반. 만나는 횟수는 일 년에 한두 번이 고작이지만 우리의 우정은 세월이 지난 만큼 고스란히 쌓였다. 나의 방콕에서의 일상에는 늘 에이가 있었다. 이제는 각자 남편, 아이와 가정을 꾸리고 또 그 가족들과의 만남도 소중한 인연이 되었다. 서진이랑 까오도 오래도록 좋은 인연이기를 바란다.

BTS 수라싹역 개찰구로 들어서려는 순간, 보안요원이 우리를 붙잡았다. BTS 안으로 풍선 반입이 안 된다며 들어갈 수 없다고 했다. 나는 내심 서진이가 풍선을 포기하기를 바랐다. 여기까지 왔는데 다른 교통수단으로 갈아타기에는 체력이 이미 바닥난 상태였다. 서진이는 혹여나 보안요원에게 풍선을 빼앗길까 봐 양손으로 풍선을 꽉 쥐고 나에게 불쌍한 눈빛을 보내고 있었다. 그 눈빛이 어찌나 짠한지 차마 들어가자는 말이 안 떨어졌다. 그렇게 계획에도 없던 택시를 타고 콘도로 왔다. 고이 모셔온 테디베어 풍선은 비행기를 타기 전까지 우리와 남은 여정을 함께했다. 그나저나 왜

BTS에는 풍선을 들고 들어가면 안 되는 걸까? 혹시 그 이유를 아시는 분?

아시아티크의 저녁시간

26일차

## 콘도야 안녕,
## 이비스방콕 리버사이드 호텔로 이동하기

끝나지 않을 것 같았던 우리의 방콕 한 달 살기 여정도 어느덧 막바지에 이르렀다. 여행객이지만 편한 집 덕분에 때때로 현지인이 된 듯한 착각을 일으키게 해준 뉴하우스 콘도미니엄. 지내는 동안 방콕에도 우리 집이 생겨 참 좋았다. 외출 후 들어와 아무렇게나 가방을 벗어 던지고 넷이 누워도 여유로운 큼지막한 안방, 아침에 제일 먼저 일어난 사람이 스르륵 밀어보는 안방의 미닫이문, 옹기종이 모여 앉아 아침 식사하던 동그란 테이블, 그리고 처음부터 마음에 들었던 수납장까지 한국에 가서도 많이 생각날 것 같다. '잘 있어, 방콕의 우리 집.' 오전 내내 짐정리를 하며 아침은 누룽지, 점심은 참치 김치찌개로 간단히 해결했다. 아쉬운 마음이 정말 크지만 우리에게 남은 4일이 더 있다. 방콕 우리 집을 떠난다고 마냥 슬퍼하기에는 아직 이르다. 회사 다닐 때는 3박 4일의 여행도 얼마나 꿀이었다고! 남아 있는 시간을 더 즐겨보자!

볼트(Bolt)로 XL(6인승 택시)를 불러 이비스방콕 리버사이드 호텔(Ibis Bangkok Riverside Hotel)로 이동했다. 캐리어가 네 개나 되니 다 못 실으면 택시를 한 대를 더 부르려고 했다. 다행히 마음 좋은 택시 기사님은 싫은 기색 없이 짐칸에 그 무거운 캐리어들을 전부 포개어 누르며 넣어 주었다. 여행 다니며 순박하고 친절한 현지인들을 만나면 더 여행할 맛이 난다. 아버지는 고마운 기사님이라며 팁을 드리자고 하셨다. 감사한 마음을 담아 택시비 193바트에 100바트를 더 드렸다. 활짝 웃으며 두 손을 모아 합장하던 기사님의 모습에 내 마음도 따뜻해졌다.

이비스 호텔은 십 년 전쯤 시부모님, 남편과 함께 온 게 마지막이었다. 그때 야외 테이블에서 조식을 먹으며 보던 차오프라야 강이 너무 예뻐 다시 찾았다. 그런데 웬걸. "십 년이면 강산도 변한다."는 말이 괜히 나온 말이 아닌가 보다. 아님 내 기억이 시간이 지나며 미화된 건가? 좁은 골목을 따라 들어가 마주한 호텔은 음… 아주 아담했다. 방이라도 좋았으면 하고 로비로 들어갔다. 우리가 배정받은 방은 707호와 709호. 호텔에서 제일 높은 층의 레이크 뷰다. 방문을 여니 아담한 방이 한눈에 다 들어온다. 여기까지는 오면서 짐작했던 거고 지금부터가 반전이다. 방의 끝까지 들어가 창가로 가니 뷰가 진짜 예술이었다. 차오프라야강의 평화로운 넘실거림을 보고 있자니 호텔에 오랜만에 와서 받았던 첫 인상이 그냥 다 잊혀졌다. 그리고 강만큼 반가운 수영장이 정면으로 보이네. 수영장 주변 나무들까지 반짝반짝 빛을 뿜으며 분위기를 더해 주었다.

숙소의 전망을 중요하게 생각하는 아버지께서 경치가 아주 좋다며 만족스러워하셨다. 각자의 방에 짐을 두고 다시 만나기로 하고 나와 서진이는 707호로 부모님은 709호로 들어갔다. 내가 캐리어를 열고 간단하게 짐 정리를 하는 동안 서진이가 방 안을 한 번 쭉 둘러봤다. "이건 무슨 문이지?" 하며 방안에 있는 문을 연 순간, 앗, 부모님이 계신다. 커넥팅 룸이었다.

이비스 호텔 방에서 바라본 차오프라야강

분명 체크인하며 설명을 해주었을 텐데 왜 못 들은 거지? 갑자기 서진이와 부모님이 흥분했다.

"방이 연결되어 있어. 진짜 최고다."

서진이는 연신 문을 들락거리고 부모님의 웃음소리가 들린다. 다행이다.

늦은 오후, 수영장에 아무도 없던 이유는 수영장에 직접 들어가 보고 알았다. 해가 지기 시작하니 수영장의 물이 많이 차갑다. 얕은 곳 위주로 다니며 아쉽지만 수영을 짧게 끝냈다.

"그런데 이 넓은 수영장에 우리만 있어. 우리 수영장 진짜 좋은데?"

서진이의 한 마디에 수영을 못해 아쉬웠던 마음이 싹 사라졌다. 같은 상황도 어떻게 보느냐에 따라 이렇게 다르네. 그동안 나름대로 긍정적으로 살았다고 자부했다. 지금 보니 긍정적이었다기보다는 그 상황을 수긍하며 지낸 건 아니었나 싶다. 아이의 눈으로 바라보는 세상에 함께 있으니 덩달아 즐겁다.

수영을 한 이후라 배는 고프고 힘이 빠졌다. 넷 다 체력이 금방 비축되고 금방 바닥이다. 수영 전에 세운 계획은 접어 두고 식사할 장소부터 찾아야 했다. 큰 길가의 태국 느낌 물씬 나는 야외 레스토랑은 에어컨이 없으니 일단 제외다. 이 주위에서 가장 큰 쇼핑몰인 Sena fest가 생각났다. 외곽 쪽 쇼핑몰이어서 그런지 화려한 겉과 달리 내부는 휑한 느낌이다. 레스토랑도 몇 개 없고 손님도 거의 없었다.

쇼핑몰에서 가장 규모가 큰 수끼집(Texas Suki)을 누가 먼저랄 것도 없이 식사장소로 찍었다. 쇠고기인지 해산물인지만 고르면 모든 재료가 알아서 나오는 우리나라와는 달리 태국의 수끼집은 국물에서부터 채소, 고기, 해산물 하나하나 먹는 사람이 선택해야 한다. 처음에 수끼집을 가서 그 많은 재료 중 내가 먹을 것을 고르려 하니 정신이 하나도 없었다. 오늘은 부모님과 왔으니 넉넉하게 주문해야지. 그나저나 이렇게 끝도 없이 주문해도 되는 걸까? 시킨 재료의 종류가 너무 많아 미리 계산하기가 어렵다. 이삼십 대 때의 빠릿빠릿함이 없어져 아쉬운 순간이었다. 계산서를 받아오니 600바트가 채 안된다. 넷이서 배불리 먹고도 600바트가 안되다니 가격 참 착하다.

방콕 시내에서는 못 봤던 빌라 마켓이 쇼핑몰 안에 있었다. 봐도 뭐가 뭔지 모르겠다던 부모님도 이제 시간이 좀 지나니 마트 구경이 취미가 되었다. 에어컨 바람을 시원하게 맞으며 시간을 보내기 딱 좋은 곳이라고 하셨다. 부모님께서 여행의 재미를 조금씩 알아가는 요즘, 점점 집으로 돌아갈 시간이 다가오니 아쉬운 마음이 깊어진다. 한국에는 없는 하리보 젤리를 발견한 서진이가 하리보 젤리를 신나게 흔든다.

텍사스 수끼에서의 저녁 식사

"엄마 엄마, 이거 우리나라에 없는 맛이야. 진짜 맛있겠다."
"짐 꽉 찼으니 하나만 사. 이제 꼭 필요한 것만 사야 해."

이제는 돌아갈 짐도 미리 생각해야 한다. 위탁 수하물의 킬로그램 수를 넘겨 공항에서 캐리어를 펴고 한바탕 소란을 피우는 건 생각만 해도 마음이 힘들어진다.(상상은 며칠 후 현실이 되었다.) 오늘은 다들 일찍 자리에 누웠다. 귀가 밝은 서진이가 계속 뒤척였다. 결국 신나는 음악소리를 내며 강을 유유히 지나는 디너 크루즈를 향해 한마디 한다.

"나 잠 좀 자자. 지금 잘 시간인데 넌 잠도 없니?"

디너 크루즈의 음악 소리는 밤 열 시가 좀 지나서야 잠잠해졌다. 일찍 누웠음에도 모두가 잠들 수 있을 정도로 고요한 상황이 되어서야 서진이는 잠이 들었다. 이제 며칠만 있으면 학원도 가고 숙제도 해야 하니 미리 습관을 좀 들일까 해서 일찍 누운 건데… 괜히 시간 낭비만 했네. 그냥 방콕에서는 계속 놀고 한국 가서 되는대로 해야겠다. 아이를 키우다 보면 주변의 이야기에 귀가 자주 팔랑거린다. 그래도 다행인 건 지금이라도 조금씩 그 귀가 닫히고 있다는 거다. 서진이가 많은 세상을 경험했으면 좋겠다. 틈만 나면 짐을 싸고 떠나는 이유도 바로 그거다. 서진이가 더 넓은 세상을 많이 봤으면 좋겠다. 무엇보다도 하고 싶은 일을 스스로 찾고 그 일을 하며 행복한 아이로 자랐으면 좋겠다.

27일 차

## 이번에는 부모님과 아시아티크

몇 주간 콘도에서 지내며 아침 식사는 늘 간단했다. 아침까지 배달해 먹는 건 번거롭다며 아침 준비 당번을 자처하신 친정엄마. 축하드립니다. 오늘부터 식사 준비에서 해방되셨습니다. 오랜만에 온 호텔이라 간단한 조식이라도 한 끼 식사로 훌륭하다며 좋아하셨다. 부모님과 서진이가 호텔 조식을 즐기는 사이 나는 로컬 맛집을 찾아 거리로 나섰다.

태국은 아침 일찍 장사하는 곳, 아침부터 낮까지만 하는 곳, 오후에 나오는 곳 등등 식당 운영 형태가 조금씩 달라서 골목 풍경이 시간대별로 달라지기도 한다. 이비스 리버사이드 호텔 주변의 아침은 어떨까? 골목길을 벗어나 큰 길로 나서니 에어컨, 출입문이 없이 그냥 가게 안이 뻥 뚫린 식당들이 많았다. 가끔은 검색을 하지 않고 낯선 곳을 이렇게 발길 닿는 대로 다녀보는 것도 좋아한다. 이번 여행은 부모님이 함께 하시니 아는 곳, 유명한 곳 위주로 계획을 세우고 편리한 교통수단을 주로 이용했다. 그래서 오늘의 아침 시간이 나에게는 더 소중하다.

내일 아침에 또 나올 생각에 그래도 오늘은 마음의 여유가 생긴다. 길

팝콘과 음료를 구매한 동네 카페

을 걷다 재미난 가게를 발견했다. 바깥은 카페인데 안은 사진관이다. 분위기를 보아하니 카페의 사장님은 와이프고 사진관의 사장님은 남편이다. 카페 앞으로 맛있어 보이는 캐러멜 팝콘이 쭉 진열되어 있다. 한 통에 20바트. 아침부터 팝콘? 맛있어 보이니 참을 수 없었다. 팝콘 한 통과 커피 한 잔, 타이 티 한 잔을 주문했다. 평소 아침은 커피이지만 태국에서는 1일 1타이 티다. 그리고 오늘은 왠지 커피와 타이 티 둘 다 마시고 싶은 날. 한 잔에 20바트니 두 잔을 다 사도 40바트다. 타이 티를 한 입 쭉 빨아 당기니 진한 타이 티 향이 목구멍으로 넘어왔다. 말해 뭐해? '완전 내 스타일이다.'

비닐 트레이에 담아 준 커피와 타이 티를 들고 다시 걸었다. 조금 걷다 '쪽'집을 발견했다. 태국 사람들이 아침 식사로 잘 먹는 쪽. 쌀을 갈아서 끓인 미음죽이랑 비슷한 음식이다. 여기에 닭고기, 돼지고기, 계란 등의 주재료에 따라 그 재료의 이름을 쪽 뒤에 붙이면 된다. '오랜만에 쪽으로 아침을 해결해 볼까?' 내가 선택한 쪽은 닭고기가 들어간 쪽까이. 동네 맛집인지 아침인데도 현지인들이 꽤 들어왔다.

각자 호텔식, 현지식의 아침 식사에 대한 만족도가 높은 아침, 오늘은 수영장에서 여유로운 하루를 보내기로 했다. 수영은 못하지만 물을 좋아하는 엄마와 목만 물 밖으로 낸 개헤엄의 달인 아버지, 이제 막 수영을 배워 여기저기 헤엄치며 다니는 서진이까지 수영장에 있으면 행복한 사람들이 다 모였다. 나는 그 행복한 사람들 틈에서 가끔 사진 찍어주고 식사를 챙겨주며 오늘의 집사를 자처했다. 썬 배드에 누워 보내는 자유시간은 덤. 해가 쨍한 자리만 찾는 서양인들과 달리 우리는 햇빛이 안 드는 자리를 하나씩 차지했다. 언뜻 보면 온몸에 화상을 입은 건 아닌가 싶을 때까지 온몸을 태우는 서양인들 틈에서 아주 작은 양의 햇빛도 허용하지 않겠다며 자외선 차단제를 온몸이 하얗게 되도록 듬뿍 바르는 우리는 찐 한국 사람이다.

수영장에서 식사도 하고 여유로운 시간을 보내며 순식간에 세 시간이 지나갔다. 친정엄마가 "우리 방콕까지 와서 야시장은 안 가는 거야?"라는 말을 하지 않았다면 어디로 갈지 한참을 고민했을 거다. 나와 서진이는 이미 다녀왔지만 다시 아시아티크에 가기로 했다. 아시아티크의 대관람차가 보이자 서진이는 바로 이틀 전 다녀온 기억을 떠올렸다.

크루즈에서 본 아시아티크의 대관람차

"할아버지, 할머니. 그저께 저 대관람차 타봤어요. 제일 꼭대기에 올라가면 방콕이 다 보여요. 아, 진짜 재밌었는데… 오늘 또 타면 안 될까요?"

순간 일동 얼음이 되었다. 저 높은 곳까지 올라갈 수 있는 사람이 서진이 말고는 없다. 동네 놀이터 미끄럼틀만 올라가도 어지러운걸. 괜히 사소한 일에

목숨까지 걸 필요 없잖아? 내가 저걸 타는 것보다 서진이를 설득하는 게 훨씬 빠르겠다 싶었다. 어른 셋이 서진이를 설득하기는 아주 쉬웠다. 물론 엄청 아쉬워하기는 했지만. 다음을 기약하고 식사할 장소를 찾았다. 세 시간의 수영을 하는 동안 얼마나 잘 논 건지 부모님과 서진이의 눈이 슬슬 감기기 시작했다. 시간이 가는 게 마냥 아쉬운 내 마음을 아무도 몰라주네. 이제 진짜 딱 하루 남았다. 이렇게 피곤해할 거면 내일은 수영을 한 시간만 하자고 무조건 건의할 거다!

서진이가 그린 아시아티크(할아버지, 할머니와 함께)

28일 차

## 수영장:
## 메리어트(구 호텔 뮤즈) vs 홀리데이인 vs 이비스

아침 식사를 고르는 즐거움도 오늘이 마지막이다. 왠지 더 정성을 들여 식사 메뉴를 선택해야 할 것 같은 느낌이라 호텔 주변의 식당을 두 번이나 돌았다. 그리고 선택한 곳! 해외를 다니며 식당에 대한 아무런 정보가 없을 때에는 유명한 사람들이 다녀간 사진이 걸려 있는 곳은 일단 믿고 들어가 본다. 맛이 보장될 확률이 높다. 눈이 돌아갈 정도로 많은 메뉴들을 하나하나 살펴보며 이번에 와서 많이 못 먹은 메뉴가 뭐였나 잠시 떠올렸다. 오호, 똠얌 쌀국수가 있잖아. 음식 취향이 전혀 다른 남편과도 똠얌 요리로는 하나가 된다. 이번 여행에서는 남편과 같이 똠얌을 못 먹었네. 조금 미안하지만 남편은 이미 집으로 갔으니 나라도 잘 먹어야겠다. 돼지고기 똠얌 쌀국수를 시키고 자리를 잡으니 이가 깨진 그릇에 맛있는 냄새를 풍기며 쌀국수가 담겨 나왔다. 맛을 음미할 새도 없이 몇 젓가락에 쌀국수를 맛있게 다 먹었다.

똠얌 쌀국수

"어제 보니 이른 아침부터 물건으로 썬 배드를 찜하는 사람이 많더라."

눈치 빠른 엄마가 우리도 자리를 맡아 두고 식사하러 가자고 했다. 물건으로 자리 맡기는 세계 어디서든 통용이 되나 보다. 식사 후 미리 맡은 자리에 여유롭게 누웠다. 어제 세 시간의 수영으로 모두가 피곤했기에 오늘은 수영을 딱 한 시간만 하기로 했다. 수영보다는 썬 배드에서 시간을 보냈다. 수영하는 사람들을 바라보며 식사하고 책을 읽고 휴대폰도 했다. 수영장에서 종일 선탠을 하며 누워 있는 서양 사람들을 보며 심심하지 않을까 생각했던 적이 있다. 오늘 해보니 의외로 재밌고 시간도 금방 갔다.

이번에 방콕에 있으며 다닌 수영장은 뉴하우스 콘도미니엄, 메리어트 오토그래프 컬렉션(구 호텔 뮤즈), 홀리데이인 칫롬, 이비스 리버사이드까지 총 네 곳이다. 호텔은 다른 곳들이 더 좋을지 모르지만 수영장은 이비스 리버사이드가 최고였다. 일단 수영장의 규모가 제일 컸다. 그리고 아이들이 놀 수 있는 수영장이 따로 있다. 해가 잘 들어 한낮에는 물 온도가 따뜻하고 주변 경관은 별 다섯 개 호텔 못지않다. 그래서 그런지 이비스 리버사이드에는 우리 말고도 수영을 하는 사람이 꽤 있었다. 수영장과 멋진 경치 덕분에 이비스 리버사이드는 부모님과 서진이의 사랑을 듬뿍 받았다.

이비스 호텔의 수영장에서

아이콘시암

내일 새벽에 공항으로 가야 하니 오늘은 너무 무리하지 않기로 했다. 호텔에서 십 분 거리인 아이콘시암을 마지막으로 둘러보자. 쑥시암에서 그렇게 찾던 쌀 과자를 다시 찾았다. 아유타야에서 맛본 이후 랑수언 로드에서 한 봉지만 산 걸 두고두고 아쉬워했는데 이게 웬일이야? 둥글넓적한 모양의 쌀 과자는 여러 맛이 있지만 엄마는 아무것도 입히지 않은 오리지널을 제일 좋아했다.

"이건 무조건 사야지. 나이가 들수록 단 건 무조건 줄여야 해. 맛있다. 너도 먹어봐."

3세트를 구입하고 샘플로 나누어 주는 쌀 과자를 몇 번이나 더 집어 드셨다. 식당을 찾아 위층으로 올라가며 이번에는 눈썰미 좋은 서진이가 소리쳤다.

"엄마, 미스틴(Mistine)이야. 지윤이 언니가 찾던 딸기 립밤 여기 있다."

미스틴(Mistine)의 딸기 립밤

지윤이가 방콕에 있으며 미스틴 립밤을 못 사고 혹시 보게 되면 사달라고 부탁을 하고 갔다. 태국 화장품 브랜드인 미스틴의 립밤은 하나에 79바트. 한국에서 사면 거의 세 배다. 지윤이 거 다섯 개와 서진이 거 한 개를 기분 좋게 구입했다.

사고 싶어서 그렇게 애타게 찾아도 안 보였던 쌀 과자와 립밤을 아이콘시암에서 찾았다. 이제 내일이면 떠나야 하는 우리를 위해 방콕이 주는 선물인가 싶었다. 식당가에 올라가 마지막 식사 장소를 찾으려고 둘러보던 중 서진이는 어김없이 생각지도 못한 메뉴를 추천했다.

"저기서 떡볶이집 봤어요. 저녁은 떡볶이 어때요?"

점심은 분식이나 면을 먹어도 저녁은 항상 밥을 드시는 아버지의 얼굴에 '대략난감'이라고 쓰여 있었다. 매운 걸 잘 먹지도 못하면서 오늘 저녁은 매콤한 걸 먹고 싶단다. 결국 생각지도 못했던 돈가스를 방콕 한 달 살기의 마지막 메뉴로 선택했다. 순간 허탈했다. 똠얌꿍까지는 아니더라도 태국에서만 먹을 수 있는 음식이면 좋았을 걸. 돈가스집을 찾아 가니 대기자가 좀 많았다. 나중에 알고 보니 '돈가츠 와코'는 꽤 알려진 맛집이었다. 돈가스 그림을 보고 종류별로 하나씩 주문했다. 서진이는 키즈 세트다. 메뉴에는 관심이 없고 장난감 포함이라는 문구 하나로 메뉴를 선택했다. 음식이 나오고 한참 기다려도 장난감이 나오지 않자 서진이가 직접 나섰다.

"장난감은 언제 주나요?"

부끄러운지 기어들어가는 목소리로 직원에게 문의를 하니 깜빡했다는 제스처를 취한 직원이 금방 장난감이 든 바구니를 가져와 고르라고 했다. 아주 오래전 내가 초등학교 다닐 시절 소풍이나 운동회 때 좌판에서 보던 그런 종류의 장난감이었다. 장난감을 보는 서진이의 눈이 반짝반짝 빛났다. 난생처음 보는 신기한 장난감들 중 가장 마음에 드는 걸 선택을 해야 하니 신중할 수밖에. 길다란 막대기를 비비듯 돌리다 놓으면 하늘로 나는 재미난 장난감을 선택했다. 서진이는 막대기를 손에 꼭 쥐고 부지런히 밥을 먹었다.

이제껏 먹어 본 돈가스 중 제일 맛있다며 잘 드시는 아버지와는 달리 엄마는 식사의 속도가 더뎠다. 자세히 보니 돈가스가 살코기가 아니라 비계가 많았다. 평소 고기 비계를 안 드시는 엄마가 먹기에는 부담스러웠던 돈가스를 말도 못 하고 그냥 드시고 계셨다. 이 집에서는 나름 특별한 메뉴일텐데 엄마 앞에서는 무용지물이었다. 늦게나마 내가 먹던 돈가스와 바꿔 드리니 그제야 편하게 돈가스를 드셨다. 방콕의 이미지가 이 비계 돈가스(?)로 나빠지지 않았기를.

내일 아침 여덟 시 비행기라 새벽 네 시에 일어나야 한다. 오늘은 무조건 일찍 자자.

29일 차

## 끝나지 않을 것 같았던 방콕 여행 마지막 날

아침 여덟 시 비행기를 타기 위해 새벽 네 시에 일어났다. 꿈인지 생시인지 분간도 못하는 상태로 나갈 채비를 끝냈다. '이제 진짜 방콕이랑 안녕이네. 내년에도 올 수 있겠지?' 코로나 기간을 제외하고 해마다 방콕에 왔다. 여행을 끝내고 집으로 돌아갈 때면 떠나야 하는 아쉬움도 있지만 곧 다시 올 거라는 희망이 있으니 스스로에게 그렇게 반문하며 많이 슬퍼하지 않았다. 하지만 이번에는 질문이 좀 달랐던 거 같다. 한 해 한 해 달라지는 부모님과 함께 온 가족이 방콕 한 달 살기를 했다. 한 달을 함께 오기까지 오랜 시간이 걸렸다. 그리고 이십구 일의 시간이 훌쩍 지나 오늘은 다시 집으로 돌아갈 시간이다. '부모님과 다시 올 날이 있겠지?' 나가기 전 호텔 방을 한 번 쓰윽 둘러보았다. '다음에 또 올게.' 여행의 마지막 사 일을 편안하게 지낼 수 있게 해 준 호텔에게도 짧은 인사를 건넸다.

평소보다 일찍 공항에 도착했다. 다행히 타이항공 수속 카운터는 H라인 전체였다. 사람도 그렇게 많지 않았다. 여유 있게 컨베이어 벨트에 캐리어 하나를 먼저 올렸다. 앗? 수하물 용량이 기준치를 많이 넘었다. 일행은 합산이 가능하니 다음 캐리어 무게를 재보자고 했다. 다음 거, 그다음 거,마지막 캐리어까지 연달아 네 개의 무게를 재니 캐리어는 무려 93킬로그램이다. 네 명의 최대 수하물 용량인 80킬로그램보다 13킬로그램이 오버되었다. 직원이 14000바트를 더 내라고 했다. '뭐? 이거 실화야? 14000바트면 한 사람을 비행기에 더 태울 수 있는 금액이잖아.' 남의 눈치를 볼 상황이 아니었다. 수속을 하다 말고 대형 장바구니와 캐리어를 바닥에 펼쳤다. 캐리어에 있던 책과 무거워 보이는 물건 위주로 장바구니에 옮겨 담았다. 13킬로그램의 짐을 비행기에 싣고 한 사람분의 비행깃값을 더 낼 수는 없었다. 두근거리는 마음으로 다시 캐리어 무게를 재니 결과는 '통과'

수완나폼 공항 출국 수속 카운터

기뻐하며 수속을 성공적으로 했지만 공항 검색대에서 또 한 번의 시련을 맞이했다. 13킬로그램의 물건을 빼는 데만 정신이 팔려 제한 품목에 대한 생각을 하지 못했다. 액체류는 한 통당 100밀리리터까지만 기내 반입이 가능하잖아? 샴푸, 헤어트리트먼트, 보디워시, 보디로션까지. 방콕 온다고 한국에서 야심 차게 사 온 세트 제품을 고스란히 반납해야 했다. 향이 좋아 집에서도 쓰려던 제품이다. 이걸 다 두고 공항 검색대를 지나가려니 차마 발걸음이 안 떨어졌다. 왜 이렇게 정신이 없냐고 엄마한테 한 소리를 들으니 더 속상해졌다. 그래도 14000바트 내는 것보다는 훨씬 낫잖아? 스스로를 위로해 봤지만 눈앞에서 샴푸가 자꾸 어른거렸다. 속상한 건 속상한 거다. 이미 지나간 일. 빨리 잊자.

여행 전 공항 라운지를 이용하기 위해 부모님과 함께 신용카드를 만들었다. 방콕으로 올 때 잘 썼던 카드를 다시 꺼낼 시간. 수완나폼 공항에는 미라클 라운지가 여러 개 있다. 우리의 라운지 선택 기준은 하나. 그저 우리가 탈 타이항공 게이트에서 가장 가까운 라운지면 충분하다. 카드 세 개를 보여 주고 라운지에 가뿐하게 입장하니 조금 전 속상했던 마음이 괜찮아졌다. 라운지에서 바쁘게 움직이는 건 우리 넷뿐이었다. 대부분 자거나 자리에서 휴식을 취하고 있었다. 라운지에서 음식을 먹으며 분주하게 다니다 보니 마치 여행을 시작했을 때로 돌아간 듯한 느낌이었다. 이대로 여행을 다시 시작해도 참 좋을 것 같다.

인천공항에 도착하니 서진아빠가 마중을 나와 있었다. 몇 주 만에 만난 아빠를 반가워하며 서진이가 손을 흔들고 뛰어갔다. 집에 있으면 수시로 싸우는 부녀. 집에 가서도 지금처럼 잘 지내기를 바라본다. 함께 한 달을 보낸 부모님과는 이제 작별의 시간이다. 가는 방향이 달라 공항에서 인사를 드리며 짐을 다시 챙겨 곧 다시 만나기로 했다.(수완나폼 공항에서 캐리어를 펴고 정신없이 짐을 분산시키느라 부모님 짐, 내 짐 구별할 상황이 아니었다.)

헤어짐은 늘 아쉽다. 예전에도 비슷한 상황이 있었다. 서진이는 어리고 난 삼 개월의 출산휴가 후 회사에 다시 나가야 했다. 서울과 경기도라는 물리적 거리가 있음에도 부모님은 평일 동안 기꺼이 서진이를 맡아 주셨다. 덕분에 난 회사에서 육아로 인한 스트레스나 눈치를 보지 않고 일할 수 있었다. 그리고 서진이가 어린이집에 갈 무렵, 내가 친정으로 들어갔고, 서진이의 초등학교 입학 통지서를 받고서야 우리는 완전히 우리 집으로 돌아왔다. 친정에 뒀던 우리 짐을 다 옮기는 날, 책장, 책상, 책들, 옷가지 등등을 트럭에 다 실어 보내고 차를 타고 오는데 마음 한구석이 허전하고 아쉽고 슬펐던 기억이 난다. 아마 그때 나보다 부모님의 마음이 더 슬펐겠지? 그 이후 서진이가 초등학교에 입학하고는 부모님과 함께할 시간이 예전처럼 많지 않았다. 그래서 이번 한 달 살기가 더 소중하고 귀한 시간이었다. 기회가 되면 또다시 태국의 어딘가에서 부모님, 가족들과 즐거운 한 달 살기를 하고 싶다.

## 방콕 한 달 살기의 소중했던 추억

by 친정아버지

코로나가 유행하던 어느 겨울, 딸로부터 고맙고 반가운 '방콕 한 달 살기' 제안을 받았다. 물론 아내와 함께. 처음엔 코로나 때문에 다소 걱정이 되었으나 겨울 추위를 피해 더운 날씨의 방콕으로 여행을 간다는 점이 몹시 흥미로워 기다려졌다. 딸에게 '여행 체크리스트'를 받은 날, 아내와 같이 어릴 때 소풍 가는 설레는 마음으로 필요한 물건들을 챙겨 캐리어에 담았다.

드디어 방콕으로 가는 날! 인천 공항을 출발해서 약 여섯 시간의 비행 후 우리는 방콕 '수완나폼 공항'에 도착했다. 딸이 미리 예약한 택시 업체의 직원이 딸의 이름이 적힌 종이 현수막을 들고 우리를 기다렸다. 택시를 타고 약 한 시간을 달려 숙소인 '뉴하우스 콘도미니엄'에 도착한 후 여장을 풀었다.

관광, 쇼핑, 맛집 탐방, 외손녀 체험학습 등을 하다 보니 한 달이 무척 빨리 지나갔다. 방콕에서 지내며 특히 기억에 남았던 관광지가 두 곳 있다.

왓포(Wat Pho): 방콕 인구의 95%가 불교 신자이며, 곳곳에 사원이 많다. 그중 왓포는 방콕에서 가장 오래되고 규모가 큰 사원이다. 16세기 아유타야 왕조시대에 건립되었으며 라마 1세가 방콕을 수도로 정하면서 지금의 사원으로 증축했다. 불당에는 길이 46m, 높이 15m에 달하는 대형 와불(누운 불상)이 있다.

킹파워 마하나콘 스카이워크(King Power Mahanakorn Skywalk): 킹파워 마하나콘 빌딩은 314m로 태국에서 가장 높은 빌딩이다. 74층에는 360도 실내 전망대가 있고 루프탑인 78층에 '마하나콘 스카이워크'가 있다. 심장이 쫄깃해지는 기분을 추스르며 유리 바닥 위에 서면 방콕의 높은 건물이 모두 발아래에 납작하게 엎드린다. 처음에는 겁이 나서 유리 바닥 위에 서는 것이 망설여졌지만 외손녀의 용맹스러운 행동에 힘입어 나도 외손녀와 함께 유리 바닥에 납작 엎드렸다. 방콕의 높은 건물을 내려다보는 짜릿함을 맛볼 수 있었다.

맛집도 많이 찾아다녔다. 수많은 음식 중 게를 태국식 카레로 요리한 '푸팟퐁커리'가 제일 맛있었다. 우리나라 카레와 맛이 다른 태국의 카레에 코코넛 크림과 계란을 풀어 만든 요리다. 그때 먹은 푸팟퐁커리의 맛을 잊을 수 없어 가끔 딸을 만날 때 태국 식당을 찾는다. 여건이 주어진다면 허리가 더 아파지기 전에 아내와 딸 가족과 함께 방콕을 다시 여행하기를 희망한다.

## 꿈만 같던 방콕에서의 한 달

by 친정엄마

기다리던 태국 한 달 살기가 시작되었다. 인천공항에서 남편, 딸, 손녀 서진이와 여섯 시간 비행기를 타고 방콕 수완나폼 공항에 도착했다. 손녀와 함께하니 시간 가는 줄 모르고 즐겁게 갔다. 딸이 렌트한 숙소에 도착해서 주변을 살펴보니 방콕에서 제일 좋은 쇼핑센터가 몇 개나 있었다. 걸어서 이동이 가능하니 한 달 동안 심심하지는 않겠다.

도착한 다음 날 센트럴 월드에서 내가 좋아하는 '푸팟퐁커리'로 점심을 맛있게 먹었다. 하루 자고 일어나니 딸이 "엄마, 목소리가 쉬었어요."라며 코로나 검사를 해보자고 했다. '아픈데도 없고 한국에 있을 때도 코로나에 걸린 적 없는데 여행 오자마자 설마 코로나겠어?' 검사를 하니 진짜 코로나였다. 화장실이 있는 안방에 감금(?)되었다. 코로나가 걸린 다음 날, 사위가 일주일 휴가를 내고 방콕에 왔다. 코로나로 인해 사위는 숙소 현관문 앞에서 잘 도착했다고 인사만 하고 호텔로 갔다. 딸과 손녀도 호텔로 같이 갔으면 했지만 혹시 코로나에 걸렸을지 모르니 하루만 더 콘도에 있겠다고 해서 그러기로 했다. 다행히 딸과 손녀는 코로나가 아니어서 사위가 있는 호텔로 갔다. 그 사이 남편은 코로나에 당첨되었다. 코로나 예방접종도 꼬박꼬박 맞았고 코로나가 심하게 유행했을 때도 한 번도 안 걸렸건만 여행 오자마자 코로나다. 여동생과 조카 지윤이도 방콕에 도착해서 우리 콘도 근처의 호텔에 체크인을 했지만 만날 수가 없었다.

다음 날은 나의 칠순 기념일. 딸의 식구들과 여동생, 조카까지 다 함께 방콕에서 조촐하게 칠순 파티를 할 계획이었지만 우리는 얼굴도 볼 수가 없었다. 딸은 매 끼니마다 배달 음식을 시켜 보내줬다. 여러모로 신경을 써주는 늘 고마운 딸이다.

며칠 후 마스크를 쓰고 가까운 백화점에 갔는데 어디선가 한국말이 들렸다. 여동생과 조카가 백화점에서 쇼핑 중이었다. 너무 반가운 마음에 코로나에 걸린 것도 깜빡하고 가까이 가서 인사를 건네니 조카가 깜짝 놀라며 여동생 뒤로 숨었다. '아차, 코로나!' 다시 인사만 하고 헤어졌다. 며칠이 지나 사위는 다시 인사만 하고 한국으로 돌아갔다. 여동생과 조카도 그 사이 한국으로 돌아갔다.

한 달 살기의 보름이 지난 후, 태국 전문가인 딸의 계획에 따라 본격적인 여행이 시작되었다. 태국은 더운 나라이지만 1월의 방콕은 겨울이라 여행하기에 너무 좋은 날씨였다. 방콕에 간다고 했을 때 남동생이 네 시간 마사지 코스를 예약해 줬다. 콘도 바로 옆이라 걸어서 갈 수 있었고 남편과 편안하게 마사지를 잘 받았다. 여행의 마지막 남은 삼 일은 숙소를 호텔로 옮겨 내가 좋아하는 호텔 조식도 먹고 수영장에서 손녀와 신나게 수영을 했다. 시간이 좀 지난 지금 다시 떠올려보니 그때의 시간이 정말 소중하고 즐거웠다. 생각만 해도 기분이 좋아진다. 겨울만 되면 그때의 여행이 생각나고 또 가고 싶어진다.

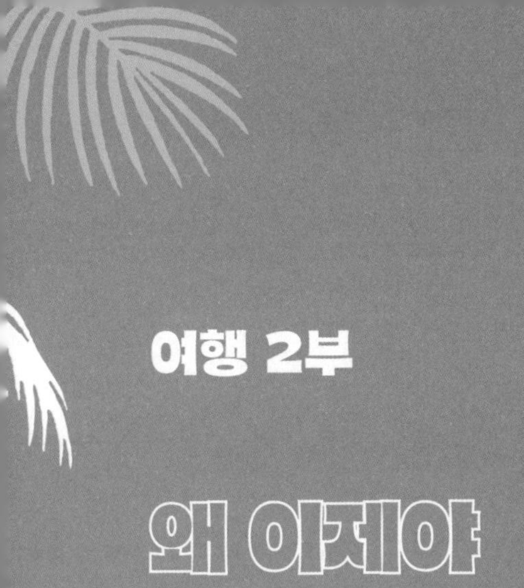

## 여행 2부

# 왜 이제야 치앙마이에 왔을까

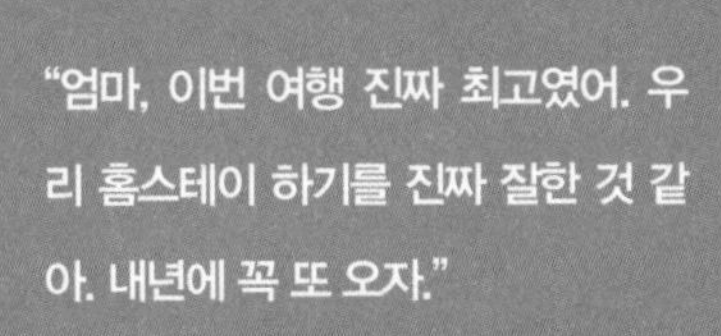

"엄마, 이번 여행 진짜 최고였어. 우리 홈스테이 하기를 진짜 잘한 것 같아. 내년에 꼭 또 오자."

## 치앙마이 좋다는데
## 한 번 가볼까?

"지난번에 서진이 학원 찾기 어렵지 않았어? 서진이 학원 자주 갈 수 있는 곳으로 가."

여행을 가겠다고 하자 남편이 한 마디 거든다. 아, 그랬지. 이왕 해외로 나가는데 서진이 영어 공부도 해야겠지? 내가 방콕을 많이 좋아하기는 하지만 이번에는 다른 곳을 한 번 찾아보자. 항공사 사이트로 들어가 동남아 지역 중 비행기가 다니는 곳을 찾아 메모지에 적기 시작했다. 나트랑, 다낭, 마닐라, 세부, 싱가포르, 카트만두, 쿠알라룸푸르, 푸켓, 치앙마이… 치 앙 마 이? 시골이라는데 지내기 괜찮을까? 반신반의하며 검색해 봤다. 오, 치앙마이 여행에 대한 정보가 끝이 없다. 특히 아이가 다니기 좋은 영어, 미술, 피아노, 무에타이 학원에 국제 학교와 사설 학원의 겨울캠프까지. 내가 좋아하는 재래시장과 쇼핑몰, 카페는 덤이다. 그래! 이번 여행은 치앙마이다! 태국을 좋아하는 나도 치앙마이는 처음이다. 오랜만에 새로운 곳에 가려고 하니 심장이 더 두근거렸다. 완전 신난다. 이번 겨울은 사정상 한 달은 무리인 것 같아 이 주 일정으로 준비했다. 이 주 동안 처음 가는 치앙마이를 다 둘러보려면 너무 바쁠 것 같아 일정을 되도록 줄이고 줄여서 여유로운 여행을 해보기로 했다. 이번에 다 못 가본 곳은 다음에 부모님, 남편과 다시 오면 되니까.

숙소를 정할 때 제일 중점적으로 보는 건 위치, 시설, 가격이다. 이 세 요소가 조화롭기란… 정말 어렵다. 먼저 위치는 님만해민으로 결정했다. 치앙마이가 넓지는 않지만 이 주밖에 되지 않으니 중심가에서 지내기로 했다. 호텔보다는 방이 하나 있는 콘도가 낫겠지? 에어비앤비로 방 하나, 화장실이 있는 콘도를 검색하다 갑자기 또 다른 생각이 떠올랐다. 오랜만에 서진이와 떠나는 둘만의 여행. 오래도록 남을 추억을 만들고 싶었다. 문득 홈스테이가 떠올랐다. 태국 사람들이 사는 집에서 지내는 건 어떨까? 서진이에게 내 생각을 말하니 재미있겠다고 당장 알아보자고 반겼다. 반신반의하며 낸 아이디어에 서진이가 호응해 주니 덩달아 신이 났다. 에어비앤비에 나온 집 중에 주인이 거주하는 곳을 위주로 검색을 시작했다.

그렇게 발견한 곳! 님만해민에 위치한 3층 주택이다. 1층은 공용 거실과 부엌, 간이 화장실이 있고 2층은 주인집이 쓰는 방과 화장실이 딸린 게스트룸, 3층은 공용 화장실과 게스트룸이 있는 집이었다. 사진으로 만난 집주인 가족의 인상이 참 좋다. 그리고 이 집의 매력 포인트! 아침 식사를 제공한다. 그것도 게스트가 원하는 시간에. 다른 사람들과 같이 생활하는 게 불편함을 떠나 안전의 문제도 있다. 괜찮을까? 진짜 괜찮을까? 며칠을 고민하고 또 고민했다. 이미 다녀온 사람들의 후기가 너무 좋아서 결국 님만해민의 그 집 2층 방으로 예약을 했다.

그리고 내가 정한 우리 집 여행의 방식. 후반부의 며칠은 호텔에서 지낸다. 조식도 먹고 수영도 하며 여행을 마무리하기에 딱 좋다. 이번에는 님만해민 끝자락에 위치한 트래블로지 님만(Travelodge Nimman)이다. 중저가 호텔을 예약할 때는 새로 생긴 호텔을 먼저 찾아본다. 아무리 좋은 여행도 벌레가 나오는 순간 힘들어진다. 시내로 가는 무료 셔틀도 있고 생긴 지 얼마 안 되어 우리나라 사람들이 많이 찾는 곳이다. 모르는 데 가서는 우리나라 사람들이 많은 곳을 찾으면 실패가 거의 없다. 깨끗하고 맛있고 저렴한 곳은 우리나라 사람들이 많다. 우리나라 사람들의 정보력은 세계 최고다.

### 왜 치앙마이를 선택했을까?

안전하다. 아이가 다닐 학원이 많다. 물가가 저렴하다. 맛집과 카페가 많다. 커피가 유명하다. 주말시장과 야시장이 많다. 코스가 다양한 짚라인이 있다. 주변에 1박 2일 일정으로 다녀올 명소가 많다. 골프가 저렴하다. 날씨가 좋다. 힐링이 되는 경치 좋은 곳이 많다.

### 치앙마이의 학원

일일 특강부터 1주 단위로 등록이 가능한 곳이 있다. 수업은 영어로 진행되지만 영어를 못해도 수강이 가능하다. 미술학원에서 운영하는 종일반의 가격이 저렴한 편이다.

1. 아트포키즈스쿨(Art for Kids School)

www.artforkidscm.com

1일부터 등록이 가능하다. 산티탐에 위치.

(단, 주 단위부터 등록이 가능한 기간이 있으니 사전 확인이 필요)

미술, 만들기, 쿠킹, 필드 트립까지 체험이 가능하다. 연령대는 5세부터 11세이다.

2. ABK Art and Studio 1991 School

www.facebook.com/ABK.Family.OUTLET

1시간부터 종일반까지 등록 가능하다. 님만해민에 위치.

미술, 쿠킹, 야외 놀이 중심이다. 연령대는 4세부터 12세까지이다.(3세 미만은 보호자 동반)

3. 크래프티 아트 클럽(Crafty Art Club)

www.craftyartclub.com

세 시간짜리 원데이 클래스를 운영하고 여름에는 여름 캠프를 운영한다. 항동에 위치.

그림 그리기와 만들기가 가능하다. 5세부터 참여가 가능하다.

4. NES School Studio

www.neseducation.com

어학원. 종일반이 있지만 점심은 제공되지 않는다. 님만해민에 위치.

5. I-Genius

www.facebook.com/igeniuschiangmai/

어학원. 방학 캠프는 주 단위로 등록이 가능. 센트럴 페스티벌 쇼핑몰 내에 위치.

치앙마이 교육 관련 캠프, 학원 정보 사이트 www.chiangmaikids.com

1일차

## 편안함과 설렘이 가득한 치앙마이의 첫인상

밤새 짐을 싸고 새해 첫날부터 우리는 떠난다. 1월 1일이라 그런지 비행기를 타는 사람이 많지 않았다. 창가 쪽 두 자리를 미리 예약했다. 비행기를 타고 보니 가운데 다섯 좌석의 자리가 꽤 비어 있었다. 편히 갈 수 있는 기회를 놓친 거 같아 못내 아쉬웠다. 차보다 비행기 멀미가 더 심한 서진이는 멀미약 덕분인지 속이 좀 괜찮은 것 같다. 다행이다. 비행기가 착륙하는 동안 창문 너머로 우리나라 비행기가 곳곳에서 보였다. 우리나라 사람들이 정말 많이 오가는 곳임을 눈으로 실감했다. 수많은 관광객이 오가는 곳 치고는 아담했던 치앙마이 공항. 동선이 짧으니 수속도 빨리 끝났다. 미리 예약해 둔 택시 타러 기사님을 따라가니 승용차가 아닌 밴이 있다. 15인승은 족히 되어 보였다.

"엄마, 차가 왜 이렇게 커? 누워서 가도 되겠어. 치앙마이 진짜 좋다."

밴의 등장으로 치앙마이에 대한 호감도가 급상승했다. 서진이에게 15인승 밴이 치앙마이의 첫인상인 셈. 출발이 좋으니 끝까지 좋을 것 같은 예감이다. 치앙마이 공항에서 시내까지는 차로 십오 분 거리. 시내에서 한 시간이 넘게 걸리는 공항만 다니다 공항이 가까우니 피곤함이 없었다. 우리가 예약한 에어비앤비 홈스테이는 진짜 님만해민의 한가운데에 있었다. 사진으로 많이 봤던 터라 친숙한 3층 주택 앞에 차가 멈췄다. 태국 시각으로 밤 열한 시가 좀 넘는 시간임에도 젊은 메이드가 우리를 반갑게 맞이해주었다. 우리의 방은 2층. 계단으로 캐리어를 들고 가야 했다. 평소 숨쉬기 운동만 하는 내가 캐리어를 들고 한 계단씩 올라가려니 다리가 후들거렸다. 결국 중간에 멈추고 메이드와 2인 1조가 되어 캐리어를 하나씩 옮겼다. 훨씬 낫다. 이 주 동안 우리가 지낼 방은 여럿이 함께 생활해도 될 만큼 컸다.

짐 정리를 돕던 서진이는 배가 고프다고 했다. 지금은 밤 열한 시 삼십 분. 우리나라 같으면 나갈 엄두도 못 낼 시간이지만 이곳은 치앙마이니까 바로 외출 모드다. 아직 주변 파악이 안 된 상황에서 일단 가고 싶은 골목으로 들어갔다. 좀 어두운 것 같더니 이내 불을 환하게 비추고 있는 카페와 마사지숍이 눈에 들어왔다.

"서진아, 우리 저기 가자."

내가 가리킨 곳은 로띠(Roti)를 파는 가게였다. 로띠는 밀가루 반죽을 버터나 마가린으로 네모 반듯하게 구워 그 위에 연유나 각종 시럽을 뿌리고 토핑을 올려 먹는 태국의 디저트다. 토핑으로 올리는 과일에 따라 맛이 달라지니 골라 먹는 재미가 있다. '그랩 선정 맛집'이라는 간판을 본 서진이가 "이 집 맛집이야."라며 기대감을 보였다. 바나나 로띠와 오렌지주스로 우리의 첫 치앙마이 야식이 차려졌다. 서진이가 맛있게 먹으며 내일 아침 식사는 무얼까 또다시 기대를 했다.(서진이는 먹는 걸 좋아한다. 아침 먹으며 점심 메뉴를 묻고 점심 먹으며 저녁 메뉴를 물어본다. 그냥 주는 대로 먹던 아이였던 나랑은 분명히 성향이 다르다. 그래도 같이 잘 다니고 의견이 맞으니 다행이다. 서진이가 어른이 되고 내가 늙어서도 함께 여행을 다니는 즐거움이 여전하면 좋겠다.)

2일차

## 미술학원 Art for Kids School

홈스테이에서의 첫 아침 식사는 팟카파오팟무쌉(돼지고기 덮밥). 매콤함도, 잘게 잘린 미역도, 딱 맞는 간도 다 내 스타일이다. 어젯밤 집주인은 메신저로 딸이 야채를 잘 먹냐고 물어 왔다. 야채를 거의 안 먹는다고 했더니 서진이의 아침 메뉴는 계란 오믈렛과 소시지다. 서진이가 좋아하는 야채 없는 맛!

한국에서 미리 등록했던 미술학원으로 가기 위해 일찍 아침 식사를 끝냈다. 이미 한국인 엄마들 사이에 많이 알려진 Art for Kids School. 열 시에 정규 과정이 시작되지만 아홉 시 삼십 분부터 등원이 가능했다. 아침 열 시부터 오후 세 시까지 다니는 미술학원이라니… 서진이가 좋아하는 미술이고 모든 수업이 영어로 이루어지니 엄마, 아빠, 서진이 모두를 만족시킨 학원이었다. '우와, 주택을 개조해서 만들었네? 예쁘다.' Art for Kids School이라는 간판이 눈에 들어왔다. 작은 정원에 예쁜 나무가 한 그루 서 있다. 아이들이 맨발로 1층 발코니와 정원을 뛰어다녔다. 언뜻 보니 서양 아이 두 명, 태국 아이 한 명 그리고 모두 한국 아이들. 국적의 비율은 이미 알고 간 터라 놀랍지 않았다. 아이들과 빨리 놀고 싶은지 서진이가 인사만 얼른 하고 건물 안으로 쑥 들어갔다. '엄마도 다섯 시간의 자유를 누리다 올게. 오후에 다시 만나자.'

아트포키즈스쿨의 외부

미술학원을 나와 님만해민과 반대로 무작정 걸었다. 새로운 동네를 구경하는 것만큼 재미있는 일도 없다. 등에 땀이 흐를 정도로 땡볕에 걸어 다니는 걸 좋아하지만 더운 느낌이 별로 없었다. 태국 북부인 치앙마이는 방콕보다 확실히 서늘했다. 걷다 보니 코끼리 조형물이 있는 사원이 눈에 들어왔다. 왓 록 몰리 사원. 태국어를 더듬더듬 읽어 봤다. 대학교 때 몇 년 동안 태국어를 배운 실력으로 여태껏 태국에 올 때마다 써먹고 있다. 모르는 사람이 보면 몇 마디만 해도 태국어를 잘하는 줄 안다. 서진아빠는 내가 없으면 불안하다고 태국에 와서는 숙소 앞 편의점을 갈 때도 나를 데리고 다닌다. 태국어를 조금 아는 덕분에 종종 물건을 사러 간 가게에서는 환대를 받는다. 유창하게 태국어를 하고 싶어 새해가 되면 태국어 공부를 시작하지만 진전은 딱히 없다. 안 잊어버리고 이만큼 하는 게 다행이다 싶다.

도서관에도 들어가 봤다. 한 달 살기를 할 때 영어책이 있는 도서관을 미리 알아두고 가면 도움이 된다. 특별한 일정이 없는 날 시간을 보내기에 좋다. 하지만 이 도서관은 영어책이 거의 없었다. 전부 태국어 도서였다. 서진이와 같이 올 일은 없을 것 같다. 방향을 바꾸어 님만해민의 우리 집 방향으로 걸어갔다. 가는 길에 정원이 많아 눈이 즐거웠다. 초록색을 많이 보면 시력이 좋아진다던데? 눈의 피로가 풀리는 느낌이었다. 홈스테이 근처라 벌써 몇 번을 지나다닌 치앙마이 3대 카페 Ristr8to. 오늘은 여기서 한 잔이다. 커피가 유명한 치앙마이에는 카페가 많았다. 그리고 카페마다 커피를 즐기는 사람들로 넘쳐 났다. 카페에 앉아 지나가는 사람들 구경을 한참 동안 하니 어느새 시간이 훌쩍 지났다. 서진이를 데리러 가려고 볼트(Bolt) 택시를 호출하니 한 택시 기사에게 메시지가 왔다.

"몇 사람이 탈 건가요?"

태국에 와서 무수히 많은 택시를 타며 이런 메시지는 처음 받았다. 조금 당황스러웠지만 '두 명'이라고 회신을 했다.

"일곱 살 아이랑 같이 가는데 괜찮을까요?"

'아, 아이가 있어서 몇 명인지 물어봤구나.' 그제야 택시 기사의 질문이 이해가 되었다. 도착한 택시의 운전석 옆자리에는 남자아이가 앉아 있었다. 택시를 운전하는 엄마는 아들을 맡길 데가 없어서 데리고 다닌다며 고맙다는 인사를 건넸다. 내릴 때 갖고 있던 사탕을 하나 꺼내 아이에게 주었다.

학원에서 첫날을 보내고 나오는 서진이의 표정이 그다지 밝지 않았다. 큰 길로 나오니 그제서야 상황 설명을 시작했다. 쿠킹 시간에 쿠키를 함께 만들었다. 모두 만들기에 집중하는 사이 한 아이가 설탕 통으로 손을 집어넣었다. 달달한 맛이 좋았는지 연거푸 침이 묻은 손가락을 분주히 놀리며 여러 번 설탕을 먹었단다. 설상가상으로 설탕 통에서 개미도 발견했다. 그 광경을 보고 차마 만든 쿠키를 먹을 수 없었다며 한 입도 먹지 않고 들고 왔다. 내일 쿠킹 시간을 보니 다행히 개인 실습이 필요한 태국식 디저트 만들기다. 내일은 오늘과 다를 거라고 서진이를 일단 안심(?)시켰다. 엄마의 입장에서 아이가 조금 더 나은 환경에서 배웠으면 하는 마음이 있다. 하지만 때로는 여럿이 함께하고 무언가 부족하거나 마음에 들지 않는 상황에서도 스스로 이겨낼 수 있는 힘을 길렀으면 한다. 내일도 오늘과 같은 상황일 수 있겠지만 서진이가 지혜롭게 잘 해결하기를 바란다.

오후는 원님만이다. 치앙마이에 오기 전 에이한테 연락을 했었다.(에이는 방콕 한 달 살기에 등장했던 태국 친구다.)

“에이, 올해는 치앙마이로 가기로 했어. 여행 기간이 짧아서 방콕은 못 갈 거 같아. 다음에 방콕에 가면 만나. 보고 싶다.”

원님만에서

“뭐? 우미~ 우리 연말에 치앙마이로 가족 여행가. 언제 치앙마이에 와?”

에이가 만남의 장소로 원님만을 알려줬다. 치앙마이 님만해민의 핫플레이스. 홈스테이 집에서 걸어서 갈 수 있는 곳에 원님만이라니. 홈스테이 위치가 진짜 최고다. 작년 이맘 때 에이를 방콕에서 만났지. 까오(에이 아들)의 생일파티도 다녀오고. 서진이가 수박 케이크는 지금도 잊을 수 없다고 했다. 에이네 세 식구와 친정엄마, 에이의 동생 펫과 펫의 남편까지 온 가족이 치앙마이에 모였다. 치앙다오에 갔다가 방금 막 치앙마이로 왔단다. 치앙다오에서 산 긴 대나무에 든 찹쌀밥을 에이 엄마가 즉석에서 까서 내 입으로 넣어 줬다. 카페 GRAPH에서 커피를 마시다 갑자기 밥이다. 반찬도 없이 먹는 찹쌀밥은 쫀득쫀득하고 달달해서 그냥 먹기에도 좋았다. 먹다 보니 반대편 거울에 비친 내 모습이 마치 대나무를 먹는 판다와 비슷했다. 맛만 좋으면 됐지. 뭐든 챙겨주고 싶은 마음이 한국 엄마랑 참 많이 닮았다.

에이의 가족들을 위해 한국에서 준비한 샴푸와 라면, 털장갑을 꺼냈다. 언제부터인가 한국 거라면 인기가 많다. 그래서 태국의 화장품 가게나 옷 가게에서 '메이드 인 코리아', '한국 스타일'이라는 문구가 자주 보인다. 20년 전쯤인가? 태국 카페에서 처음으로 한국 노래를 들은 날, '이 노래가 왜 여기서 나오지?' 싶었다. 태국 사람들이 우리나라 노래를 알까 싶어 에이에게 물으니 인기 최고란다. 원더걸스의 〈Nobody〉와 슈퍼주니어의 〈SORRY, SORRY〉가 인기이던 시절, 여행하는 며칠 동안 그 가수들의 노래를 우리나라보다 태국에서 더 많이 들었던 것 같다. 그 덕분에 한국 사람인 나도 더 반가워해주니 태국에 오면 우리나라 사람으로서의 자부심이 더 커졌다. 에이는 치앙마이에서 샀다며 노란색 네트 백을 내밀었다. 큰 사이즈는 내 거, 앙증맞은 미니 사이즈는 서진이 거란다.

원님만에서 에이의 대가족과 함께

잠깐의 만남을 아쉬워하며 다음에는 방콕에서 만나기로 했다. 홈스테이로 돌아온 후 다시 외출을 하고 싶은 엄마와는 달리 서진이의 에너지는 고갈 상태였다. 집에서 저녁 식사를 해결하기로 했다. 나는 그랩(Grab)으로 치킨 덮밥과 오렌지주스를 시켰고 서진이는 한국에서 가져간 라면을 먹었다. 여행지에 와서 끓여 먹는 라면이 꿀맛이라나. 갑자기 커버린 서진이가 작년 말부터 라면의 맛을 알아 버렸다.

**여기서 잠깐!**

원님만(www.onenimman.com)에는 요가, 살사, 탱고, 스윙 무료 클래스가 있다. 원님만 사이트에서 시간 및 요일 확인이 가능하다.

3일차

## 치앙마이 대학교 나머 야시장에서 머리를 땋다

오늘의 아침 메뉴는 코코넛 수프와 오믈렛이었다. 오믈렛 한 입을 입에 넣은 서진이가 오믈렛의 부드러움이 엄마 거랑은 차원이 다르다며 좀 배워가자고 했다. 의문의 1패라는 게 이런 건가? 맛있는 거 먹으면서 은근히 기분이 나빠지려고 했다. 아침 식사 후 오늘도 빠르게 미술학원으로 등원했다. 여러 상황에 의해 내일까지만 학원을 다니기로 했다. 일주일 단위로 등록이 가능하기에 우선 일주일만 등록했었다. 이번 주 하루는 휴일이고 일주일에 한 번 가는 체험학습이 이번 주는 곤충 박물관이었다. 평소에도 작은 벌레가 보이면 기겁하는 서진이가 곤충 박물관에 들어가는 순간, 바로 뛰쳐나올 게 뻔했다. 결국 삼 일만 학원을 가게 되었다. 내 계획과는 전혀 다른 상황이다. 내가 꿈꾸던 자유시간을 삼 일로 끝내고 또다시 서진이와 한 몸이 되어 움직여야 한다.

서진이가 등원한 후 산티탐에 있는 카페로 걸어갔다. 작고 앙증맞은 카페 'Alga'. 서진이 미술학원에서 걸으니 십 분 거리다. 커피가 맛있는 카페라는 후기글이 많아서 들렀는데 커피가 진짜 맛있었다. 우유 거품이 몽글몽글한 아이스 라테와 대왕 초코칩이 쏙쏙 박힌 쿠키로 당 충전을 했다.

커피와 초콜릿은 피곤함을 씻은 듯이 낫게 해주는 만병통치약이다.

미술학원을 나오는 서진이의 표정이 어제보다 많이 밝았다.

"오늘은 디저트를 개별로 만들어서 나쁘지 않았어. 그래도 조별로 만드는 건 한 명이 작업을 하면 다른 사람은 보고 있어야 해서 좀 심심했어."

이 밖에도 크레파스, 색연필은 다른 아이들과 같이 써야 해서 내가 원하는 색을 다른 아이가 쓰고 있으면 기다려야 했단다. 생각해 보니 요즘은 뭐든 풍족하다. 우리 집만 봐도 크레파스나 색연필 세트가 몇 개나 있다. 물질이 넘치니 기다릴 필요가 없지. 기다려 본 적이 없으니 기다려야 하는 상황이 힘들고 낯설게 느껴지지는 않았을까? 서진이에게 기다려야 하는 상황이 생겨 다행이다. 서진이에게는 무언가 부족해 보이는 학원일지 몰라도 엄마한테는 마음에 드는 학원이었다. 다음에 치앙마이를 좀 더 길게 올 기회가 생기면 다시 방문하고 싶은 곳이다.

치앙마이에 오기 전 서진이에게 치앙마이에 가면 하고 싶은 일(버킷 리스트)을 적어 보라고 했다. 어떻게 알았는지 '머리 땋기'가 적혀 있었다. 오늘은 서진이의 버킷 리스트에 있던 머리 땋기를 찾아 야시장으로 출동이다. 마야몰 건너편의 야시장에 머리 땋기가 있다고 들었는데… 마야몰 근처에 와서 아무리 주변을 둘러보아도 야시장이 보이지 않았다. 그 새 야시장이 자리를 옮긴 건가? 몇 번이나 마야몰 주변을 왔다 갔다 해도 야시장이 없다. 서진이와의 약속을 지키기 위해 치앙마이 대학교 나머 야시장으로 가기로 했다. 택시를 타고 마야몰을 지나려는 순간 마야몰 뒤편으로 야시장이 보였다.

“엄마, 저기 야시장이야. 야시장이 마야몰 뒤에 있었어.”

택시는 이미 마야몰 뒤편의 야시장을 지나 치앙마이 대학교로 이동했다. ‘치앙마이 대학교 나머 야시장도 유명한 곳이라니 한 번 가보지 뭐.’ 다 왔다고 해서 내렸는데 느낌이 싸했다. 인터넷으로 봤던 가지런히 정돈된 매장이 없었다. 눈앞에 보이는 건 온통 먹거리뿐이었다. 사람은 또 얼마나 많은지. 치앙마이 사람들이 밤에 여기서 모이기로 약속이라도 했나 싶었다. 아무리 둘러봐도 머리 땋는 곳은 찾기 어렵고, 사진을 보여 주며 물어봐도 아는 사람이 없었다. 한참을 헤매다 알았다. 처음부터 내가 잘못된 곳을 도착지로 지정하고 택시를 불렀다. 여기는 나머 야시장이 아니라 랑머 야시장이었다.(태국말로 ‘나머’는 앞, ‘랑머’는 뒤라는 뜻이다.) 치앙마이 대학교를 가운데 두고 앞은 나머 야시장, 뒤는 랑머 야시장이 존재했다. 다시 택시를 타고 우리의 진짜 목적지인 나머 야시장으로 갔다. 사진으로 봤던 그 시장이다! 나머 야시장의 입구에서 일이 분 걸어 들어가니 왼쪽으로 머리 땋는 가게가 보였다. 드르륵 문을 옆으로 밀고 들어갔다.

머리를 땋는 비용은 세 피스에 100바트. 서진이는 마음에 드는 여섯 피스의 색깔을 골랐다. 서진이가 고른 색깔은 보라와 파랑. 동남아의 더운 날씨에 잘 어울릴법한 시원한 색 위주였다. 서진이 차례가 되어 머리와 실을 연결하고 머리 땋기가 시작되었다. 연세가 있는 아주머니의 손놀림이 정말 빨랐다. 순식간에 여섯 피스를 끝내어 일어나려는 순간, 실을 꺼내주던 아저씨가 아주 진한 형광 노란색의 실을 한 가닥 들고 오셨다.

"서비스"

순간 서진이가 나를 보며 눈짓했다. '엄마, 저 색은 안 돼.' 누가 봐도 튀는 색상이었다. 서진이가 선택한 보라, 파랑과도 전혀 어울리지 않았다. 그렇다고 좋은 마음으로 서비스를 주신 분들의 마음에 상처를 드리고 싶지는 않으니 어떻게 하지? 괜찮다고 몇 번을 거절했다.

"서비스. 오케이? 서비스."

서비스를 재차 강조하신다. 할 수 없이 태국어로 아이가 좋아하지 않는 색상이라고 솔직하게 말했다. 아저씨는 외국인이 태국어를 하는 상황을 신기해했다. 어디서 태국어를 배웠냐고 물었다. 다행이다. 내 짧은 태국어가 오늘도 열일했다. 200바트를 드리고 가게를 나오자마자 서진이의 표정이 심각했다.

치앙마이 나머 야시장에서 머리 땋기

"엄마, 나 진짜 큰일 날 뻔했지?

노란색 실로 머리 땋기를 할까 봐 마음을 졸였을 서진이를 생각하니 피식 웃음이 나왔다.

"그래. 진짜 다행이다, 서진아."

4일차

## 올드타운에서 삼왕상 구경하고 화덕피자 맛보기

미술학원 마지막 날이자 나의 공식적인 자유가 끝나는 날. 신중해야 했다. 다시 돌아오지 않을 이 시간 동안 뭘 하면 좋을까? '일단 여유롭게 커피 한잔하고, 오일마사지 두 시간?' 서진이가 좀 큰 이후 마사지는 늘 발마사지 한 시간이었다. 같이 받을 수 있는 걸 선택하다 보니 다른 마사지는 생각하기 어려웠다. 님만해민 방향으로 걸어갔다. 워낙 걷는 걸 좋아하니 한 시간까지는 가뿐하다. 벌써 산티탐에서 님만해민으로 가는 길이 익숙해졌다. 한참 걷다 보면 말이 보이고 개인 소유의 정원이 나온다. 조금만 더 걸으면 님만해민이라는 신호다. 목적지에 거의 다 왔다.

오늘 선택한 카페는 'Chouxbury'

한여름밤의 크리스마스를 떠올리게 하는 영국 스타일의 이 카페는 커피와 에클레어가 유명했다. 에클레어는 프랑스어로 섬광(Flash of light)이라는 뜻이다. 크림으로 속을 채우고 퐁당 아이싱을 덧입힌 길쭉한 모양의 페이스트리. 딸기, 망고, 초콜릿 등으로 데코레이션을 하니 보는 즐거움과 먹는 즐거움을 동시에 누릴 수 있다. 아이스 아메리카노와 초콜릿 에클레어를 주문하고 마사지숍 검색을 시작했다. 전화로 문의하면 가장 빠르겠지만 난 여행객이다. 주로 유심을 사용하니 전화는 비상 상황에 대비하여 아껴야 했다. 그래도 다행인 건 태국에는 라인(Line)으로 연락이 가능한 곳이 많다. 우리나라가 카카오톡으로 메시지를 보내 듯 태국에서는 라인이 그 역할을 한다. 페이스북이나 인스타그램 메신저를 이용하는 곳도 있으니 계정이 없다면 여행 전 만들어 가는 게 도움이 된다. 비교적 이른 아침에도 문을 여는 The Signature Massage. 900바트를 내고 두 시간 동안 때 빼고 광 내고 피로를 풀어보자! 내가 고른 오일은 페퍼민트향. 한 마디의 대화도 없이 마사지를 해주는 사람의 손동작에 따라 옆으로 누웠다 돌아누웠다 하다 보니 어느새 마사지가 끝났다. 시계를 보니 두 시간이 좀 넘게 지났다. 그러고 보니 몸도 좀 개운해진 것 같다. '아듀, 나의 자유시간!'

혼자 점심을 해도 충분한 시간이었지만 배고픔을 참고 서진이를 기다렸다. 서진이가 등원 전 오늘 점심은 같이 하자고 신신당부를 하고 갔기에 의리를 지켰다. 선생님들께 아주 신나게 인사를 드리고 제일 먼저 학원을 나오는 아이, 서진이였다. 오늘이 마지막 날이라 그런지 신이 났다. 미술학원에 있는 것보다 엄마와 여기저기 둘러보는 게 더 재밌다고 했다. 입장을 바꿔 생각해 보니 나라도 외국에 와서 학원보다는 여행이 더 좋을 거 같기는 하다. 이미 일주일분 학원비를 낸 건 오늘로써 잊자! 더 재미있게 돌아다니면 그만이다.

서진이와 점심 식사를 위해 간 곳은 '카오소이 매싸이.' 어제 점심에 이어 또다시 왔다. 엄마가 먹어 본 쌀국수 중 최고였다고 자랑을 했더니 서진이가 그 맛을 자기도 봐야겠다고 했다. 세 시가 좀 넘은 시간, 어제와 달리 손님이 거의 없다. 웬일이지? 카오소이 매싸이로 들어가니 직원이 1번에서 6번까지의 국수가 다 팔렸다고 했다. 배고픈 걸 참고 여기까지 왔잖아. 이걸 어째? 서진이랑 눈을 마주치며 슬퍼하려던 순간, '앗, 우리는 7번이랑 9번 국수 먹으러 왔는데?'(카오소이 매싸이의 메뉴판에는 국수 사진과 이름, 그리고 그 옆에 큼지막한 번호가 쓰여 있었다. 1번에서 6번은 카오소이고 7번부터는 쌀국수다.)

"7번이랑 9번 국수 주세요."

신나게 자리를 잡고 앉았다. 갈비국수 한 입 넣은 서진이의 눈이 커졌다.

"엄마, 완전 내 스타일이야."
"서진아, 완전 내 스타일이야."

갈비국수와 어묵국수를 순식간에 다 비웠다. 그리고 더위를 식힐 겸 근처의 젤라또 가게로 갔다. 서진이는 미니 사이즈 젤라또를 한 컵 주문했다. 젤라또 가게에서 파는 엽서를 관심 있게 쳐다보며 말했다.

"엄마, 지금 나현이한테 엽서를 쓰고 우체국에서 보내도 될까? 지난번에 방콕에서 보낸 편지를 나현이가 좋아했어. 이번에도 나현이한테 편지 쓰고 싶어."

바로 엽서 한 장을 샀다. 가게에서 엽서를 쓰고 미리 사둔 우정 지우개(반씩 나누어 갖는 지우개)도 꺼내 봉투에 넣었다. 서진이의 프라이버시는

지켜줘야겠지? 무슨 내용을 썼을까 궁금한 마음을 꾹꾹 눌러 담았다. 글을 다 쓰고 엽서를 소중하게 꼭 쥐고 있는 모습을 보니 바로 보내면 좋을 것 같았다. 올드타운의 우체국으로 갔다. 우표 가격과 가는데 걸리는 시간은 방콕 여행 때 이미 들어 알고 있었다. 이번에도 어김없이 제일 저렴한 우표 선택이다. 방콕에서 보냈던 편지는 우리의 여행 마지막 날 친구에게 전달이 되었다. 이번 편지는 언제쯤 전달이 될까? 올드타운은 갑자기 온 터라 아는 곳이 없었지만 이왕 온 김에 좀 둘러볼까 싶었다. 바로 그때 한국인 아주머니가 눈에 들어왔다.

"저 여기 구경할 게 있나요? 어디로 가면 돼요?"

여행지에서 이런 질문을 해보기도 처음이다. 다행히도 아주머니는 친절했다.

"여기가 삼왕상(Three Kings Monument)이고 그 뒤가 아트 앤 컬처 센터에요. 조금만 걸으면 사원에 시장이 있어요."

서진이는 『치앙마이에서는 천천히 걸을 것』이라는 책을 좋아해서 치앙마이에 오기 전 읽고 또 읽었다. 그리고 무슨 이유인지 삼왕상은 안 보겠다고 혼자 결론을 내렸다. 서진이의 생각과 상관없이 우리가 있는 곳이 이미 삼왕상 광장이었다. 기념사진만 남기고 가자고 설득해 사진은 일단 한 장 찍었다. 치앙마이를 세운 왕 그리고 친구이자 이웃 나라의 수장이었던 왕들의 동상을 왜 안 보겠다는 거지? 더 물어봐도 대답은 안 할 거 같다. 언젠가 말하고 싶을 때 하겠지. 누굴 닮았는지 가끔은 입이 너무 무거워서 어른처럼 느껴질 때가 있다. 감성이 나랑은 참 많이 다른 내 딸이다.

이 주의 계획 중 올드타운 방문은 따로 없었다. 그래서 정보를 미리 봤어도 머리에 입력이 안 된 상황이었다. 저녁을 어디서 먹지? 삼왕상 광장에 서서 맛집 검색을 시작했다. 제일 먼저 검색된 곳이 허허. 피자집이다. 서진이가 제일 좋아하는 피자는 내가 제일 싫어하는 피자이기도 하다. 이미 내 휴대폰을 힐끔거리며 피자집을 본 서진이의 목소리가 하이톤이다.

올드타운의 삼왕상

"오늘 저녁 피자지?"

다른 메뉴도 있겠지 싶어 피자집으로 가기로 했다. 'By Hand Pizza.' 가게에 도착해 메뉴판을 펼친 내 동공이 살짝 흔들렸다. 메뉴가 전부 피자였다. 메뉴판을 본 서진이는 자기 잘못도 아닌데 미안해했다. 엄마는 화덕피자 끝부분의 빵을 좋아한다며(?) 서진이를 안심시키고 원하는 메뉴를 골라보라고 했다. 서진이가 고른 메뉴는 'Meat Lover Pizza'이다. 토핑은 소시지, 햄, 베이컨이 전부였다. 치즈를 안 먹는 엄마를 위해 서진이가 피자 한 조각을 떼어 치즈를 전부 걷어 줬다. 나는 치즈 없는 피자, 서진이는 더블 치즈 피자. 이런 게 악어와 악어새의 관계인가? 서진이 덕분에 나도 쫄깃한 도우의 화덕피자를 나름 맛있게 먹었다. 도우가 진짜 쫀득쫀득했다. 옆 테이블의 유럽 커플을 보니 1인 1피자로 시원하게 맥주를 마시고 있었다. 피자도 치킨도 늘 하나만 시키는 가족이라 혼자 피자 한 판을 먹는 어른들이 놀랍기만 한 서진이가 자꾸 옆 테이블의 커플을 힐끔거렸다. 우리보다 먼저 일어난 그들은 결국 피자를 남김없이 다 먹었다.

낮에 사 둔 수박을 먹으려고 부엌으로 향했다. 거실에서 집주인의 딸 피글렛이 텔레비전을 보고 있었다. 서진이는 피글렛에게 직접 말하지는 못하고 내 귀에 대고 같이 놀아보고 싶다고 속삭였다. 거실에서 보드 게임 한 판이 벌어졌다. 젠가, 오목, 악어 입에 구슬 넣기, 펭귄 얼음 깨기 등등. 한 시간이 지났나? 집주인 플로이와 빈은 친구를 만나러 간다며 피글렛을 메이드에게 맡기고 바(Bar)로 갔다. 저녁 여덟 시가 넘는 시간에 친구를 만나러 간다고? 쏘 쿨(So cool)하다.

참, 홈스테이 패밀리 소개가 늦었다. 집주인 플로이는 전업주부다. 에어비앤비 운영을 담당하며 근사한 아침 식사를 준비한다. 빈은 플로이의 남편으로 프리랜서 사진작가다. 그리고 서진이보다 두 살 어린 피글렛은 플로이와 빈의 딸이다. 셋은 친절했다. 특히 숙소와 관련한 문의를 하거나 도움을 요청하면 119보다 더 신속하게 처리해 줬다. 치앙마이의 핫 플레이스도 많이 알려 줬다. 프리랜서인 빈은 시간이 나는 틈틈이 플로이를 도와 집안일을 하고 피글렛을 돌봤다. 한창 게임 중 플로이가 우리에게 내일 뭐 할 거냐고 물었다.

"서진이랑 그림 그리는 카페에 다녀오려고."

"다른 계획이 없으면 우리랑 치앙다오로 1박 2일 여행 갈래? 내일 친구들이랑 같이 떠날 거야."

서진이가 제발 가자며 옆에서 내 팔을 잡고 흔들었다. 아무것도 모르는 상태로 "Yes."를 해버렸다. 여행을 와서 또다시 짐을 싸기는 이번이 처음이다. 어디로 가는지, 어디서 자는지, 가서 무엇을 할 건지 아무것도 모르는 이 상황, 괜찮겠지? 나도 모르겠다. 일단 따라가보자. 같이 놀 친구와 일행이 생긴 서진이는 얼굴에서 웃음이 떠나지 않았다. 속성으로 치앙다오에 대해 알아보며 서진이와 각자의 짐을 배낭에 챙겼다. 걱정 반, 기대 반, 내일이 기다려진다.

5일차

## 카페에서 병 페인팅에 도전하다

오늘 아침은 팟타이이다. 방콕에서는 흔한 메뉴인 팟타이가 치앙마이에 오니 은근히 귀하다. 역시 오늘도 플로이는 서진이를 위한 야채 없는 팟타이를 만들어 주었다. 내 팟타이는 야채와 새우가 듬뿍 들었다. 플로이가 만든 건 다 맛있다. 맞춤 메뉴로 고객의 마음까지 사로잡으니 홈스테이가 아니라 식당을 해야 하는 거 아닌가 싶다. 레시피 안 보고 눈대중으로 양념을 넣는 세상의 모든 주부, 엄마, 요리사님들을 다 존경합니다!

병 페인팅 카페 훤뚝덱억

치앙마이에 오기 전 인터넷으로 갈 곳을 찾다 우연히 병을 페인팅하는 카페를 찾았다. 예쁜 카페에서 페인팅까지 할 수 있다니 너무 맘에 들었다. 야외 카페의 곳곳에 테이블과 의자가 놓여 있었고, 사람들이 그린 후 두고 간 예쁜 병들이 여기저기에 진열되어 있었다. 서진이와 제일 마음에 드는 테이블로 자리를 잡고 음료를 주문하니 투명한 병과 접시를 하나씩 주었다. 서진이가 공용 테이블에 있는 붓과 물통, 물감을 가져와 그림을 그리기 시작했다.

집중해서 그림을 그리는 포스가 태국 아티스트다. 즉석에서 '푸팟퐁 서진왕'이라는 예명을 만들어 주었다.('왕'은 서진이의 성이다.) 이름이 마음에 든단다. 내가 받은 병까지 서진이가 완성하는 동안 우리는 바나나 토스트 2인분과 카우만 까이(치킨 덮밥)를 남김없이 다 먹었다. 멋진 병이 드디어 완성되었다.

"엄마, 병 하나는 오늘 치앙다오 여행에 초대해 줘서 고맙다고 피글렛한테 선물로 주고 싶어."
"그래, 좋은 생각이다. 포장지 가져온 거 남았으니 포장은 엄마가 해 줄게."

마음이 척척 맞는 모녀다. 완성한 병이 깨질까 봐 고이 안고 카페를 나섰다.

치앙다오 여행에 플로이와 빈의 친구들 말고 한국인 두 명이 더 합류할 거라는 소식을 들었다. 그저께 홈스테이 삼 층에 들어온 발랄한 댄스 소녀들.(직업이 댄서라고 해서 그녀들을 지칭할 때 댄스 소녀들이라고 불렀다.) 뭔가 첫인상부터 즐거움과 유쾌함이 넘쳐 났던 그녀들이다. 한국인 MZ세대를 가까이에서 본 건 이번이 처음이었다. 그녀들이 쓰는 표현은 딱 하나! 맛있어도 미쳤다, 멋있어도 미쳤다, 재밌어도 미쳤다, 신나도 미쳤다, 그냥 다 '미쳤다' 하나로 끝났다. 처음 듣고는 왜 저렇게 욕을 많이 쓰나 의아했는데 자세히 들어 보니 그건 욕이 아니었다. '그들만의 언어'라고 해야 하나? 어느새 나도 그 표현에 젖어 들고 있었다. 차마 나이 생각해서 입 밖으로 내지는 못했지만.

치앙다오에서 빈이 찍어 준 사진

휴게소에서 각자 사 온 음식을 나누어 먹으니 어느새 치앙다오의 펜션에 도착했다. 저 멀리 높은 산의 정상이 마치 눈이 쌓인 것처럼 흰색으로 보였다. 태국에도 눈이 오는 곳이 있는 걸까? 펜션 주변을 다니며 서진이와 사진을 찍고 있으니 빈이 카메라를 들고 나타났다. 빈은 함께 여행 온 사람들의 모습을 자신의 카메라로 정성껏 찍어 주었다. 치앙마이에서 프리랜서 사진 작가로 일하는 빈이 찍어주는 사진이니 잘 나왔겠지? 산을 배경으로 찍은 사진을 서진이와 나에게 보여 줬다. '와, 사진 진짜 예술이다.' 활짝 웃는 순간을 카메라에 잘 담았다. 나와 서진이는 빈을 보고 동시에 엄지를 치켜들었다. 빈에게 받은 그 사진을 나는 지금도 휴대폰 배경화면으로 쓰고 있다. 그 사진을 보고 있으면 치앙다오에서의 추억이 생각나 행복해진다.

서진이와 피글렛이 그네를 타고 비눗방울 놀이를 하는 동안 어른들은 저녁 식사 준비를 했다. 식당에서만 먹던 무카타를 야외에서 먹을 수 있다니! 그릴 가장자리로 돼지고기와 각종 야채들이 푸짐하게 차려졌다. 한쪽에서는 모닥불을 때고 또 다른 쪽에서는 숯을 넣으며 바비큐 준비가 한창이었다. 마침 오늘이 한국에서 온 댄스 소녀 중 한 명의 생일이란다. 플로이가 미리 준비한 생일 케이크를 꺼내 다 같이 생일 축하 노래를 불렀다. 생일 파티를 겸한 바비큐와 무카타 파티가 시작되었다. 시장에서 샀다며 플로이가 내민 생일 선물에는 모두가 박장대소했다. 반스타킹 한가운데 자리 잡은 오리발 모양이 너무 커서 신으니 사람 발이 아닌 영락없는 오리발이었다. 그 사이 하늘의 별도 더 많아지고 빛이 났다. 치앙다오가 '별의 도시'라는 사실은 시간이 더 지난 후에 알았다. 마시멜로 구이를 하며 불멍타임이 시작되니 서진이는 졸음을 참지 못했다.

"엄마, 더 있고 싶지만 졸려서 안 되겠어. 이만 들어가서 자자."

산속의 펜션이라 침대마다 공주 레이스 느낌의 모기장이 달려 있었다. 서진이와 나는 그 모기장이 사랑스럽다며 '공주님 모기장'이라고 불렀다. 군데군데 찢기고 구멍이 나서 우리가 내일 아침 온전한 얼굴과 몸으로 깰 수 있을지는 의문이었지만. 그냥 시골 도시인 줄만 알았던 치앙다오, 참 멋진 도시였다.

치앙다오에서의 즐거운 시간

6일차

## 어제부터 우리는 홈스테이 패밀리와 치앙다오

우렁찬 닭의 울음소리에 눈을 떴다.

"저놈의 치킨이…."

서진이가 억지로 눈을 뜨며 닭한테 화풀이를 했다. 그래도 다행히 밤새 모기에 많이 물리지는 않았다. 어제 치앙다오에 도착해 마주한 경치는 정말 훌륭했다. 그리고 오늘 아침 일어나 발코니에서 본 치앙다오는 장관이었다. '어떻게 아무렇게나 사진을 찍어도 이런 사진이 나올 수 있지? 인생샷을 여기서 다 건져 가네.' 아침 식사를 하고 있는데 아까 우리를 깨웠던 그 닭인지 창문 난관에서 펜션 안을 쳐다보며 계속해서 울어 댔다. 기상하며 닭에게 화를 냈던 서진이도 아침을 먹다 말고 반가워하며 창가로 갔다. 피글렛이 그 뒤를 따라갔다. 아침 메뉴는 계란 후라이, 햄, 소시지, 쪽(태국인들이 아침에 먹는 죽). 펜션에 왔으니 아침은 함께 차리겠거니 했는데 어느새 메이드와 플로이가 준비를 다 해뒀다. 예전에는 맛있는 음식이 뭐냐고 물으면 내가 좋아하는 메뉴와 식당을 떠올렸다. 하지만 지금은 '남이 해주는 밥'이 제일 맛있다. 그게 최고다. 친절하고 부지런한 메이드와 플로이 덕분에 치앙다오에서도 제일 맛있는 아침 식사를 먹었다. 아까 창 밖에서 우리를 보던 닭이 갑자기 부엌 안으로 들어왔다. 서진이와 피글렛, 댄스 소녀 둘까지, 넷이서 남은 죽을 닭에게 나누어 줬다. 댄스 소녀 중 한 명이 "뚜둥~ 한정판 치킨 급식소 오픈"이라며 두 팔을 벌려 닭을 환영하는 제스처를 취했다. 서진이와 다른 댄스 소녀가 웃으니 피글렛도 덩달아 따라 웃었다.

치앙다오의 평화로운 아이들

요즘은 어디로 여행을 가던지 가족들의 짐을 챙기고 정리하는 건 다 내 몫이다. 하지만 오늘은 예외다. 나를 챙겨주는 사람들이 있다. 나는 그저 잠옷과 세면도구만 덜렁 들고 따라왔다. 그래서 짐을 챙기는 시간이 여유로웠다. 밤새 모닥불을 피운 자리도 어느새 누군가가 정리를 끝냈다. 이제 다시 치앙마이로 돌아갈 시간이다!

가는 길에 'Cafe my day off(내가 쉬는 날 들리는 카페)'에 들러 모닝커피를 한 잔씩 했다. 카페 이름이 참 마음에 들었다. 바쁜 일상이라도 이 카페만 다녀오면 하루 휴가를 받은 느낌이 들 것 같았다. 야외 카페에 놀이터까지 있으니 아이들은 다시 즐거운 놀이 시간이다. 우리의 사진작가 빈은 촬영에 여념이 없었다. '어제에 이어 오늘도 작품 사진을 선물해 주려나 보다.' 내심 기대하며 카메라를 보고 웃었다.

치앙마이 시내로 들어가는 길은 찡짜이 마켓을 지난다.

"피곤하지 않으면 찡짜이 마켓에 들러봐. 서진이가 좋아할 거야."

원래는 일요일 낮만 오픈했던 찡짜이 마켓이 요즘은 매일 열린다고 하니 한 번 가볼까? 내리자마자 미슐랭 맛집이라는 돼지 로고가 귀여운 식당 '담롱'이 보였다. 식당 간판을 보자마자 배가 고프다는 서진이. 시장 가기도 전에 얼떨결에 밥부터 먹었다. 무텃(튀긴 돼지고기)과 각종 소세지를 밥과 함께 담아 줬다. 미리 튀겨 둔 걸 전자렌지에 돌려서 주니 비주얼에 비해 맛이 조금 아쉬웠다. 한 번 더 튀겨 주면 꿀맛일 것을… 날도 더운데 테이블은 야외뿐이었다. 몇 개 먹던 서진이가 더워서 힘들다며 포크를 놓았다. 나 역시 남이 해주는 밥이 아무리 좋아도 더위와 사투를 벌이며 먹는 밥이라 잘 안 넘어갔다. 한낮에는 무조건 실내 식당으로 가야겠다.

이제 찡짜이 마켓을 둘러볼 시간. 아직 더위 탓에 컨디션이 별로인 서진이가 탑스마켓(Tops Market) 안의 아이스크림 집을 용케 찾았다.

"엄마, 아이스크림 집이야."

우리 목적지가 원래 여기였니? 시장 구경은 하지도 못하고 또다시 아이스크림 가게다. 그래도 탑스마켓 안이니 서진이가 아이스크림 먹는 동안 구경을 할 수 있었다. 세상 재밌는 마트 구경, 덤으로 예쁜 소품과 베이커리도 있으니 찬찬히 둘러봤다. 서진이가 마지막 아이스크림을 입으로 넣는 걸 보자마자 나는 기다렸다는 듯 나가자고 재촉했다. 이만하면 나도 많이 기다렸다.

찡짜이 마켓

서진이가 다니는 동선을 따라 예쁜 소품숍을 몇 개 구경했을까? 갑자기 모든 가게가 일제히 정리를 시작했다. 가게 문 닫는데 걸리는 시간이 오 분도 채 안 걸렸다. 영문을 모른 채 아직 열린 가게를 찾아 이리저리 이동했다. 찡짜이 마켓의 오픈 스토어는 세 시면 문을 닫는다는 걸 그제야 알았다. 닫는 시간을 미처 확인하지 않은 내 실수다. 다행히 정식 매장이 있는 가게는 여섯 시까지라니 그곳으로 발길을 돌렸다. 거기서 굿굿즈(good goods) 매장을 처음 봤다. 생활용품을 파는 굿굿즈 매장에서 가장 인기 있는 제품은 가방들. 천을 비롯해 다양한 소재와 패턴의 예쁜 가방들에 눈이 돌아갈 지경이다. 팔에 가방을 색깔별로 잔뜩 걸고 또 다른 가방을 고르는 사람도 종종 눈에 띄었다. 들고 갈 짐의 무게와 예산을 이유로 이 중 딱 하나만 골라야 했던 나는 정말 신중하게 가방을 둘러보았다.

"여기 왜 이렇게 오래 있어? 이제 나가자."

내 맘을 알 길 없는 서진이는 발걸음을 재촉했다. 그렇게 오랜 시간을 공들여 고른 가방은 파란 색감이 예뻤다, 파란색이 들어간 코끼리 파우치도 하나 골랐다. 320바트짜리 가방 고르는 데 온 신경을 집중해서 굿굿즈를 나오니 휴식이 필요했다.

집으로 가니 피글렛은 거실에서 혼자 놀고 있었다. 은근슬쩍 서진이가 피글렛 옆에 자리를 잡았다. 피글렛의 신상 장난감 '말랑이'를 함께 가지고 놀았다. 말랑이에 핸드크림을 주입해서 버블이 커지면 '빵' 소리를 내며 터졌다. 핸드크림은 폭탄이 되어 사방팔방으로 튀었다. 소파에 붙은 핸드크림을 보고 둘이 마주 보며 깔깔거렸다. 더는 못 보겠다. 차라리 안 보는 게 낫겠다 싶어 방으로 먼저 올라왔다.

서진이는 저녁 식사 메뉴로 푸팟퐁커리와 팟타이를 추천한다고 했다. 이게 진정한 추천인가? 누구를 위한 추천이지? 태국 북부인 치앙마이에서 푸팟퐁커리와 팟타이 맛집을 찾는 건 생각보다 쉽지 않았다. 배달보다는 직접 식당으로 가야 맛이 낫겠다 싶어서 푸팟퐁커리 맛집이라는 쿤머퀴진(Khunmor Cuisine)으로 갔다. 쿤머퀴진까지는 집에서 도보 9분 거리. 이번 여행의 숙소는 어디든 가까웠다. 님만해민 한복판임에도 주택가라 그렇게 시끄럽지 않다. 새벽녘 들리는 비행기 소리야 치앙마이 어디서든 들리는 거라 예외지만. 이제는 자다가 들리는 소음의 패턴도 익숙해졌다. 새벽 네 시쯤 쓰레기를 실어 가는 쓰레기차 한 번, 다섯 시 좀 넘어 비행기 한 대, 이 소리만 잘 넘기면 늦게까지 잘 수 있다.

쿤머퀴진의 푸팟퐁커리와 팟타이는 다른 곳보다 양이 많았다. 식어도 맛있는 푸팟퐁커리를 내일 메뉴로 선정하고 우리는 팟타이만 부지런히 먹었다. 코끼리 바지를 사고 싶다는 서진이 덕분에 토요 마켓(Saturday Market)을 오늘의 마지막 코스로 정했다. 밤늦은 시간임에도 토요 마켓은 사람이 정말 많았다. 코끼리 바지는 눈을 돌리는 곳곳에 다 있었다. 어린이 사이즈가 있는 집을 찾아 둘이 코끼리 바지를 하나씩 골랐다. 코코넛 마켓에서 찍는 사진이 예쁘다 하니 내일 코코넛 마켓에 갈 때 코끼리 바지를 커플로 입기로 했다.

"엄마, 내일 '창 바지'(태국어로 코끼리가 창이다.) 입고 코코넛 마켓으로 출동이야."

7일차

## 코끼리 바지 입고
## 코코넛 마켓을 구경하다

치앙마이에 오기 전 서진이는 버킷 리스트를 작성했다. 병 페인팅 카페 휜뚝뎩억 방문, 무에타이에 이어 세 번째 버킷 리스트는 코코넛 마켓이었다. 어제 장만한 빨간색 코끼리 바지를 커플로 맞춰 입고 집을 나섰다. 셔터를 막 눌러도 예술사진뿐이라는 코코넛 마켓. 시간이 늦을수록 사람이 몰린다는 정보를 입수했기에 도착하자마자 사진부터 찍었다. 진짜 사진 찍을 곳이 한두 군데가 아니잖아? 온통 초록인 코코넛 마켓을 배경으로 빨간색 코끼리 바지는 탁월한 선택이었다. 코코넛 마켓은 아기자기한 소품과 옷들, 다양한 먹거리까지 온통 나와 서진이의 취향이었다. 서진이가 제일 처음 간 곳은 코코넛 마켓 끝자락의 공예 체험 공간. 하나는 고르기 어렵다며 한참을 고민하다 결국 티셔츠 염색을 선택했다. 티셔츠 염색은 300바트였지만 마지막 남은 티셔츠에 조그마한 얼룩이 있어 50바트 할인을 받았다. 서진이가 티셔츠 염색을 하고 있으니 자연스레 홍보가 되었다. 그냥 지나치던 아이들이 하나둘씩 모여 어느새 체험공간을 가득 메웠다.

시장에서 먹거리가 빠질 수 없지. 서진이는 탕후루, 물방울 젤리, 치즈 통 감자, 초코 빙수까지 쉴 새 없이 먹었다. 나는 수박주스와 망고찹쌀밥을 골랐다. 빙수집에서 태국어로 주문을 하니 갑자기 사장 아주머니가 휴대폰을 꺼내 동영상 촬영을 시작했다. 초상권 따위는 없는 듯했다. 나도 모르게 성실히 인터뷰에 응했다. 다시 생각해도 웃긴다. 긴 대화는 불가해도 질문에 간단하게 답을 하는 나를 사장 아주머니는 너무 좋아라 했다. 이대로 빙수집 모델이 된 건가? 그 동영상이 어디서 어떻게 쓰일지 알지도 못하고 이대로 상황은 종료되었다. 공용 테이블로 가서 자리를 잡았다. 가족여행을 온 옆자리의 한국인 엄마가 말을 걸었다.

코코넛 마켓에서

"저희는 어제 치앙마이에 왔어요. 어디 가봤어요? 아이랑 가볼 만한 곳 좀 추천해 주세요."

우리가 가본 곳 중 몇 곳을 추천하고 찐 옥수수 하나를 넘겨받았다. 내가 옥수수 좋아하는 거 어떻게 알았지? 다음 날 택시를 타고 가다 어제 봤던 그 가족이 몬놈쏫(태국식 토스트집) 앞에 있는 걸 우연히 봤다. 혼자 택시에서 반가워 어쩔 줄 몰라 하며 어제 교환했던 카카오톡으로 메시지를 보냈다. 바로 회신이 왔다. 우리 어제 한 번 본 사이 맞아? 그렇게 한참을 또 메시지를 주고받았다.

아침 일찍 코코넛 마켓을 다녀온 후 서진이는 세 시가 되기만을 기다렸다. 세 시에 플로이 가족과 부리시리 호텔(Burisiri hotel) 수영장에 가기로 했다. 세 시가 땡 하자마자 서진이는 후다닥 1층으로 내려갔다. 신데렐라도 아니고 어쩜 저렇게 시간을 잘 지키는지. 부리시리 호텔까지는 차로 이 분, 아니 오토바이로 이 분. 플로이가 오토바이를 타고 가자고 했다. 우리 오토바이 안 타봤는데? 잠시 망설이다 도전하기로 했다. 피글렛은 빈의 오토바이를 탔고 나와 서진이는 플로이의 오토바이 앞뒤에 자리 잡았다. 드디어 출발! 서진이가 오토바이를 처음 탄다고 하니 플로이는 아주 천천히 운전했다. 덕분에 서진이는 오토바이의 재미를 알아버렸다.

부리시리 호텔 수영장은 입장료 100바트만 내면 호텔 이용객이 아니어도 수영장 이용이 가능했다. 아이들은 수영장을 이용하고 어른들은 수영장이 보이는 테이블에 앉아 음료를 한 잔씩 주문했다. 한 시간 반쯤 지났을까? 피글렛이 춥다며 물 밖으로 나오자 서진이도 따라 나왔다. 야외 샤워장에서 찬물로 간단히 샤워를 하고 가지고 간 수건으로 대충 몸을 닦았다.

부리시리 호텔 수영장에서

"이따 네일숍 갈래?"

또다시 플로이가 우리의 가이드를 자처했다. 피글렛이 간다고 하니 서진이는 자동이다. 여자 넷의 네일숍 예약이 완료되었다. 와로롯 마켓 주변으로 저녁 일곱 시가 넘으니 네일숍 천막이 줄지어 들어섰다. 와로롯 마켓 Bata(신발 브랜드) 바로 앞이다. 자정까지 문을 여는 이곳에 플로이 친구가 하는 네일숍도 있었다. 가격표를 보니 100바트부터 시작이다. 마음에 드는 색상으로 네일 단장을 끝내고 집에 오니 치앙다오를 같이 다녀온 댄스 소녀들이 서진이와 피글렛에게 인형을 하나씩 선물해 주었다. 감동이다. 서진이는 여우 인형, 피글렛은 피글렛(아기 돼지) 인형이었다. 그녀들은 내일 오후에 슬리핑 기차를 타고 방콕으로 이동한다고 했다. 슬리핑 기차를 타고 방콕이라니 생각만 해도 너무 멋지다고 인사를 하니 소녀 중 한 명이 인사를 건넸다.

"짧은 시간 함께 지내면서 따님과 여행하는 모습이 너무 멋있고 예쁘다고 생각 했어요. 남은 시간도 편안하고 즐거운 여행 되세요."

결혼 전 혼자 여행을 다니며 좋은 사람들을 많이 만났다. 치앙마이 여행을 와서 오랜만에 그런 인연들을 다시 만난 것 같아 마음이 참 따뜻해졌다.

8일차

## 뭐, 코끼리 똥?
## 엘리펀트 푸푸페이퍼파크 가기

오늘의 아침 메뉴는 카오소이다. 시간이 맞아 댄스 소녀들과 함께 식사를 하던 중, 플로이가 식당에서 먹은 카오소이와 자기가 만든 '엄마 카오소이' 중 뭐가 더 맛있냐고 물었다.

"당연히 엄마 카오소이지. 예~"

댄스 소녀들이 양손 엄지를 치켜 올렸다. 정말이지 리액션이 최고인 그녀들이다. 신이 난 서진이도 덩달아 엄마 카오소이를 외쳤다. 플로이의 게스트 하우스에는 한국 손님이 많다. 그래서 플로이는 간단한 문장이나 단어를 한국어로 많이 알고 있었다. 센스만점이다. '엄마'라는 단어도 플로이가 알고 있는 한국어 단어 중 하나다.

푸푸페이퍼 파크를 가기 전 홈스테이 집 앞으로 나가보는 서진이. 맞은편 주택의 1층에 위치한 'Endear Cafe'는 오늘도 문을 열지 않았다. 치앙다오에서 먹은 생일 케이크를 여기서 샀다는 플로이 말에 서진이가 가보고 싶어 했던 카페다. 대문이 따로 없는 카페 안을 서성이는데 마침 주택에 사는 분이 나와서 바로 카페 주인에게 전화를 걸어 줬다.

"십 분 내로 온다니까 잠깐 기다려요."

진짜 잠시 후에 어디선가 카페 주인이 나타났다. 메뉴판의 그림을 본 서진이는 케이크가 아닌 아사이볼을 주문했다.(아사이볼은 아사이 베리를 갈아 만든 스무디에, 토핑을 올려 만든 건강식이다.) 나는 커피나 한잔할까 싶어 메뉴를 보니 이런, 커피가 없다. 때마침 플로이가 밖으로 나오다 우리를 발견하고 카페로 들어왔다.

"이 집은 커피를 안 파네. 아사이볼 시키고 기다리고 있어."
"커피? 가나다라 커피 어때? 그건 공짜야."

'가나다라'는 플로이네 홈스테이 이름이다. 한국을 좋아한다며 한국어로 홈스테이 이름을 짓고 집 앞에 '가나다라'라는 문패와 팻말까지 세워 두었다. 가나다라 커피라니. 이 홈스테이 지낼수록 더 좋다. 카페에 앉아 있으니 플로이가 커피를 손수 배달까지 해줬다.

"컵쿤막카." (매우 감사합니다.)

고마움을 말로 다 표현할 수 없어 아쉽다. 주문한 아사이볼이 나와서 막 먹으려는 순간 댄스 소녀들도 현관문을 열고 나왔다. 오늘 오후에 방콕으로 간다며 아쉬워하는 그녀들. 아쉬운 마음을 함께 달래며 댄스 소녀들과 나, 서진이, 플로이까지 다섯 명이 카페를 배경으로 기념사진을 찍었다.

혼자 여행을 와서 새로운 사람을 만나고 또 헤어지고. 나에게도 여행의 또 다른 재미가 있던 시절이 있었지. 잠시 이십 대 때로 돌아간 것 같았다.

엘리펀트 푸푸페이퍼 파크를 간다고 어제 입었던 코끼리 바지를 다시 꺼내 입는 서진이. 이제 때와 장소에 따라 옷을 직접 선택할 정도로 많이 컸다. 푸푸페이퍼 파크에는 투어를 함께 하는 가이드가 있었다. 열한 시 사십 분 영어 투어를 선택하고 기념품 가게를 구경하며 기다렸다. 월요일이라 그런지 푸푸페이퍼 파크는 한산했다. 심지어 투어를 신청한 사람은 나와 서진이뿐이었다. 코끼리 똥으로 만든 종이라니. 오기 전부터 관심을 가졌던 서진이는 코끼리 똥으로 종이를 만드는 과정에도 직접 참여를 했다. 몇 가지 공정을 거쳐 드디어 종이가 완성되었다. 예쁜 초록색, 분홍색, 노란색, 파란색의 종이를 나무틀에 끼워 넓은 잔디밭에서 말리면 끝.

코끼리 똥으로 종이를 만드는 과정

푸푸페이퍼 파크를 나가려는 순간, 플로이한테 카톡이 왔다. 내일 가기로 했던 짚라인을 오늘 가자고 했다. 아직 점심 식사 전이었던 서진이와 나는 갑자기 바빠졌다. 시간이 빠듯하거나 어디로 가야 할지 결정을 못했을 때 우리는 마야몰 사 층의 푸드코트로 갔다. 그래서 오늘 점심도 마야몰 푸드코트다. 스테이크 덮밥과 카우팟 뿌(게살 볶음밥)를 한 입씩 주거니 받거니 하며 잘 먹었다. 여행지에서 디저트를 즐기는 서진이. 아쉽게도 오늘은 디저트를 먹을 시간이 없었다. 그냥 가자고 하니 좋은 생각이 있단다. 데일리 퀸에서 소프트콘을 하나씩 사서 먹으며 부지런히 걸었다.

집에 도착하자마자 다시 빈의 차를 탔다. 여행사에서 가이드와 함께 가는 여행도 이만큼 빡빡하지는 않겠지? 우리의 목적지는 짚라인 타는 곳. 서진이의 치앙마이 여행 네 번째 버킷 리스트이다. 치앙마이에서 무얼 하면 좋을까 찾아보다가 우연히 짚라인을 타는 영상을 보게 되었다. 서진이는 바로 이거라며 버킷 리스트 4번에 '짚라인'이라고 적었다. 오기 전까지 고민을 거듭한 버킷 리스트 4번. 나의 고소공포증이 문제였다. 서진이와 함께 짚라인을 탈 수가 없다. 물론 보호자 없이 혼자 탈 수 있지만 내가 들어갈 수 없는 곳에 서진이를 혼자 두는 것이 불안했다. 와서도 계속 고민하던 찰나, 혹시나 하는 마음에 플로이에게 같이 짚라인을 타러 가겠냐고 물었고 플로이의 대답은 "YES."였다. 너무 고마워 눈물이 날 뻔했다. 서진이는 그 자리에서 환호성을 질렀다. 그리고 그날이 바로 오늘! 짚라인 타는 곳은 알아볼 필요가 없었다. 묻지도 따지지도 않고 빈이 아는 곳이 있다고 해서 따라갔다. 차까지 태워주는 마당에 뭘 더 물어봐야 하나?

몬쨈의 퐁양 짚라인(Poyang Zip Line)에 도착했다. 구불구불한 산길을 한참 돌고 돌았다. 짚라인은 지대가 높고 산이 많은 곳에 있었다. 우리나라에서 하나의 짚라인만 봤던 나는 여기저기에 있는 짚라인이 보기만 해도 어지러웠다. 높은 곳에서 수직으로 떨어지기도 했다. 빈의 친구가 일하고 있는 덕분에 짚라인을 포함한 패키지를 할인을 받아 구입했다.

퐁양 짚라인에서 짚라인 타기

"엄마, 무섭지만 너무 재밌어. 기분 최고야."

서진이가 하나 타고 지나가다 신난다고 소리쳤다. 엄마가 옆에 없어도 피글렛이랑 씩씩하게 짚라인을 탔다. 패키지 코스를 다 끝내고 마무리는 2인용 롤러코스터였다. 빈이 별로 안 무섭다며 어느새 내 티켓까지 구입해서 왔다. 브레이크와 액셀을 직접 조종하며 속도를 조절하는 롤러코스터. 드디어 서진이와 내 차례가 왔다. '안 무섭기는 뭐가 안 무섭다는 거야? 장난해? 아, 이거… 내릴 수도 없고…' 자포자기한 심정으로 서진이의 뒤에 탑승했다. 시작부터 끝까지 서진이는 엑셀을, 나는 브레이크를 쉴 새 없이 당겼다. 그 와중에 나는 사진이 찍히는 곳에서는 활짝 웃는 센스를 발휘했다. 도착해서는 빈의 카메라를 보고 웃으며 손까지 들어 보였다. '무서운 건 무서운 거고 사진은 포기할 수 없지. 평생 남을 건데.' 아이들은 더 타고 싶어 했지만 하늘이 도왔다. 퐁양 짚라인 문 닫을 시간이다. 아이들은 솜사탕 기계에서 솜사탕을 하나씩 뽑는 걸로 아쉬운 마음을 달랬다. 하늘색 솜사탕을 받아 든 서진이가 모자를 썼다며 피글렛 머리 위로 솜사탕을 올렸다. 서로의 머리에 솜사탕을 대며 웃는 아이들, 보고 있자니 너무 예쁘다.

퐁양 짚라인에서 2인용 자전거 타기

놀 것 다 놀았으니 이제 밥 먹을 시간이다. 이탈리안 레스토랑 'Why not?'으로 갔다. 님만해민 어디든 한국 사람이 보였지만 이 식당에는 한국 사람이 없었다. 태국 사람이 한두 명 있고 전부 서양인이었다. 샐러드, 피자, 스파게티를 시켜 조금씩 맛을 보았다. 솔직하게 말해도 되려나? 토마토 스파게티는 면이 너무 익었고 봉골레는 면이 덜 익었다. 서진이가 내 귀에 대고 속삭였다.

"엄마가 해준 게 더 맛있어."

'응? 그거 오뚜기인데?' 주문한 음식은 총 1200바트. 맛보다 분위기로 음식을 먹은 날, 오늘이 바로 그런 날이다. 서진이와 내 입맛에는 그냥 그랬지만 모처럼 여유롭고 우아하게 식사를 할 수 있어서 좋았다. 그리고 둘이 아닌 다섯이 함께 식사를 해서 더욱 좋았던 분위기 맛집이다.

9일 차

## 두 번째 버킷 리스트, 무에타이를 배우다

오늘은 서진이의 버킷 리스트에 있는 무에타이와 새우 낚시를 하기로 한 날이다.

"엄마, 나 오늘 너무 기대돼."

나도 처음 가보는 곳들이라 신기하기는 마찬가지였다. 일찍 일어났지만 어쩌다 보니 출발이 늦어졌다. 십 분 늦게 도착한 올드타운의 더 스팅 클럽(The Sting Club)은 이미 무에타이 그룹 수업이 한창이었다. 우리가 들어가니 줄넘기를 하며 몸 푸는 시간이 막 끝났다. 우리가 더 스팅 클럽을 선택한 이유는 딱 하나다. 글러브에서 발 냄새(?)가 안 나는 곳이다! 무에타이를 하는 곳이 엄청 많아 후기가 넘쳐났다. "글러브가 땀에 쩔어 있고 관리가 안 되어 있다, 무에타이 후 아무리 씻어도 손에서 발 냄새가 난다." 등의 글이 보여 도장의 선정 기준이 아주 심플해졌다. 서진이가 참여한 오전 열한 시 그룹 수업은 유럽인 네 명, 서진이와 파트너가 된 한국인 언니 한 명, 서진이까지 총 여섯 명이었다. 그룹 수업이지만 그룹 활동은 짧게 하고 코치 두 분이 세 명씩 담당해서 개인 훈련을 주로 했다. 한 시간 삼십 분 운동에 300바트. 일일 수업이라도 훈련의 강도는 센 편이었다. 개인 코치가 보고 있으니 어린 서진이도 요령을 못 피우고 한국인 언니와 서로 발을 맞대고 열심히 윗몸 일으키기를 했다. 유럽 언니들의 펀치는 강렬했다. 진짜 작정하고 사람을 패러 온 듯 샌드백을 두들겨 팼다. 그에 비하면 서진이와 한국인 언니는 샌드백을 어루만지는 수준이었다.

더 스팅 클럽에서 무에타이 배우기

서진이가 훈련에 열심히 참여하는 모습을 보고 올드타운을 구경하러 나갔다. 좌판을 펴고 하나에 5바트, 10바트씩 하는 과자가 놓인 가게를 그냥 지나칠 수 없어 한참을 구경했다. 결국 고구마 스틱과 쿠키를 샀다. 조금 더 걸으니 카페가 나왔다. 카페 이름은 Pangkhon. 아이스 라테를 한 잔 주문해서 받아 들고 다시 돌아온 길을 그대로 되돌아왔다. 아침이라 그런지 올드타운의 골목길이 평화로웠다. 선명한 푸른빛의 하늘을 보고 있자니 내 마음도 깨끗해지는 것 같았다.

더 스팅 클럽의 코치는 친절했다. 서진이에게 어린이 맞춤형으로 지도를 해주었고 한국인들이 많이 다녀갔는지 간단한 한국말을 사용하며 수업을 이끌었다. 가장 많이 쓰는 단어는 '빨리빨리'였다. 재미있다고 하면 며칠 더 해볼까 싶어 서진이의 의향을 떠보니 더는 안 하겠다고 했다. 재밌는 거는 재밌는 거고 너무 힘들어서 한 번 해본 걸로 만족하겠다고 했다.

강제성을 띤 체력단련은 아니니 서진이의 의견을 존중하기로 했다.

택시를 잡아 마야몰로 이동하려는 찰나, 썽태우가 한 대 지나가길래 일단 세웠다.

"마야몰?"

타라고 손짓했다. 치앙마이의 썽태우는 거의 직진 코스다. 한 방향이니 내가 가는 방향에 있는 썽태우 기사에게 목적지를 말하면 대충 맞다. 손님이 없는 썽태우는 흥정을 해서 목적지에 갈 수도 있다. 요금은 일 인당 30바트. 목적지에 내려서 기사님께 드리면 된다. 썽태우를 타고 목적지인 마야몰에 도착하자 서진이가 썽태우를 더 타고 싶다며 아쉬워했다. 교통수단도 놀이 기구가 되는 태국이다.

운동을 열심히 했으니 배고프지? 마야몰 푸드코트에서 며칠 전부터 유심히 봤던 뼈 에그누들(Bone Egg Noodle)은 오늘도 품절이다. 아쉬운 대로 튀긴 돼지고기가 든 에그누들을 주문했다. 식사 후에는 문구와 생활용품이 예쁜 '모시모시(moshimoshi)'에서 서진이 친구의 생일선물과 피글렛에게 줄 선물을 하나씩 골랐다. 집으로 오니 피글렛은 오늘도 거실에서 놀고 있었다. 집으

마야몰

로 들어오는 서진이를 반겼다.

"그럼 둘이 놀고 있을래? 엄마 시장에 잠깐 다녀 올게."

빛의 속도보다 빠르게 볼트(Bolt)로 오토바이를 불렀다. 혼자 와로롯 마켓으로 출발이다. 어느새 오토바이 택시를 불러 타고 다닐 정도로 현지에 적응했다. 말린 망고, 바나나칩, 커플 코끼리 바지를 구입했다. 치앙마이에서의 두 번째 코끼리 바지는 네이비 색상이다. 토요 마켓에서 100바트 하던 코끼리 바지가 와로롯 마켓에서는 80바트였다.

짧은 쇼핑을 끝내고 다시 서진이를 만나 새우 낚시터로 갔다. 실내로 들어가니 완전 도떼기시장이었다. 사회자로 보이는 사람이 마이크를 잡고 엄청 시끄럽게 분위기를 몰아갔다. 새우 무게로 내기를 하는 거라고 했다. 새우를 잡은 사람이 카운터로 새우를 갖고 가면 새우 그램 수의 끝자리 숫자가 홀수인지 짝수인지를 놓고 사람들이 내기를 한다. 신박하다. 살다 살다 새우를 걸고 하는 내기는 처음 봤다. 새우 낚시터 이용은 한 시간에 100바트. 낚싯대와 미끼(닭의 간)를 주고 낚시하는 법을 알려 줬다. 물론 태국어로! 외국인이라고

새우 낚시터에서

는 우리뿐이고. 전부 태국 사람들이었다.

눈치를 보아하니 우리가 자리 잡은 곳 양쪽으로는 낚시의 고수들인 듯했다. 전문가용 낚싯대와 물의 온도나 물속의 움직임을 체크하는 듯한 장비(사실 무얼 하는 건지 정확하게는 모르겠다.)를 한 번씩 확인했다. 하지만 새우를 잡는 건 초짜인 우리가 한 수 위였다. 그 사람들이 한 마리 잡을 때 우리는 두 마리씩 잡았다. 묵직하다 싶을 때 들어 올리면 새우가 따라왔다. 서진이와 나는 일단 들어 올리기는 했지만 왕만 한 징거미 새우를 만지지도 빼지도 못해서 낚싯대만 흔들며 어쩔 줄 몰라 했다. 보다 못한 옆의 고수들이 새우를 빼고 보관 통에 담는 것을 도와주었다. 친절한 사람들을 만나 다행이었다. 두 시간 동안 잡은 새우는 총 여덟 마리. 비용을 지불하면 직접 구워 주니 편했다. 구운 새우는 집으로 들고 와 두 마리는 내가 먹고 여섯 마리는 플로이에게 주었다. 우리가 직접 잡은 새우라고 하니 어디 가서 잡아 왔냐며 깜짝 놀랐다. 나처럼 새우를 좋아하는 플로이. 다음에는 새우 낚시터에 같이 가자고 해야겠다.

10일차

## 키즈카페 After School

홈스테이 숙소를 체크아웃하고 호텔로 이동해야 했다. 서진이는 어젯밤부터 눈물바람이다. 왜 호텔을 예약한 거냐로 시작해서 홈스테이에 괜히 왔다고 했다. 피글렛과 헤어지려니 너무 마음이 아프단다. 슬퍼하는 서진이를 보는 내 마음도 편하지가 않았다. 그래도 오늘 하루 종일 피글렛과 함께 있을 거니 너무 슬퍼하지 말라고 서진이를 다독였다. 우리가 아침 식사를 하는 사이, 피글렛은 서진이에게 받은 얼초(얼려 먹는 초코 만들기)를 개봉하고 바로 실습에 들어갔다. 놀러 나가기 전 짐 정리를 끝냈다. '다음에 치앙마이에 오면 꼭 다시 올게.' 이 집에 처음 왔을 때처럼 다시 낑낑거리며 캐리어를 1층으로 내릴 시간이다. 이번에는 빈이 나를 도와 캐리어를 함께 내렸다.

플로이 가족과 함께 로컬 미용실 Dotdy로 갔다. 플로이와 빈이 가끔 와서 머리를 감고 드라이를 하는 곳이라고 했다. 오래전에 방콕에서 샴푸와 드라이 서비스를 받은 적이 있었다. 머리를 감긴 후 어찌나 매직기로 쫙쫙 펴주던지 드라이가 끝나고 나니 큰 얼굴이 더 커 보여서 깜짝 놀랐다. 그 뒤로 태국에서는 미용실을 가지 않았는데 오늘은 머리가 우아하게 잘 말렸다. 100바트의 행복이었다. 머리를 예쁘게 하고 우리가 간 곳은 키즈카페!(머리를 하고 간 곳이 키즈카페라니 살짝 슬펐다.) 키즈카페 애프터스쿨(After School)에 도착하고 보니 반 이상이 한국 사람이었다. 키즈카페가 아니라 맛집인가 싶을 정도로 음식이 맛있었다. 아이들은 노느라 식사를 하는 둥 마는 둥 했다. 모래 놀이터라 자칫하면 사방으로 모래가 튀어 엉망이 될 법한데 애프터스쿨은 깨끗하게 관리되고 있었다. 모래가 조금이라도 밖으로 나가면 매의 눈으로 관찰하던 직원이 와서 모래를 쓸어 안으로 다시 넣었다.

모래놀이만큼 아이들이 좋아했던 곳. 잉어가 자유로이 헤엄치고 있는 잉어 수족관이었다. 20바트면 매점에서 종이컵 크기만 한 통에 한가득 잉어밥을 담아 주었다. 잉어는 이 밥을 이미 많이 먹어 본 듯 사람이 통만 들고 움직여도 따라왔다. 입을 뻐끔뻐끔 벌리며 아이들이 던져 주는 밥을 잘도 받아먹었다. 급기야 아이들은 잉어밥이 동났음에도 밥 주는 시늉을 했고 그 손짓에 잉어들은 끊임없이 몰려들었다. 한참을 그렇게 놀다 보니 어느새 키즈카페에 들어온 지도 세 시간이 지났다.

키즈카페 애프터스쿨

호텔 체크인을 해야 했지만 캐리어는 여전히 플로이의 집에 두고 영화를 보러 갔다. 예전에 〈아쿠아맨1〉을 봤지만 내용이 전혀 기억나지 않는 상황에서 〈아쿠아맨과 로스트 킹덤〉을 예매했다. 팝콘을 하나 사서 영화관으로 들어가니 곧 화면이 켜졌다. 그리고 연이은 광고에 참고 참았던 졸음이 쏟아졌다. 얼마나 잤을까? 깨어 보니 영화는 이미 시작되었고 큰 팝콘 통의 팝콘은 반으로 줄어 있었다. 자고 일어났더니 두 시간여의 영화가 순식간에 끝났다. 다행히 서진이는 영화가 재미있다고 했다.(집으로 돌아와 〈아쿠아맨1〉까지 봤다.)

이제는 더 이상 미룰 수가 없다. 정든 홈스테이에서 캐리어를 가지고 나올 시간이다. 호텔 체크인이 오후 두 시부터인데 지금은 밤 아홉 시다. 마지막으로 이 층으로 올라가는 나무 계단에 앉아 피글렛과 기념 촬영을 했다. 서진이의 주도 하에 손가락 하트, 작은 하트, 볼 하트 다 만들어 보더니 이 포즈가 제일 마음에 든다며 한 손씩 하트를 하고 한참을 사진을 찍었다.

피글렛과 계단에 앉아

홈스테이를 나서는데 플로이가 물어봤다.

"내일 아침에 뭐 해?"

"우리야 아무 일 없지." 호텔로 데리러 갈 테니 피글렛 등교 전에 잠깐 보자고 했다. 이제 영영 못 보나 싶어 섭섭한 마음이 조금 가셨다. 가는 날까지 우리에게 신경을 써주는 플로이의 마음이 너무나 고마웠다. 트래블로지 님만 호텔(Travelodge Nimman Hotel)은 홈스테이에서 차로 오 분 거리였다. 밤이라 빠르게 체크인을 하고 방으로 들어갔다. 2박을 해야 하지만 왠지 느낌상 금방 떠날 것 같아 캐리어를 열기만 하고 짐은 그대로 두었다. 늦은 시간이라 바로 취침이다. 내일 눈뜨자마자 플로이 가족을 만나야 하니까.

**여기서 잠깐!**

키즈카페 애프터스쿨에서 도보 8분 거리에 피자 만들기 체험이 가능한 렛 그로우 카페(Let Grow Cafe)가 있다. 애프터스쿨에 가면서 같이 들르기 좋다.

11일차

## 로컬 네일숍을 방문하다

일찍 일어나 초스피드로 조식 뷔페를 먹었다. 서진이는 치즈와 프렌치 프라이가 없다며 못내 아쉬워했다. 피글렛의 등교 시간은 오전 여덟 시다. 등교가 빠르니 늘 밤 아홉 시면 취침했던 피글렛이 어제는 늦게 잔 걸까? 여덟 시 삼십 분이 되어서야 플로이네 가족이 호텔에 도착했다. 피글렛의 학교에서 가까운 산티탐의 카페 Brewginning으로 갔다.

어른들이 커피를 마시는 동안 피글렛은 학교 숙제를 했다. 이미 등교 시간이 지났는데 이제 숙제를 하고 있다. 플로이와 빈을 보니 여유가 있다 못해 느긋해 보였다. 괜히 엄마 마음에 나 혼자 걱정을 했나 보다. 태국 초등학생의 숙제는 어떤지 서진이가 관심을 보였다. 피글렛이 쓰는 걸 유심히 봤지만 태국어라 알 길이 없다. 빈이 피글렛의 숙제를 도와주는 동안 플로이는 피글렛의 머리를 땋았다. 태국의 초등학교는 복장 규정이 있다. 피글렛이 다니는 학교는 긴 머리를 묶고 가야 했다. 네일아트와 염색은 허용되지 않았다. 그럼에도 불구하고 피글렛은 아주 연한 핑크색 네일아트에 부분 염색을 하고 있었다. 염색한 머리가 보이지 않게 매일 잘 땋아주는 것이 플로이의 일이었다.

피글렛 등교 전 넷이서

학교 갈 준비를 다 하고도 카페에 더 있었다. 피글렛이 학교로 들어간 시간은 오전 열 시. 지각이지만 천천히 걸어갔다. 플로이가 프리스타일이라고 했다. 매일 보던 피글렛을 이제 한동안 못 보겠지? 집에 들어가면 1층 거실에서 늘 우리를 반겨주던 피글렛이 많이 생각날 것 같다. 감상에 젖을 새도 없이 나와 서진이는 다시 빈의 차를 타고 플로이의 단골 네일숍으로 이동했다. 우리가 가는 곳 어디든 빈의 차로 참 잘 다녔다. 세상에 이런 홈스테이가 또 있을까? 나와 서진이가 마음에 드는 네일 디자인을 고를 때까지 플로이와 빈은 우리를 기다려 주었다. 통역까지 다 끝내고 진짜 마지막 작별 인사를 했다.

"한국으로 여행 오게 되면 꼭 연락 줘. 우리 집에서 지내."
"치앙마이에 꼭 다시 와. 다음에 오면 숙박비 할인해 줄게."

서로 우리 집으로 오라고 인사를 건네니 진짜 안녕이다. 처음 온 낯선 곳에 아는 사람이 생겼다. 그것도 그냥 아는 사람이 아닌 우리 집에 머물러도 되는 사람들. 너무나 든든하고 힘이 되었다. 플로이 가족이 한국으로 놀러 오면 우리가 치앙마이에서 받은 따뜻한 마음을 몇 배로 돌려주고 싶다.

서진이는 수박, 나는 겨울왕국 디자인을 선택하고 손톱 관리사에게 손

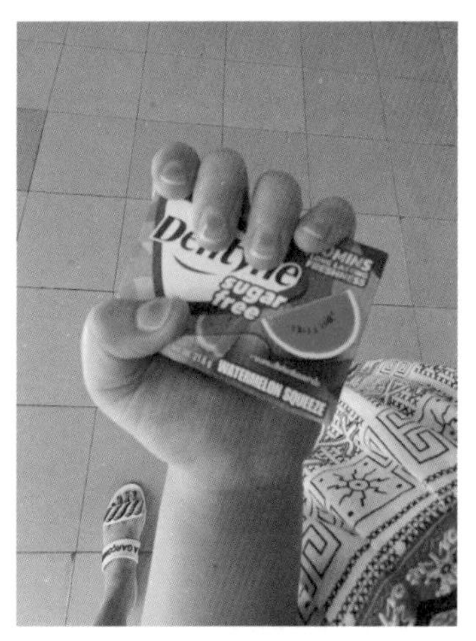

수박 네일아트와 서진이가 좋아하는 수박 껌

을 맡겼다. 손이 작은 서진이의 네일은 금방 끝났다.

"엄마, 진짜 수박이야. 너무 예뻐. 방학 끝날 때까지 안 지워지겠지?"

서진이는 손을 흔들어 보였다. 친구들에게 귀여운 수박을 보여 주고 싶어 안달이 났다. 누구에게라도 보여 주고 서진이의 네일이 지워지기를. 나는 열 손가락 전부 다른 디자인이라 무려 두 시간이 걸렸다. 진짜 예술의 정점을 찍는 고난도의 작업이었다. 서진이의 네일은 350바트, 내 네일은 499바트. 우리나라와 비교하면 반도 안 되는, 정말 말도 안 되는 가격이다. 이러니 태국에 올 때마다 네일아트를 안 할 수가 없다.

호텔은 수영장이 있으니 한 번 가봐야 한다는 서진이의 성화에 못이기는 척 수영장으로 갔다. 혹시나 했지만 역시나 겨울의 수영장 물은 너무나 차가웠다. 그래도 아예 못 들어가는 건 아니니까. 사람들이 외마디 소리를 질렀지만 들어가기는 했다. 수영하고 싶어 하는 서진이에게 먼저 들어가라고 하고 난 최대한 늦게, 마음의 준비를 하고 들어갈 셈이었다. 가급적 안 들어가면 더 좋을 것 같았다. 나이가 들수록 추운 건 정말 참기 어렵다. 한 겨울에 따뜻한 태국으로 오는 것도 우리나라의 추운 날씨가 한몫한다고 본다.

서진이의 끈질긴 요청에 딱 한 번 아주 잠깐 수영장에 들어갔다. 그리고 쭉 벤치에 딱 붙어 있었다. 물에만 안 들어가면 광합성 하며 누워 있기에 좋은 날씨다. 한 시간 수영을 했을까? 수영장 밖으로 안 나올 기세였던 서진이가 물 밖으로 나왔다. 수영 후 휴식은 꿀맛이지만 우리에게 남은 시간은 오늘과 내일뿐. 다시 님만해민 시내로 나갔다. 몬놈쏫에 들러 커스터드 토스트와 누텔라 토스트를 주문했다. 두꺼운 토스트 빵에 듬뿍 발린 커스터드와 누텔라. 커스터드부터 한 입 먹었다. 엄마를 따라 커스터드 한 입을 베어 문 서진이의 반응이 시큰둥하다.

"이게 왜 유명하지? 내 스타일은 아니야."

서진이는 원하는 맛이 아니라며 더 이상 안 먹었다. 어느새 두꺼운 토스트 두 개를 나 혼자 다 먹었다. 서진이가 안 먹으니 이렇게 좋은 때가 오는구나. 내 입도 입인데 가끔은 이런 날도 있어야지!

몬놈쏫의 토스트

다시 걸어서 이번에는 마야몰이다. 오늘 마야몰에서 최종 목적지는 DOTLSD. (어떻게 발음해야 할지 모르겠다.) 일명 치앙마이판 인생네컷. 특이한 배경으로 사진촬영을 하는 곳으로 관광객들 사이에서 유명한 곳이었다. 이곳을 서진이에게 소개하고 온 것까지는 진짜 퍼펙트했다. 치명적인 실수 하나만 뺀다면! 치앙마이에 온 기념으로 치앙마이 전통 원피스를 입고 찍으라고 추천했다. 배경과 안 어울려도 어쩜 이렇게 안 어울리는지. 인화되어 나온 사진을 본 서진이가 아무 말이 없었다.

"서진아, 내일 멋진 옷 입고 다시 오자."

서진이의 표정이 그제야 환해졌다. 마야몰에서 호텔로 이동하기 전, 씨푸드 버킷(Seafood Bucket)을 그랩으로 주문했다. 그동안 뭐가 그렇게 바빠서 이걸 못 먹었지? 홈스테이 가족과 함께 한 여정이 좀 바쁘기는 했다. 그래도 오늘 다행히 여유가 생겼다. 씨푸드 버킷은 홍합, 오징어, 새우, 주꾸미, 게, 옥수수 등을 매운 양념에 버무린, 내가 제일 좋아하는 해산물 요리다. 비닐을 깐 식탁에 씨푸드 버킷에 든 요리를 쫙 펼치고 비닐장갑을 끼고 먹어야 제맛이다. 호텔 로비에서 씨푸드 버킷을 받아 드니 벌써부터 맛있는 냄새가 진동했다. 빠른 걸음으로 방으로 가 테이블에 펼치고 비닐장갑을 손에 꼈다. 내가 먹는 모습이 너무 저돌적이었나?

"엄마, 그렇게 맛있어?"
"서진아, 나 이거 내일 또 시켜 먹을 거야. 한 번만 먹고 가면 후회할 거 같아."

서진이가 내일은 더 큰 사이즈로 시키라고 했다. 말을 예쁘게 해주니 참 고맙다. 또 한 번 씨푸드 버킷을 주문할 생각에 비어가는 테이블을 보고도 행복해졌다.

12일 차

## 현지인들이 가는 미용실에서 염색하기

오늘은 집으로 돌아가는 날. 밤 비행기라 호텔은 1박을 더 예약했다. 서진이를 데리고 아침 열한 시에 호텔을 나와 하루 종일 밖에서 지내기에는 내 체력이 없어도 너무 없다. 다른 데서 아끼고 가는 순간까지 편하게 지내기로 했다. 오늘의 가장 중요한 스케줄은 서진이의 미용실 방문이다. 어제 친정 나들이를 떠난 플로이가 예약해 준 곳이다. '머리 잘 하고 가성비 갑!'이라는 내 요청이 충실히 반영된 곳이라 서진이는 미용실을 보고 살짝 실망했다. 우리가 흔히 봤던 멋진 미용사들이 분주한 대형 미용실을 상상했겠지? 철제로 된 문을 열고 들어가면 손님이 앉는 의자 세 개와 소파, 계산을 위한 카운터가 전부인 미용실 'The One Salon'. 인테리어라고 할 것도 없다. 젊은 원장님이 자신의 머리를 염색한 사진을 아주 크게 벽면에 걸어 두었다. 첫인상은 별로였지만 그래도 원하는 빨간색 브릿지(부분염색)를 할 수 있다는 기대감에 좀 설레는 눈치였다.

시간을 확인하고 커피를 사 오겠다며 거리로 나왔다. 올드시티 외곽이라 골목길이 비교적 한산했다. 오래되어 보이는 약국, 미싱 하나와 행거 하나만 보이는 옷 수선집, 시골에나 있을 법한 '구멍가게'(온갖 것이 다 파는 동네 슈퍼), 오색 플라스틱 통이 요란스럽게 진열된 철물점까지. 몇십 년 전 과거로 돌아간 느낌이었다. 골목을 빠져나와 망고가 한가득인 과일 노점상을 지나니 학교가 하나 보였다. 너무 시끄러운 소리에 '행사 중인가?' 가까이 가보니 줄다리기가 한창이었다. 초등학교 체육대회 날인가 보다. 나 어릴 적, 김밥 싸고 온 가족이 총 출동해 하루 종일 즐기던 그 때의 체육대회랑 분위기가 비슷했다. 양 팀의 응원전이 치열했다. 목이 터져라 응원하는 학생들 앞으로 동작을 맞춰 큰 깃발을 흔드는 응원단도 보였다. 서진이는 코로나 이후 체육대회를 처음 해본 세대다. 몇 종목만 학년별로 하고 끝내니 체육시간인지 체육대회인지 구별이 안 간다. 옛날의 체육대회나 소풍을 지금 아이들도 경험해 보면 좋지 않을까? 아쉬웠던 적이 있는데… 치앙마이의 학교에서 그 시절의 체육대회를 하고 있으니 너무 반가웠다.

학교를 지나 카페를 하나 찾았다. 아메리카노 한 잔에 35바트. 문을 열고 들어가니 주황색 옷을 입은 맨발의 스님이 제일 먼저 눈에 들어온다. '음, 스님도 카페에 오시는구나. 하긴, 스님이라고 커피까지 금기하는 건 아니겠지? 이건 취향의 문제이니' 혼자 이런저런 생각을 하며 우유 거품이 듬뿍 올라간 아이스 라테를 손에 들었다.

미용실로 돌아가니 서진이의 표정이 행복에 겨워 하늘을 훨훨 날고 있었다. 머리는 두 번의 탈색을 끝내고 빨간색으로 변신 중이었다. 예전에 친구들이 염색을 하고 오면 누가 무슨 색으로 염색을 했더라 하며 은근히 부러움을 표현했지만 나는 한결같았다.

"더 크면 생각해 보자."

그랬던 걸 치앙마이에 와서 계획에 전혀 없던 염색을 하게 되었다. 그것도 아주 파격적인 빨간색으로. '이런 날도 있어야지. 치앙마이라서 가능한 거야.' 진짜 특별한 이유는 없었다. 엄마의 마음도 움직이게 하는 치앙마이다. 어제에 이어 마야몰 DOTLSD에도 다시 들렀다. 어제 와봤다고 망설임이 1도 없이 척척 알아서 하는 서진이. 인화되어 나온 사진을 보더니 대만족이다. 어제보다 포즈도 한층 업그레이드되었다.

미용실에서 머리 염색 후

"너 이런 포즈 어디서 봤어? 엄마 깜짝 놀랐네. 포즈가 진짜 모델이다."

격한 반응을 보여주니 서진이가 소리 내어 웃는다. 웃음소리를 들으니 어제의 미안함이 사라지는 듯했다.

이제는 진짜 호텔로 돌아가야 할 시간. 캐리어를 챙기러 호텔로 가며 나는 또다시 그랩으로 씨푸드 버킷(Seafood Bucket)을 주문했다. 우리의 마지막 만찬이라며 서진이가 좋아하는 무삥(돼지고기 꼬치)과 찹쌀밥도 주문했다.

"서진아, 이번 여행 어땠어?"

"엄마, 진짜 최고였어. 우리 홈스테이 하기를 진짜 잘한 것 같아. 내년에 꼭 또 오자."

DOTLSD에서 찍은 사진

## 최고의 순간, 나의 첫 치앙마이 여행

by 서진

긴장되는 마음으로 비행기를 탔다. 치앙마이는 처음이었다. 버킷 리스트를 준비하며 치앙마이에 대해 조금 알게 되었지만 무엇이 나를 기다리고 있을까 정말 궁금했다. 짧고도 긴 비행시간이 지나고 홈스테이에 도착했다. 밤이라 주변이 어둡고 집도 어두워 조금 무서웠다. 그 와중에 너무 배가 고프고 태국 음식이 먹고 싶었다. 결국 짐만 집에 놓고 나가서 로띠를 먹었다. 이번 여행에서 처음 먹는 음식! 태국의 맛이라 너무 맛있었다.

다음 날, 치앙마이에 오기 전 미리 알아본 미술학원으로 갔다. 엄마한테 다 얘기하지는 못했지만 수업이 조금 지루했다. 너무 내 스타일이 아니었다. 특히 쿠키 만들기 시간에 사용한 설탕에서 헤엄치는 개미의 모습은 너무나 충격적이었다.

한국에서 홈스테이를 알아보며 봤던 홈스테이 가족 소개 사진에는 엄마와 아빠, 아기가 있었다. 하지만 실제로 홈스테이에 와서 보니 그 아이는 그새 커서 나보다 조금 어린 동생이 되어 있었다. 그 동생이랑 놀면 재미있을 것 같아서 같이 놀아도 되는지 물어봤다. 동생의 이름은 피글렛이었다. 나는 그때부터 피글렛과 자주 놀았다. 너무 즐거웠다. 우리가 시기를 잘 맞춰 온 건지 피글렛네 가족은 치앙다오로 여행을 갈 거라며 같이 가자고 했다. 나는 뛸 듯이 기뻤다. 같이 여행을 가다니. 함께 여행을 가는 것도 좋았고 예상치 못했던 치앙다오에 간다고 해서 너무 기대되었다. 치앙다오의 날씨는 우리나라의 봄 날씨 같았다. 너무 자연이 예뻤고 우리가 잤던 숙소와 그 주변이 정말 아름다웠다.

치앙다오를 다녀온 이후 나는 피글렛이랑 더 자주 놀았다. 스릴이 넘치는 짚라인도 함께 탔다. 피글렛 아빠가 사진작가라 예쁜 사진도 많이 찍어 주었다. 그리고 치앙마이에 오면 꼭 들려야 할 곳. 마야몰에 있는 천상의 인생네컷이다. 사진을 찍는 동안 너무 즐겁고 재밌었다. 단, 태국 전통의상은 입고 가지 말 것! 엄마의 추천으로 태국 전통의상을 입고 간 첫날 사진이 이상하게 나왔다. 그래서 다음 날 좀 더 예쁜 스타일의 옷을 입고 가서 사진을 한 번 더 찍었다. 어느덧 시간이 지나 홈스테이를 나와 호텔로 가야 할 시간이 되었다. 너무 아쉬웠지만 피글렛과 인사를 하고 호텔로 갔다. 하지만 호텔로 옮겨서도 여전히 피글렛이랑 놀았다. 피글렛 집에 있는 건지 나간 건지 모를 정도였다.

시간이 금방 지나 가는 날이 되었다. 무겁지만 가벼운 마음으로 집으로 돌아왔다. 내 인생 첫 치앙마이, 내가 지금껏 간 여행 중에 최고였다.

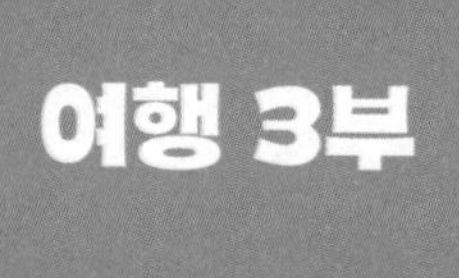

## 여행 3부

# 사랑하는 태국으로 또다시 떠난 패밀리!

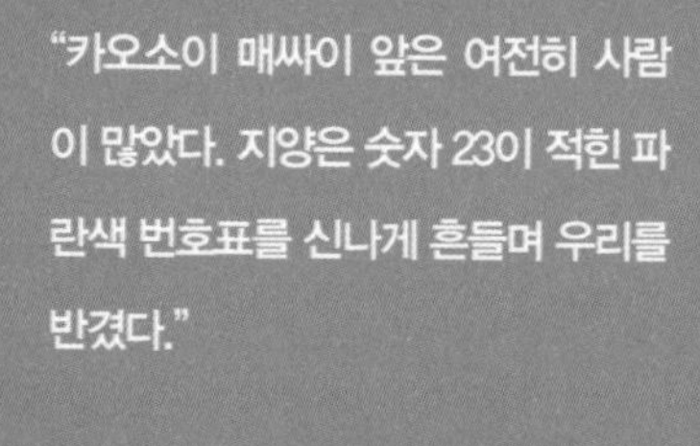

"카오소이 매싸이 앞은 여전히 사람이 많았다. 지양은 숫자 23이 적힌 파란색 번호표를 신나게 흔들며 우리를 반겼다."

## 짐싸기의 달인,
## 여행체크리스트 공개하기

치앙마이를 다녀온 지 벌써 일 년이 다 되어간다. 이번에는 다른 곳으로 가볼까 잠깐 고민하다 결국 또 태국이다. 서진아빠는 방콕, 서진이는 치앙마이 스타일의 도시(?)를 찾아 달라고 하니(이 집에서 여행은 전적으로 내 전담이다.) 부녀를 만족시킬 다른 나라를 찾는 것보다 방콕도 가고 치앙마이도 가는 게 빠르겠다 싶었다. 서진아빠가 갑작스러운 회사 일로 함께 여행을 할 수 있을지 불확실한 상황에서 특가 항공권이 나왔다. 나와 서진이의 항공권부터 먼저 구매했다. 그리고 서진아빠가 뒤늦게 합류했지만 같은 비행기를 타지 않고 모아둔 마일리지로 예약하겠다고 했다.(서진아빠는 방콕 일정만 함께했다.) 어쨌든 같이 가기만 하면 되니까, 오케이. 그렇다. 우리는 서로의 의견을 존중하면서도 아주 독립적인 가족이다. 남들이 보면 신기한 상황일 수도 있는 게 우리 집에서는 흔한 일이다. 이렇게 만난 것도 인연이겠지?

여행에 대해서는 '아는 만큼 갈 수 있다.'가 모토이니 매일의 구체적인 계획은 세우지 않더라도 되도록 많은 정보를 찾아보고 가는 게 습관이 되었다. 여행 정보를 찾는 그 시간이 너무 재미있다. 여행을 준비하는 시간이 길면 길수록 내 삶의 만족도가 따라 올라갔다. 여행 가서 할 일을 대략 결정하면 여행이 며칠인가에 따라 단기 혹은 한 달 체크리스트를 꺼내 본다. 그새 필요한 게 생기면 리스트에 추가하고 사야 할 게 있으면 차근차근 구입해가며 여행 가기 전 기대감을 최대한 끌어올렸다. '여행을 가면 에너지가 많이 필요할 테니 가기 전에 미리 체력을 비축해두자.'

그럼 방콕 in, 치앙마이 out 여행을 시작해 볼까?

### 여행(한 달 살기) 체크리스트

**기본**

- ▢ 여권
- ▢ 신용카드
- ▢ 비상용 여권 사본과 여권 사진

**약**

- ▢ 해열제
- ▢ 종합 감기약
- ▢ 소화제
- ▢ 두통약
- ▢ 밴드
- ▢ 화상 연고
- ▢ 피부질환 연고
- ▢ 상처 연고
- ▢ 지사제
- ▢ 체온계
- ▢ 모기 패치
- ▢ 모기 기피제

**전자제품**

- ▢ 휴대폰
- ▢ 탭
- ▢ 이어폰
- ▢ 보조 배터리
- ▢ 충전기

### 아이용

- ▢ 책
- ▢ 필기구
- ▢ 문제집
- ▢ 보드게임이나 장난감
- ▢ 아쿠아슈즈
- ▢ 빗
- ▢ 머리끈과 핀
- ▢ 미니 배낭

### 옷

- ▢ 속옷
- ▢ 양말
- ▢ 잠옷
- ▢ 외출
- ▢ 간절기 잠바
- ▢ 긴 바지
- ▢ 세미 정장이나 드레스 (상황에 따라)

### 신발

- ▢ 슬리퍼
- ▢ 샌들
- ▢ 운동화

### 수영

- ▢ 수영복
- ▢ 수영가운
- ▢ 비치 타올
- ▢ 방수 가방
- ▢ (휴대폰용)방수팩
- ▢ 물안경

### 햇빛 차단용

- ▢ 선크림
- ▢ 모자
- ▢ 선글라스
- ▢ 우산 겸 양산

### 피부관리용

- ▢ 로션
- ▢ 화장품
- ▢ 칫솔
- ▢ 치약
- ▢ 보디용품
- ▢ 샴푸와 트리트먼트
- ▢ 클렌징 제품
- ▢ 손톱 깍기

### 기타

- ▢ 휴지
- ▢ 물티슈
- ▢ 가위
- ▢ 비닐 백
- ▢ 휴대용 보온 물병

### 물 정수 용품

- ▢ 샤워기와 필터

### 식료품

- ▢ 라면
- ▢ 쌀
- ▢ 김
- ▢ 참치 통조림
- ▢ 고춧가루 등

1일차

## 이 코트야드 호텔이 아닌데요

드디어 서진이의 방학이 시작되었다. 방학에 누리는 호사에 여행이 빠질 수 없지! 우리는 분주한 일상에서 벗어나 떠나기로 했다. 이번에는 여행의 시작을 서진아빠와 함께하니 왠지 더 든든하다. 즐거운 마음도 잠시, 두통이 심하고 속이 좋지 않았다. 여행 전날은 조심하는 편인데 왜 그랬을까? 넘치는 식욕을 주최하지 못하고 어젯밤 간식을 먹고 또 먹었다. 그리고 탈이 났다. 더 심해지면 안 될 것 같아 없는 시간을 쪼개어 내과에 들렀다.

"체한 거 같아요. 약 먹고 시간이 좀 지나면 괜찮아질 겁니다."

'휴, 큰일이 아니라 다행이다.' 누웠다 일어났다를 반복하며 계획한 시간보다 늦게 공항으로 출발했다. 서진아빠와는 다른 비행기다. 다행히 우리 비행기와 서진아빠의 비행기 시간이 오 분 차이라 수완나폼 공항에서 다시 만나기로 했다. 인천공항에 도착해서 검색대를 통과할 때까지 몇 번이나 바닥에 주저앉았는지 모르겠다. 노트북과 아이패드가 든 무거운 배낭을 멘 서진이는 엄마가 괜찮은지 계속 살폈다. 여행의 설렘과 즐거움을 망친 것 같아 많이 미안했다. 겨우 탑승구 쪽으로 가서 탑승수속을 막 시작

한 게이트에 도착했다. '아, 그래도 비행기 탔다.'

수완나폼 공항은 방콕의 향기가 솔솔 느껴졌다. 우리 캐리어가 나오는지 하나하나 예의주시했다. 잠시 후 뒤에서 서진아빠가 서진이를 불렀다. 행동이 빠른 서진아빠 덕분에 빠르게 짐을 찾았다. 택시를 타니 밤 열한 시가 넘었다. 여전히 방콕 시내는 차가 많이 막혔다. 이 골목 저 골목을 누비던 중 수쿰윗 코트야드 호텔이 눈에 들어왔다. 뭔가 불길한 예감이 들었다.

"코트야드 호텔입니다."
"저, 이 코트야드 호텔이 아닌데요? 예약할 때 주소 드렸는데 못 받으셨나요?"

주소를 보여 드리니 아무 말 없이 다시 운전이 시작되었다. 코트야드 호텔이 방콕에 여러 개 있고 가끔 혼동한다는 글을 본 게 그제야 생각났다. 출발 전 주소를 다시 확인하지 않은 내 불찰이다. 이번에는 우리가 예약한 칫롬역 부근의 코트야드 바이 메리어트 방콕 호텔에 잘 도착했다. 호텔 체크인을 하고 방에 들어온 시간은 밤 열한 시 사십 분.(우리나라 시간으로는 새벽 한 시 사십 분이었다.) 늦은 시각이지만 먹는 거 좋아하는 서진아빠가 배달 음식을 시켜 먹자고 했다. 그랩으로 무팟 남프릭파오 랏카우(돼지고기 바질 덮밥)와 치킨 팟타이를 시켰다. 기다리는 동안 서진이는 침대에 뻗어 버렸다. 음식의 비주얼에 흥분한 서진아빠. 팟타이를 한 입 먹더니 연신 고개를 끄덕거렸다.

"그래, 내가 이 맛을 못 잊어 방콕에 왔지. 배고프면 배달 음식 시켜 먹고 호텔에서 쉬고 싶다."

"뭐? 우리랑 같이 왔으면 우리의 여행법을 따라야지. 힘들지 않으면 일단 나가는 거야."

2일차

## 차오프라야강에서
## 디너 크루즈 타고 우아하게

새벽에 겨우 잠들었다. 그리고 얼마 되지 않아 눈을 떴다. 일찍 일어날 일이 없지만 집이 아니라 그런지 눈이 떠졌다. 커튼을 걷으니 밤에 안 보이던 수영장이 보였다.

"엄마, 수영은 언제 해? 수영하러 가고 싶다."

'오호, 서진이와 서진아빠가 수영장에 있는 동안 어디 좀 다녀와 볼까?' 나의 두뇌 회전이 빨라지기 시작했다. 일단 호텔 조식 뷔페가 있는 모모카페로 갔다. 오렌지, 망고, 사과, 토마토, 구아바, 건강주스까지 주스 종류가 다양했다. 심지어 조식인데 아이스크림이 있네? 서진이의 조식 뷔페 판단 기준은 아이스크림이다. 아침에 아이스크림을 주는 뷔페는 좋은 뷔페다. 모모카페는 서진이에게 '좋은 뷔페'를 넘어 '아주 좋은 뷔페'로 선정되었다. 예전에 본 적 없는 예쁜 팬케이크가 있다! 서진이는 귀여운 미키마우스와 다섯 개의 꽃잎이 조화로운 꽃 모양 팬케이크에서 눈을 떼지 못했다.

"아, 진짜 입에 넣기 아까워."

아침 식사 후 주변 탐색 차 거리로 나왔다. 여전히 식당이나 노점상은 안 보였다. 그런데, 어? 위치가 진짜 최고다. 큰 길로 나와 오른쪽으로 가면 BTS 칫롬역, 왼쪽으로 가면 랏차담리역이 있다. 서로 다른 노선이라 이 두 노선만 있으면 웬만한 곳은 다 갈 수 있다. 먼저 칫롬역 방향으로 걸어갔다. 태국의 이마트인 '빅씨'와 태국 아이스티가 유명한 '차트라뮤' 카페가 보이자 너무 반가웠다.

"짜뚜짝 시장 얼른 다녀올게. 둘이 잘 지내고 있어."

서진이와 서진아빠를 수영장으로 보내고 나는 가벼운 발걸음으로 짜뚜짝 시장으로 출발했다. 주말에만 열리는 짜뚜짝 시장은 규모가 커서 몇 시간을 구경해도 끝이 없다. BTS 모칫역에 내려 1번 출구로 나왔다. 모칫역 육교에서 본 짜뚜짝 공원의 모습에 '우와, 이건 뭐….' 말을 더 잇지 못했다. 초록색에도 순도가 있다면 짜뚜짝 공원의 초록 순도는 백 퍼센트 일 거야. 잠깐 그 자리에 서서 공원을 찬찬히 둘러보았다. 큰 나무들의 싱그러운 초록 잎이 몸과 마음에 평온함을 가져다 주려는 듯 흔들렸다. 그대로 삼백 미터 직진! 헷갈릴 것도 없이 사람들을 따라 가다 보니 어느새 짜뚜짝 시장이 보였다.

짜뚜짝 시장을 혼자 오니 자유의 향기가 여기저기서 느껴졌다. 발길 닿는 대로 어디든 갈 수 있다. 먼저 예술작품이 있는 곳(Art Section)으로 가서 그림 구경을 실컷 했다. 몇 년 전부터 모으기 시작한 냉장고 자석을

짜뚜짝 공원

사고 서진이가 주문한 배쓰밤(입욕제)도 샀다. 온 가족이 첫 해외여행을 가게 된 친구의 쌍둥이 딸들을 위해 여권 지갑도 골랐다. 먼저 지갑 색과 캐릭터, 라벨을 선택하고 원하는 이름이나 문구를 얘기하면 그대로 새겨 준다. 그야말로 세상에 하나뿐인 나만의 여권 지갑이다.(짜뚜짝에서 살 수 있는 가장 귀하고도 저렴한 선물을 하나 고르라면 나는 이 핸드메이드 여권 지갑을 선택할 거다.) 여권 지갑을 만드는 데 걸리는 시간은 삼십 분. 쌀국수 한 그릇 먹기 딱 좋은 시간이잖아? 기다리는 동안 똠얌 쌀국수 한 그릇을 국물까지 싹 비우고 망고 스무디 한 잔을 손에 들고 있으니 세상 누구도 부럽지 않았다.

짜뚜짝 시장

오늘 저녁은 디너 크루즈를 타기로 했다. 내 기억 저편에 있는 최악의 기억, 디너 크루즈를 또 타야 하다니! 사회 초년생이던 시절, 멋모르고 차오프라야 디너 크루즈를 탔다. 한창 예쁜 나이에 잔뜩 기대하며 오른 디너 크루즈는 시끄러워도 너무 시끄러웠다. 태국 가수의 트로트 노래에 맞춰 한잔 기분 좋게 하신 어르신들이 관광버스를 방불케 하는 현란한 몸놀림을 보여주었다. 그때 들었던 트로트는 여행 내내 귓가를 떠나지 않았다. 그날 이후 누가 크루즈를 탄다고 하면 무조건 뜯어말렸다. 그런 크루즈를 서진이가 타보고 싶어 했다. 내가 졌다. 디너 크루즈 중 가성비가 좋다는 차오프라야 오퓰런스 디너 크루즈를 타기로 했다. 실외 테이블석이라 야경을 즐기며 라이브 음악을 들을 수 있는 삼 층은 이미 만석! 아쉽지만 이 층을 예약했다. 아이콘시암 선착장 앞에서 차오프라야 오퓰런스 디너 크루즈를 발견한 서진이가 흥분하기 시작했다.

"엄마, 저것 봐. 배가 엄청 커."

웅장한 음악과 함께 선원들이 일제히 밖으로 나와 우리를 향해 손을 흔들었다. 나도 모르게 손을 흔들고 있는 내 모습에 피식 웃음이 나왔다. 운이 좋았다. 우리 자리는 이 층의 창가 자리. 서진이가 창밖이 너무 잘 보인다고 재잘거리며 연신 사진을 찍었다. 서진아빠가 그새 내가 좋아하는 왕새우를 한 접시 가득 담아왔다.

"우와, 남편 센스 최고야."

해산물은 사랑이다. 마지막까지 젓가락을 들고 최선을 다했다. 식사를 끝내고 나니 그제야 새우가 목까지 가득한 느낌이 들었다. 먹어도 너무 먹었다! 식사를 마친 후 문득 삼 층이 궁금해졌다. 삼 층은 평화로운 이 층과는 또 다른 세상이었다. 우선 음악 스타일이 많이 달랐다. 멋들어지게 노래를 잘 부르는 라이브 가수가 있었다. 무대는 따로 없었지만 신이 난 사람들이 가수와 밴드 앞에 모여 춤을 췄다. 우리나라 사람들이 많은 크루즈라 때때로 한국 노래가 나왔다. 〈강남스타일〉이 시작되니 서진이의 살랑거리던 몸짓은 격렬하게 변했다. 그리고 오늘의 하이라이트! 로제의 〈APT.〉가 흘러나왔다. 서진이의 흥이 폭발했다. 시간은 순식간에 지나갔다. 〈APT.〉를 끝으로 두 시간여의 크루즈 여행은 아쉬움을 남기며 끝이 났다.

차오프라야 오퓰런스 디너 크루즈에서

시간은 어느덧 밤 열 시를 넘었다. 택시를 잡으려는데 서진이가 툭툭을 타보자고 했다. 뭐, 툭툭? 시끄러운 굉음을 내며 쌩쌩 달리는 그 툭툭? 시간을 잘못 맞추면 덥고 매연 냄새가 가득한 곳에서 움직이지 않는 그 툭툭 말이지? 심지어 쾌적한 택시보다 가격이 몇 배나 비싸다. 디너 크루즈의 매직을 경험한 나는 툭툭까지 타보기로 했다. 태국의 겨울밤 툭툭은 꽤 괜찮았다. 서진아빠도 저녁에 타는 툭툭을 좋아했다. 문득, 작년 초 친정부모님과 방콕에 왔을 때 함께 탔던 툭툭이 생각났다. 그때도 밤이었지? 부모님, 서진이와 좁은 툭툭에서 넷이 서로 부딪혀가며 깔깔거렸던 기억이 났다. 방콕을 좋아하지만 크루즈와 툭툭은 늘 부담스러웠다. 하지만 안 좋았던 기억은 오늘로 빠이빠이다. 나에게 좋은 추억을 두 번이나 준 선물 같은 오늘. 서진이가 아니었으면 평생 이 재미를 모르고 살 뻔했잖아. '서진아, 오늘 정말 고마웠어. 앞으로 종종 크루즈랑 툭툭 타자.'

3일차

## 또다시 찾은 아이콘시암

아침 일찍 눈을 뜬 서진아빠가 방에 혼자 있는 것 마냥 돌아다니며 온 가족을 깨웠다. 뜻하지 않은 이른 기상이 불만이었던 서진이. 아침 식사 후 자유시간을 갖자고 하니 기분이 좀 풀렸다. 어제는 디너 크루즈 선착장을 가며 아이콘시암의 야경을 잠깐 구경했다. 오늘은 아이콘시암에 가서 쇼핑도 하고 팟타이 맛집인 '팁싸마이'에서 식사를 하기로 했다. BTS 사판탁신역 부근의 선착장으로 아이콘시암 가는 셔틀보트를 타러 갔다. 아이콘시암 개장과 함께 계속 무료이던 셔틀보트가 이번에 오니 일 인당 8바트씩 탑승료를 받았다. 큰 금액은 아니지만 오랫동안 안 내던 돈을 갑자기 내려고 하니 왠지 배가 살살 아파왔다. 유료화되고 좋아진 점도 있었다. 무료 셔틀일 때는 넘치도록 태우던 사람을 이제 적정선에서 조정해가며 태웠다. 안전했다. 어젯밤 본 아이콘시암은 오색 조명으로 화려함의 절정이었다면 낮에 본 아이콘시암은 조용하고 평온한 느낌이었다.

아이콘시암에는 멋진 전망대가 있다. 차오프라야 강을 따라 방콕의 전경이 쫙 펼쳐지는 모습을 눈에 담을 수 있는 곳, 테라스로 나갔다. 강 건너편으로 '마하 와치랄롱꼰' 현 국왕의 사진이 크게 걸린 건물이 제일 먼저 눈에 들어왔다. 그리고 킹 파워 마하나콘 빌딩과 황금돔이 인상적인 르부아 호텔(Lebua at State Tower)이 보였다. 예전에 친구랑 르부아 호텔의 스카이바 시로코에 갔었지. 그게 벌써 15년 전인가? 시간이 진짜 빠르다는 걸 새삼 느꼈다. 잠깐의 쇼핑도 즐겼다. 나는 h&m에서 세일하는 청바지를 득템했고, 서진이는 팝업스토어에서 오리 미니어처(Duckoo Ball Club)를 샀다. 쇼핑을 좋아해서 집에 오는 택배의 구십 퍼센트 이상을 언박싱하는 서진아빠는 오늘따라 빈손이다. 마지막으로 쑥시암(SookSiam)에 들러 간단한 저녁거리를 샀다.

아이콘시암 테라스에서 바라본 방콕의 전경

호텔에 오자마자 쑥시암에서 산 음식을 테이블에 펼쳤다. 바싹하게 튀긴 돼지고기는 언제 먹어도 맛있다. 분명 맛있게 먹고 있는데 계속 먹다 보니 김치 생각이 났다. 태국을 좋아하고 이렇게 해외에 나와 있어도 한국 사람은 한국 사람이다.(심지어 나는 평소에 김치를 즐기지도 않는다.)

식사 후 서진이와 다시 거리로 나왔다. 밤 아홉 시를 넘긴 시간에 문을 연 마사지숍이 있을까? 예전에 가본 적 있는 'CHAO9 Massage'를 찾았다. 마사지숍 간판을 지나치려는 찰나 간판에 붙어 있던 미니 도마뱀(찡쪽)이 아주 조금 움직였다. 서진이가 빠른 손놀림으로 휴대폰을 꺼내 사진을 찍었다.

"엄마, 이 찡쪽 완전 귀엽다."

어릴 때부터 태국을 몇 번 다녀 본 서진이는 이제는 간단한 인사말이나 단어는 태국어로 꽤 안다. '찡쪽'이라는 단어는 지난 치앙마이 여행 때 처음 알았지? 찡쪽은 집 안에도 산다. 치앙마이의 홈스테이 방에서 찡쪽을 처음 보고 서진이는 깜짝 놀랐다. 서진이가 너무 무서워하니 친절한 빈이 방에서 나온 찡쪽을 잡아 줬다. 태국에서는 찡쪽은 길한 의미라 집에 있어도 그냥 두는 경우가 많다. 서진이가 방에서 나오는 찡쪽은 무섭지만 멀리서 보는 찡쪽은 정말 귀엽다고 했다. 한 시간 발마사지로 피로가 풀렸다. 오늘 잠 잘 오겠다.

**여기서 잠깐!**

아이콘시암 7층 'Napalai Terrace'에서 차오프라야 강의 멋진 전망을 무료로 볼 수 있다.

4일차

## 마하나콘 스카이워크 & 야경맛집 타아룬(Tha Arun)

서진이에게 방콕에 오기 전 가고 싶은 곳을 이야기해 보라고 했다. "엄마, 나는 마하나콘이 너무 좋았어. 아빠랑 다시 가보고 싶어." 그 무서운 곳을 왜 또? 마음 같아서는 혼자 다녀오라고 하고 싶었다. 하지만 마하나콘 전망대에 오르기 전 찍는 기념사진이 너무 좋아서 셋이 함께 마하나콘으로 출발했다. 이 사진 촬영은 무조건 추천한다. 사진의 배경이 너무 근사하다.

고속 엘리베이터를 타고 74층 전망대에 도착했다. 어디를 가든 기념품 구입에 진심인 서진이와 서진아빠는 360도 파노라마 관람이 가능한 전망대를 한 바퀴 둘러보던 중 기념품숍을 발견했다. 비싸고 디자인도 그냥 그런 기념품을 왜 사는 걸까? 라스베가스로 신혼여행을 갔을 때 오쇼(O Show)를 관람하고 기념컵을 사는 서진아빠가 너무 신기했다. 같이 산 세월이 십 년이 넘었다고 이제는 나도 적응이 되었나 보다. 기념품숍을 향해 가는 부녀에게 잘 다녀오라고 하지만 비싼 건 안 된다는 인사를 빼놓지 않았다. 부녀는 기념품숍에 한참을 머문 후 마하나콘 빌딩 모형이 있는 포토 집게를 구입하고 만족스러운 미소를 지었다.

마나하콘 스카이워크에서

이제 78층 루프탑으로 올라갈 시간이다. 나는 엘리베이터를 탔고 서진이와 서진아빠는 유리로 된 계단을 천천히 걸어서 올라갔다. 탁 트인 전망이 정말 좋지만 아래가 다 내려다보이는 유리 바닥은 공포 그 자체였다. 서진이의 강요에 서진아빠가 먼저 유리 바닥으로 이동했다. 이제 내 차례! 이미 예전에 부모님과 한 차례 다녀온 곳이지만 다시 봐도 너무 무서웠다. 아래를 보면 가지도 오지도 못할 것 같아 허공을 주시하며 다리를 끌고 힘겹게 서진이와 서진아빠가 있는 곳에 도착했다. 내 모습을 한참 보고 있던 직원 둘이 박수를 쳐주었다. 그리고 사진을 찍어 주겠다는 제스처를 했다. 여행 와서 셋이 함께 찍은 사진이 많지 않은데 또 한 장을 추억으로 남겼다. 내 정신 챙기느라 사진을 찍어 준 직원에게 고맙다는 인사도 못하고 나왔다. 태국은 한겨울이지만 한낮은 여전히 더웠다. 유리 바닥을 즐기는 서진이의 볼이 점점 발갛게 달아올랐다. 급기야 볼이 가렵다고 했고 가까이서 보니 우툴두툴하게 뭔가 나 있었다. 나중에 약사에게 보이니 햇빛 알러지약을 처방해 줬다. 영어 단어 하나 알아 두니 도움이 되었다. 잇치(Itchy)! 간지럽다는 뜻이다.

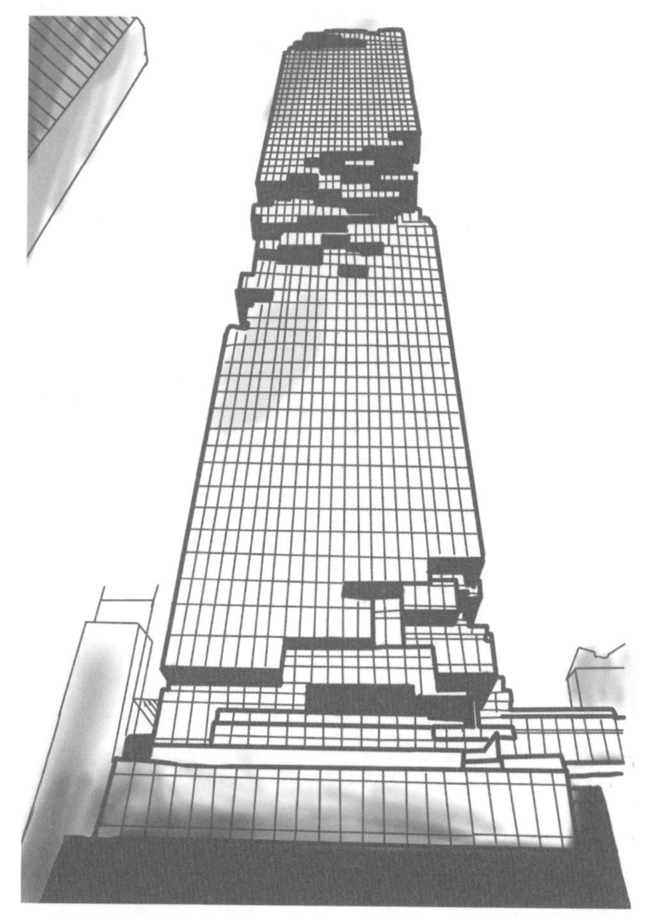

서진이가 그린 마하나콘 빌딩

왓아룬(새벽사원) 일몰을 감상하기 위해 저녁 식사 장소로 조금 서둘러 이동했다. 왓아룬의 일몰을 감상할 수 있는 레스토랑이 차오프라야 강 주변으로 쭉 늘어서 있다. 촘아룬, 수파니가이팅룸, 롱로스, 타아룬 레스토랑이 줄지어 있고 그중 우리가 예약한 곳은 타아룬(Tha Arun)이었다. 원래는 예전에 갔던 촘아룬을 마음에 두고 있었지만 요즘 내 행동이 점점 느려진다. 방문하기 십 일 전에 연락했으니 자리가 있을 리 없지. 차선책으로 타아룬을 선택했다.

택시로 이동 중 차이나타운의 야왈랏 거리를 지날 무렵, 서진아빠의 눈이 휘둥그레졌다. "어, 여기 어디야?" 사람이 많은 거리, 큰 길을 따라 늘어선 노점상과 북경오리가 걸린 큰 식당들까지 서진아빠 스타일이다. "이런 데를 와야지, 우리 지금 어디 가는 거야?" 목이 빠져라 창밖을 바라보는 서진아빠에게 오늘은 뷰 맛집이니 그냥 따라오라고 했다.

시간이 지남에 따라 해가 조금씩 내려가고 색이 조금씩 달라지는 왓아룬의 모습에 서진이는 연신 감탄했다. 어떤 음식을 시킬지, 음식 맛이 어떤지 느끼는 건 서진아빠의 몫이었다. 서진아빠는 건배용 목테일도 주문하고 분위기를 냈다. 예전에 타아룬 레스토랑에서 사진을 찍으면 오른쪽에 구조물이 있어서 사진이 조금 아쉽다는 글을 본 적이 있었다. 그 말이 무슨 말인지 와보니 이해가 되었다. 타아룬에서 찍은 사진의 구조물을 내심 아쉬워하던 나와 서진이는 결국 레스토랑 밖으로 이동했다. 레스토랑 앞의 선착장 부근에서 사진을 찍고 비로소 만족스러워했다. 그제야 자리를 맡고 있으라며 레스토랑에 두고 온 서진아빠가 생각났다. 이런, 같이 올 걸 그랬다.

목테일까지 주문하며 여유롭게 음식을 시킨 탓에 주머니는 조금 홀쭉해졌다. 타아룬에서의 식사비는 이번에 방콕 와서 지출한 식사비 중 제일 컸다. 식사비로만 생각하면 아깝고 해질 무렵의 아름다운 자연을 감상한 비용까지 함께 낸 것으로 생각하면 납득할 만한 수준이었다. 왓아룬뷰 레스토랑은 두 번 방문했으니 다음에는 근처 카페나 선착장에서 사진을 찍어야겠다. 서진아빠도 꼭 함께!

왓아룬의 일몰

**여기서 잠깐!**

왓아룬 뷰는 왓포 선착장에서 감상이 가능하다. 왓아룬 뷰 감상이 가능한 카페는 위위 더 커피 플레이스(VIVI The Coffee Place)가 있다.

5일차

## 수요일은 태국의 무비데이

방콕에서 벌써 5일 차. 오늘 밤 비행기로 서진아빠는 집으로 돌아간다. 여전히 길거리 음식을 못 먹어 아쉬워하던 서진아빠를 위해 오늘 아침은 그랩으로 주문했다. 나의 추천 메뉴는 카우카무(족발 덮밥)와 팟씨유 탈레(해산물 볶음국수)! 어젯밤 사둔 망고찹쌀밥까지 더하니 진수성찬이다. 아침 식사 후 서진이와 함께 서진아빠의 캐리어를 채울 먹거리를 찾아 빅씨에 다녀왔다. 한국으로 갖고 가고 싶은 것을 카트에 담았다. 예전에 못 보던 포키(Porky) 두리안 맛이 보여 신기해하며 넣었다. 햄버거와 프렌치 프라이 모양의 Yupi Dippy 젤리도 여러 개 챙겼다.

빅씨마트 쇼핑

서진아빠의 마지막 방콕 스케줄은 마사지였다. 클룩(Klook)에서 마사지 바우처를 구입하며 저렴한 가격에 반신반의했던 렉마사지(Lek Massage)! 씨암스퀘어의 마사지 골목에 있어서 찾기 쉬웠다. 가보니 결혼 전 가끔 갔던 곳이다. 서진아빠가 마사지를 받고 어떤 반응일지 너무 궁금했다.(한 때 허리가 아파서 꾸준히 추나치료를 받았다. 마사지에 대한 기준이 높은 편이다.)

결론은 대성공! 너무 시원하게 마사지를 받았다며 감탄했다. 서진아빠에게 인정받은(?) 마사지숍을 조심스레 추천해 본다. 두 시간 마사지에 팁은 100바트를 드렸다. 로컬 식당이나 가게를 자주 가는 터라 팁을 안 주기도 하지만 관광객들이 다니는 곳에서는 팁을 꼭 챙긴다. 가끔 팁이 너무 많거나 적지 않을까 고민이 되기도 하지만 요즘은 마사지 한 시간은 50바트, 마사지 한 시간 삼십 분에서 두 시간은 100바트를 드린다.(이건 순전히 내 기준이다.)

이제는 서진아빠가 공항으로 갔으면 했지만 정작 본인은 전혀 조급함이 없다. 느긋하다 못해 늑장이다. 갑자기 욕조에 물을 받더니 그랩으로 음식을 시켜달라고 했다. 밤 아홉 시 삼십 분 비행기를 타야 하는데 지금은 다섯 시 삼십 분이다. '방콕의 교통체증을 알면서 왜 저럴까?' 그래도 워낙 자유로운 사람이라 하고 싶은 대로 그냥 둬야 한다. 바로 그랩으로 똠얌 쌀국수와 팟카파오팟무쌉, 망고찹쌀밥을

공항으로 가기 전 그랩푸드

주문했다.

일곱 시가 조금 안 되어 서진아빠는 공항으로 출발했다. 출발이 더 늦어질까 봐 속으로 얼마나 조마조마했는지.(다행히 차도 많이 안 막히고 수속도 빨리 끝났다고 했다.) 서진아빠가 택시를 타자마자 서진이와 나는 다시 센트럴 월드로 향했다. 늦은 시간이었지만 오늘은 일주일에 한 번 있는 태국의 무비데이! 태국은 매주 수요일, 할인된 가격으로 영화를 볼 수 있다. 예전에 한 명당 100바트였던 것 같은데… 오늘은 크리스마스 영화인 〈Red One〉을 예매하고 둘이 합쳐 320바트를 냈다. 그래도 우리나라의 한 명 가격밖에 안되니 괜찮다. 태국 영화관은 같은 상영관이라도 몇 번째 줄인가에 따라 요금이 다르다. 내가 좌석을 선택하는 기준은 제일 저렴한 줄의 가운데이다. '세일', '할인' 이런 단어는 언제 들어도 반갑다.

티켓 구입을 완료하고 센트럴 월드 밖으로 나갔다. 평소에도 센트럴 월드 앞 광장은 이벤트를 많이 해서 구경할 게 많다. 크리스마스 시즌이라 대형 트리와 곳곳에 크리스마스 포토존이 있었다.

"와, 밤에 보니 진짜 예쁘다. 엄마, 나 여기서 사진 찍어 줘."

영화 보러 온 건 잠시 잊고 사진작가가 되어 정성을 다해 사진을 찍었다. 예전에는 내 사진을 찍는 게 좋았다. 그런데 이제 나이가 드니 사진도 마음에 안 들고 사진의 주인공이 되기보다는 사진을 찍어 주는 즐거움이 생겼다. 예쁘게 나온 서진이의 사진을 보는 것만으로도 행복하다.

영화가 끝나고 시간이 너무 늦어 택시를 타고 가기로 했다. 센트럴 월드 택시정류장을 관리하는 직원에게 미터로 가냐고 물으니 그렇다고 했다. 확인하고 탄 택시이건만 반쯤 가자 갑자기 100바트를 달라고 했다.

"저 미터로 갈 건데요?"

기사님은 아무런 말이 없다. 호텔 앞에서 미터 요금대로 40바트만 내고 내렸다. 나도 이제 나만의 노하우가 생겼다. 좋은 택시 기사님도 많지만 가끔 이런 상황도 생기는 재미있는 방콕이다.

6일차

## 다시 만난 홈스테이 패밀리 — 빈, 플로이, 피글렛

태국이라면 다 좋다. 태국 사람들의 친절함, 순수함, 더운 날씨, 서울과는 다른 시간의 여유, 자유로운 옷차림, 노천에서 먹는 국수 한 그릇까지 그냥 모든 게 재미있고 정겹다. 그래서 여행이라고 하면 늘 태국이 먼저 떠오른다. 반면에 서진이는 태국 하면 치앙마이란다. 그런 서진이기에 이번 여행에서도 오늘이 오기를 많이 기다렸다. 방콕에서 치앙마이로 이동하는 날이다. 아주 오래전에는 방콕의 국제공항은 돈므엉뿐이라 이곳을 자주 왔었다. 그러다 수완나폼 공항이 생긴 이후로는 온 기억은 없었는데 오늘 오랜만에 돈므엉 공항으로 간다.

일찌감치 도착해서 셀프 체크인을 하고 짐을 부치러 갔다. 우리나라는 수속을 하면서 그 자리에서 바로 컨베이어 벨트로 짐을 보낸다. 돈므엉 공항에서는 티켓팅을 하고 짐의 무게를 단 후 내가 직접 짐 검색대까지 짐을 들고 이동해야 했다. 나라마다 조금씩 다른 공항의 모습이 은근히 재밌다. 돈므엉 공항 이용객은 대부분이 태국 사람이었다. 그 많던 외국인들이 다 어디로 갔지? 외국인이 없으니 가끔 우리를 향한 시선이 느껴졌다. 태국에서는 늘 한 곳에 정착하여 계속 지냈기에 국내선을 탈 일이 없었다. 오늘이 난생 처음 태국의 국내선을 타는 날이다.

한 시간여 만에 치앙마이에 도착했다. 너무나 즐거워하는 서진이는 발걸음까지 마냥 발랄했다. 택시를 타고 바로 님만해민으로 갔다. 올해 1월 처음 온 치앙마이, 생각지도 못한 좋은 홈스테이 패밀리를 만나서 즐거운 추억을 한 아름 선물 받았다. 그리고 그 기억이 너무 좋아 올해가 가기 전 다시 치앙마이를 찾았다. 님만해민 시내 한복판의 홈스테이 집은 그대로였다. 명절에 시골 외가댁을 방문한 느낌이 이럴까. 뭐가 달라지지는 않았나 들어가기 전부터 여기저기 살피고 현관문을 열기도 전 반가운 마음이 먼저 저만큼 달려나갔다. 현관문을 열고 들어가니 1층에 플로이와 피글렛이 있다.

"이야, 진짜 오랜만이야."

홈스테이 1층의 거실

얼싸안고 반갑게 인사하고 플로이와 나는 캐리어를 하나씩 들었다. 20킬로그램이 넘는 짐을 들고 낑낑거리며 2층까지 한 계단 한 계단 올라갔다.

우리가 쓰던 2층 방은 그대로였다. 방에 짐을 풀기도 전에 서진이는 피글렛이랑 거실에 자리를 잡았다. 플로이가 원님만에 마시멜로 먹으러 가자고 했다. '응? 웬 마시멜로?' 궁금해하며 바로 플로이를 따라 나섰다. 원님만 광장은 예쁜 상점들과 사람들로 북적였다. 그중 단연 인기 있는 곳은 마시멜로를 굽는 곳이었다. 캠핑 가서 볼 수 있는 마시멜로 꼬치가 하나에 20바트. 마시멜로를 들고 불가에 자리를 잡았다. 몇 분 간격으로 위층에서 하얀 버블이 눈처럼 내렸다. 샴푸라며 플로이는 머리 감는 시늉을 했고 아이들은 재밌다고 웃었다.

원님만에서 집으로 온 후 서진이는 한국에서 챙겨 온 실리콘 테이프를 꺼냈다. 그 테이프로 아이들은 공을 만들기 시작했다. 일을 끝내고 집에 온 빈도 우리를 보더니 반가워했다. 단발머리였던 빈은 그 사이 머리를 아주 짧게 자르고 밝게 염색을 하고 있었다. 잘 어울렸다. 저녁 먹으러 나갈 틈만 노리고 있던 나는 결국 나가는 걸 포기했다. 아이들과 함께 한국에서 가져 간 라면으로 저녁을 해결했다.

원님만에서 마시멜로 굽기

7일차

## 님만해민 전망카페 FOHHIDE &
## 고카트 타기

한국에서 많이 그리워했던 플로이가 차려 주는 태국식 집밥. 우리의 치앙마이 첫 아침 식사는 팟카파오팟무쌉과 오믈렛이었다. 내가 좋아하는 메뉴다. 1월에 먹었던 것보다 매운맛이 덜 해서 물어보니 서진이를 위해 덜 맵게 했단다. '아, 서진이는 이제 신라면도 잘 먹는데….' 생각해 보니 1월만 해도 매운 걸 거의 못 먹었던 서진이가 이제는 마라탕, 떡볶이, 신라면을 다 먹는다. 하루가 다르게 큰다는 말이 이런 거구나. 예전에 결혼을 빨리한 친구가 애들이 순식간에 커버렸다고 했다. 나중에는 같이 다니기 힘드니 지금 이 시간을 즐기라고 한 말이 생각났다. '그래. 서진아, 우리 이 시간을 함께 즐겁게 보내자.'

서진이와 여행 오기 전 계획했던 게 있다. 나는 여행의 일상을 글로 남기고 서진이는 좋았던 곳을 아이패드로 그려 보기로 했다. 여행 와서 좋았던 기억을 그냥 마음에만 담기에는 사람의 뇌 용량이 너무 작은 것 같다. 그래서 기록으로 남겼으면 하는 마음을 서진이에게 이야기했었다. 오전 내내 분위기 좋은 카페에 가서 글을 쓰고 그림을 그리기로 했다. 때 마침 님만해민을 한눈에 바라볼 수 있는 전망 좋은 카페를 찾았다. 게다가 숙소에서 이 분 거리다. 서진이와 함께 집을 나서다가 비행기 지나가는 소리에 자동으로 하늘을 올려다봤다. 치앙마이 공항이 가까우니 다니다 보면 비행기가 자주 눈에 띈다. 누워 자다가도 비행기 소리가 들린다.(첫 날은 이게 무슨 일인가 싶었는데 며칠 지나니 괜찮았다.)

건물 5층에 위치한 카페 FOHHIDE. 카페에서 바라본 님만해민의 경치는 너무 예뻤다. 날씨도 너무 좋았다. 주문하는 것을 잠시 잊고 창문 밖을 한참 내려다보았다. 아이스 라테와 탄산수를 주문하고 이내 각자의 업무(?)에 집중했다. 두 시간쯤 지났나? 서진이가 너무 집중했더니 피곤하다고 했다. 그러고 보니 나도 좀 힘든 것 같다. 두 시간 바짝 집중 모드였던 모녀는 스콘을 하나 시켜 나누어 먹고 다시 집으로 왔다.

카페 FOHHIDE에서 바라본 님만해민

서진이는 집에서 쉬기를 원했고 나는 다시 나가고 싶었다. 결론은 각자 원하는 것을 하기! 서진이를 혼자 두고 나와서 마음이 조급했다. 마야몰에서 예전에 눈도장을 찍어 두었던 곳들을 빠른 걸음으로 여기저기 돌아다녔다. 서진이와 함께 다닐 때는 못 가봤던 탈의실도 오늘은 큰맘 먹고 들어갔다. 옷이 마음에 들었다. 서진이꺼 살 때는 쉽게 열리던 지갑이 내 꺼 살 때는 한 번, 두 번 더 생각하게 된다. 모르겠다. 일단 사자. 태국에 오면 꼭 들리는 Bata라는 신발가게도 들렸다. 방콕 Bata에서부터 눈여겨봤던 샌들을 신어 봤다. 발이 편하고 모양도 괜찮네? 치앙마이 온 기념으로 하나 사자. 평소에는 잘 열리지 않던 지갑이 오늘은 두 번이나 열렸다. '이런 날도 있어야지.' 누가 뭐라고 한 것도 아닌데 괜히 나 혼자 핑곗거리를 찾아본다.

문득 예전에 태국에 많던 Bata가 요즘은 왜 찾기가 힘든지 궁금해졌다. 나중에 빈한테 물어보니 이제 인기가 없단다. 20년 전쯤 인기가 있었다고 했다. 음, 졸지에 유행에 뒤처진 여자가 되었다. 그래도 여전히 Bata가 좋다. 점심을 사서 들어갈 생각으로 푸드코트로 가는 중 서진이에게 전화가 왔다. 방에서 쉰다고 하더니 그새 또 피글렛과 놀고 있었다.

"엄마, 플로이 이모가 태국 라면을 끓여 준대. 먹어도 될까?"

'음, 어제저녁도 라면이었는데? 그래, 여행 왔으니 나는 편하게, 너는 즐겁게 지내면 되는 거지.'

"그래, 알았어. 피글렛이랑 라면 먹고 있어. 엄마 곧 들어갈게."

마음에 조금 여유가 생겼다. 발걸음이 늦어졌다. 아이들이 라면을 먹는다고 했지만 라면은 라면이고 밥은 밥이라는 생각에 아이들 먹을 계란 초밥부터 주문했다. 그리고 내 사랑 팟타이도 주문했다. 마야몰 푸드코트의 팟타이는 언제나 인기가 많다.(방콕에 비해 팟타이 파는 곳이 별로 없기도 하다.) 1월에 봤던 팔에 문신이 가득한 젊은 남자 사장님이 여전히 재빠른 손놀림으로 팟타이를 만들고 있었다.

집에 가서 계란 초밥과 팟타이를 펼치고 다시 점심 식사가 시작되었다. 계란 초밥을 다 먹은 서진이가 디저트를 찾았다. 집에서 일 분이면 갈 수 있는 원님만으로 갔다. 오늘의 디저트는 '볼케이노'의 치즈 토스트. 그냥 치즈로도 충분해 보이는데 엑스트라 치즈 토스트를 주문했다. 엑스트라 치즈가 든 토스트는 한 입 베어 물 때마다 끝이 어딘가 싶을 정도로 쭉쭉 늘어났다. 치즈가 많이 늘어날수록 서진이의 입꼬리도 따라 올라갔다.(그나저나 라멘, 계란 초밥 먹고 디저트로 치즈 토스트가 다 들어가니?)

피글렛이 피아노 학원에 가기 전 함께 고카트를 타러 나섰다. 오후 다섯 시 오픈이라 우리가 도착하니 영업 준비가 한창이었다. 서진이, 피글렛, 빈이 가게의 첫 손님이었다. 십 분 타는데 어른은 120바트, 학생은 80바트, 어린이는 60바트였다. 서진이가 80바트를 달라고 손을 내밀었다. 잔돈이 없어 100바트를 건넸다. 나중에 잔돈을 들고 오면서 "나 학생인데 왜 60바트만 받지?"라고 해서 한참을 웃었다. '엄마는 네가 천천히 크면 좋겠다, 서진아.' 카트 타는 내내 다른 손님은 없어 드라이브 길이 순조로웠다. 아슬아슬하게 서로를 비껴가며 운전하는 모습이 참 즐거워 보였다. 순식간에 십 분이 지났다.

고카트 타기

8일차

## 태국 공주가 된 날, K-food를 알리다

지난 1월 평일에 방문했던 찡짜이 마켓(Jingjai Market)을 주말에 다시 방문했다. 오늘 다시 간 찡짜이 마켓은 주말시장의 활기가 온몸으로 느껴졌다. 그림 그리기를 좋아하는 서진이는 초입에 있는 그림 파는 곳에서 시선을 떼지 못했다. 털실로 만든 아기자기한 소품이 가득한 매장에도 관심을 보였다. 서진이의 눈에 카피바라 키링이 들어왔다. 요즘, 아이들에게 인기가 많은 카피바라. 처음 들었을 때 이름이 생소해서 무슨 동물이지 싶었다. '카피바라'라는 이름이 참 예뻐 어원을 찾아보니 인디오 말로 '초원의 지배자'라는 뜻이다. 귀여운 외모와 달리 어마어마한 이름을 갖고 있었다.

찡짜이 마켓의 핸드메이드 키링

카피바라 외에도 병아리, 크리스마스 트리 등 키링을 네 개 더 샀다. 서진이 친구 선물, 내 거, 그리고 며칠 후면 만나게 될 지양을 위한 환영 선물까지… 참, 지양은 내 베프다.(대학 때부터 이름은 안 부르고 성을 불렀다.) 굳이 따지자면 지양이 한 살 많은 언니다. 회사에서 장기근속 휴가를 받아 어딘가 가고 싶다며 연락이 왔길래 무조건 치앙마이로 오라고 했다. 며칠 고민하던 지양은 조금 전 치앙마이행 항공권을 질렀다. 진짜 올 줄 몰랐다. 대박이다. 지양과 함께 어디를 가면 좋을지 즐거운 고민을 시작했다.

서진이가 갑자기 걸음을 멈추고 한 상점의 토끼 크로스백에 시선이 고정되었다.

"엄마, 내가 찾던 디자인이야. 용돈으로 사게 허락해 주세요, 제발."

서진이의 간곡한(?) 부탁을 심지어 용돈으로 사겠다고 하니 딱히 거절할 이유가 없었다. 290바트라는 걸 비싸다고 깎아 달라고 하니 10바트 깎아 줬다. 집에 와서 플로이한테 이 가방 290바트에 샀다고 보여 주니 옆에 있던 피글렛이 이런 건 100바트에 살 수 있다고 했다. 말이 없던 플로이가 고개를 끄덕였다. 그렇다. 외국인과 내국인의 가격이 다른 곳이 태국이다. 하지만 외국인에게 제시한 가격도 싸게 느껴지니 사게 된다. 플로이가 태국인들은 저렴하고 물건의 종류가 더 많은 와로롯 마켓을 간다고 했다. 클레어의 태국 전통의상 촬영을 예약해 두어서 찡짜이 마켓의 갤러리와 굿굿즈(good goods)는 다 패스했다. 여유가 되면 갤러리 내에 전시된 그림을 구경하고 아이들과 그림 그리기 체험도 함께 하면 좋을 것 같다. 굿굿즈에서 다양한 색상의 가방과 파우치를 고르는 재미를 이번 여행에서는 놓쳐 아쉬웠다.

예전에 로컬 시장에서 관광객들이 전통의상을 구입하는 것을 눈여겨 봤다. 전통의상을 입고 사진을 찍어두면 좋은 추억이 되겠다 싶어서 서진이에게 의향을 물으니 재미있겠다고 했다. 차오낭 치앙마이 스튜디오(Chaonang Chiangmai Studio)를 찾아 바로 예약했다. 기대하는 마음으로 스튜디오에 도착하니 실제 모습은 사진과 좀 달랐다. 사진보다 아주 오래된 시설이 흡사 시골의 스튜디오 같았다. 그래도 헤어, 메이크업, 의상 대여가 모두 포함된 사진 촬영이 800바트라니 다시 찾는다 해도 이만한 곳을 찾기는 어렵다. 서진이는 직접 고른 전통의상을 입고 장신구까지 차고 입이 귀에 걸렸다. 그리고 메이크업을 하는 시간! 처음 하는 메이크업에 아이돌 메이크업을 상상했을 서진이. 하지만 기대와 다르게 전통복장에 어울리는 메이크업이 완성되었다. 이 의상에 아이돌 메이크업은 오히려 이상할 것 같다고 서진이를 안심시켰다. 촬영이 시작되었다. 사진작가의 요청대로 포즈를 잘 취하는 서진이 덕분에 촬영은 십 분 내로 빨리 끝났다. 찍은 사진을 바로 보여 주는데 사진이 진짜 예쁘게 잘 나왔다. 엄마의 눈이기는 하지만, 태국 공주님인 줄 알았다. 서진이도 평소와 다른 자신의 모습에 사진에서 눈을 떼지 못했다.

차오낭 스튜디오에서

서진이는 집에 가서 달고나를 만들자고 했다. 여행 한 달 전부터 피글렛

달고나 만들기

과 놀 것을 챙기며 준비물 리스트에 써 두었던 달고나 만들기! 오징어 게임을 본 적도 없는 서진이는 플로이에게 오징어 게임에 나왔던 달고나를 아는지 물어봤다. 이것이 진정한 K-food 알리기인가? 다행히 플로이는 오징어 게임을 봤다며 달고나에 관심을 보였다. 달달한 설탕 냄새를 풍기며 달고나 만들기가 시작되었다. 출발은 순조로웠지만 첫 번째 달고나 만들기는 실패했다. 모양 틀에 달고나가 달라붙었다. 웃고 있던 피글렛의 얼굴에서 웃음기가 조금 사라졌다. 당황스럽기는 나도 마찬가지. 피글렛에게 미안하다고 하고 다시 달고나 만들기를 시작했다. 이번에는 모양 틀로 찍기도 전에 달고나가 망가졌다. 지켜보던 플로이가 나섰다. 제발… 이번에는 성공해야 한다! 아이들의 간절한 바람이 하늘에 닿았는지 플로이의 달고나는 성공적이었다. 세모, 네모 모양이 찍힌 달고나를 서진이와 피글렛은 이쑤시개로 열심히 분리했다. 분리 도중에 모양이 부서졌지만 아이들은 재밌다고 깔깔거렸다. 그리고 부서진 달고나 조각을 물에 녹이며 타이 티(Thai Tea)라며 또 한 번 웃었다. 사소한 것도 아이들에게는 다 놀잇감이 되고 행복이라는 걸 새삼 느꼈다.

9일 차

## 몬쨈 짚라인 &
## 지양과 도이수텝 야경투어

오늘의 아침 식사는 '엄마 카오소이'

플로이가 직접 만든 카오소이를 나와 서진이는 그렇게 불렀다. 서진이는 카오소이를 치앙마이에 와서 처음 먹었다. 한 입 먹고 눈이 휘둥그레져 이거 이름이 뭐냐고 물었다. 그 이후로는 종종 식당에서 카오소이를 주문했다. 올해 들어 게스트하우스를 몇 개 더 추가로 운영하며 많이 바빠진 플로이가 요즘은 아침 식사를 간단하게 준비한다고 했다. 그래서 은근히 손이 많이 가는 카오소이는 아침 식사 메뉴에서 없어졌지만 '플로이 엄마의 카오소이'를 좋아하는 서진이를 위해 오늘은 특별히 카오소이를 준비했다고 했다. 아침 식사로 카오소이가 나온 사연을 들은 서진이가 "컵쿤막카."(매우 감사합니다.)라고 인사했다.

플로이의 엄마 카오소이

오늘은 플로이 가족과 함께 몬쨈으로 짚라인을 타러 가기로 했다. 몬쨈은 치앙마이 시내에서 굽이굽이 산길을 따라 한 시간여를 달리면 나오는 해발 1,300미터의 고산지대다. 경치가 좋아서 치앙마이에 온 관광객들이 몇 박 글램핑을 하기도 하고 딸기농장이나 짚라인 체험을 위해 다녀가기도 한다.(지난 번 치앙마이 여행 때는 이런 정보가 전혀 없었다. 빈이 아는 짚라인 타는 곳이 있다고 해서 그냥 따라갔다.) 우리는 지난번과 같은 퐁양 짚라인을 선택했다. 빈의 지인에게 또다시 할인을 받았다. 일 년여 만에 방문하니 새로운 3D 자동차가 생겼다. 새로운 것에 대해 호기심 가득한 아이들은 3D 자동차가 포함된 옵션을 선택했다. 서진이와 피글렛은 3D 자동차, 짚라인, 2인용 자전거, 2인용 레일 자동차를 탔다.

첫 방문 때 나는 혹여나 서진이가 무서워하지는 않을까 걱정이 되어 서진이한테서 눈을 못 뗐다. 그런데 빈이 아이들을 데리고 간다니 따라가지도 않고 플로이와 앉아 수다 삼매경이다. 배고픈 어른들이 식사를 하고 디저트를 먹는 동안 아이들은 짚라인 코스를 모두 끝냈다. 아이들이 짚라인을 한 번 더 타고 싶어 했지만 아쉽게도 나와 서진이가 중요한 손님을 맞이해야 할 시간이기에 바로 치앙마이 시내로 이동했다. 지양이 오후 비행기로 치앙마이에 도착한다. 어제 티켓을 예매하기 직전까지 올 것인지 말 것인지를 두고 한참 연락을 주고받았다. 여행에 관해서는 망설이는 누군가가 있다면 나는 무조건 이 말부터 한다.

"질러, 질러. 일단 항공권 끊고 생각해. 다음 기회는 없어."

지양이 오후에 치앙마이에 도착하면 함께 왓아몽과 도이수텝 야경투어를 가기로 했다. 지양의 버킷 리스트에는 '우미와 태국 여행하기'가 있었다. 나도 친구와 함께 여행을 한 지는 십 년이 넘었다. 둘 다 오늘을 너무 너무 기다렸다. 몬쨈에서 치앙마이로 가는 길에 지양이 치앙마이 공항에 도착했다고 연락을 해왔다. 호텔방에 막 들어왔다는 카톡을 받고 그랩으로 웰컴 푸드를 보냈다. 누구나 좋아하는 망고찹쌀밥과 팟타이. 해외여행을 많이 했지만 태국은 처음인 지양이 깜놀한 맛!

"이거 완전 미친 맛이야."

내 작전이 성공했다. 지양도 태국 음식을 좋아할 것 같은 예감이다.

투어 가는 버스에서 상봉한 나와 지양을 보고 서진이도 덩달아 신이 났다. 투어버스가 첫 번째 목적지인 왓아몽에 도착했다. 가이드의 설명을 들으며 터널 안으로 들어갔다. 서진이는 터널 천장에서 잠을 자고 있는 박쥐를 보고 처음에는 기겁하더니 이내 박쥐만 보면 휴대폰 손전등을 요란하게 흔들어 비추며 박쥐의 움직임을 살폈다. 이러다가 박쥐가 깨서 날기라도 하면 다 함께 기절 아닌가? 다행히 박쥐들은 우리가 터널을 나갈 때까지 숙면을 취했다.

왓아몽 사원에서

서진이가 그린 왓아몽의 탑

도이수텝 전망대는 치앙마이의 야경이 한눈에 들어왔다. 홍콩이나 우리나라의 화려한 조명과는 다른 평온하고 고요한 느낌이 마음까지 전해왔다. 도이수텝 사원은 온통 황금색 일색이었다. 전설에 따르면 부처의 사리를 실은 코끼리가 도이수텝 산에 올라와 사원 자리를 세 바퀴 돌고 그 자리에서 쓰러져 죽었다고 한다. 사람들은 이를 신의 계시라 여기고 그 자리에 탑을 세워 부처의 사리를 모셨다. 그래서 그런지 도이수텝 사원에서는 소원을 빌며 황금빛의 거대한 사리탑을 세 바퀴 도는 탑돌이를 하는 사람을 쉽게 볼 수 있었다.

도이수텝 사원에서 지양과 함께

투어 일정이 끝나자 가이드는 호텔로 바로 갈 건지 선데이 마켓으로 갈 건지를 물었다. 평소 같으면 피곤하다며 숙소로 돌아갔을 서진이가 지양 이모가 왔으니 구경을 해야 한다며 '선데이 마켓'을 외쳤다. 계획에도 없는 선데이 마켓을 가게 되었다. 치앙마이 곳곳을 다니다 보면 우리나라 사람이 정말 많다. 그런데 선데이 마켓에는 서양 사람이 더 많았다. 문화가 다르니 선호하는 관광지도 다른 것이 흥미로웠다. 선데이 마켓의 규모는 엄청 났다. 끝까지 가면 다시 나오기 어려울 것 같아 이십 분 만에 왔던 길을 되돌아 나왔다. 그 사이 서진이는 두건을 구입해 만족스러운 표정으로 머리에 쓰고 있었다. 지양은 캐리어용 가죽 키링을 사서 이름을 새겼다. 소소한 즐거움이 참 좋았다. 사십 대 중반이 넘어서야 아무 일이 일어나지 않는, 조금은 단조로울 수 있는 이 매일매일이 행복임을 알게 되었다. 소소한 일상이 감사한 일임을 더 젊고 바쁠 때는 미처 몰랐다.

선데이 마켓의 푸드 스트리트

나오는 길에 발견한 푸드 스트리트는 그야말로 인산인해였다. 먹는 것을 보고서야 오늘 저녁을 안 먹은 게 생각이 났다. 서진이가 좋아하는 무삥(돼지고기 꼬치)과 카놈브앙(태국식 팬케이크)을 구입해 테이블 한 곳에 자리 잡았다.

"우리 애들이랑 진짜 치앙마이 꼭 와야겠다. 이 음식들 보면 환장하겠네."

한 시간 남짓의 마켓 투어 후 지양은 그랩 택시를 타고 우리는 툭툭을 타고 각자의 숙소로 돌아갔다. 나와 서진이는 툭툭과 오토바이의 재미를 점점 더 알아가고 있다.

**여기서 잠깐!**

도이스텝 사원 입장 시 반바지와 민소매는 출입이 제한된다. 고지대라 선선하니 잠바를 챙기자. 가는 도로가 꼬불꼬불하다. 평소 차멀미가 있다면 멀미약을 먹고 가는 걸 추천한다. 도이수텝 올라가는 케이블카는 왕복 20바트, 도이수텝 입장료는 30바트이다. 현금 결제만 가능하니 현금을 꼭 챙기자.

10일 차

## 홈스테이 패밀리에게 새우 낚시를 추천하다

서진이가 외모에 부쩍 관심이 많아졌다. 특별한 날이면 아끼는 립밤을 찾아 바르고 "나 어때?"라고 물어본다. 더 어릴 때는 머리에 예쁜 헤어핀 하나면 외출 준비 끝이었다. 요즘은 머리를 빗고 모양을 다듬는 데 시간이 많이 걸린다. 특히 지나가는 사람의 밝은색 머리를 아주 부러운 눈길로 한참 쳐다본다. 1월에 치앙마이 미용실에서 한 염색은 거의 색이 없어졌고 오늘 서진이와 다시 한번 그 미용실을 찾기로 했다.

지난 1월, 로컬 미용실의 외관을 처음 봤을 때 서진이는 조금 실망한 표정이었다. 오늘은 미용실 간판을 보자마자 너무 반가워했다. 문을 열고 들어가니 지난번에 봤던 젊은 원장님이 우리를 반겨 주었다. 예전에 서진이가 염색을 하고 미용실 앞에서 찍었던 사진을 보여 드리니 원장님이 박수를 치며 좋아했다. '이번에도 잘 부탁드릴게요.'

서진이가 가운을 입자마자 바로 동네 구경에 나섰다. 참고로 나는 길치다. 자주 다녔던 길도 오래 안 가면 못 찾는다. 지도에는 분명 근처에 있는 상점이나 명소가 그대로 들어 있는데 어디로 가야 하는 건지 알 수가 없다. 다행히 내가 서 있는 방향까지 친절히 알려주는 구글맵이 있으니 요즘은 다니는 게 한결 낫다. 어린 시절 내비게이션이 없던 그때 이정표와 종이 지도만 들고 전국으로 아들, 딸을 데리고 다니신 부모님께 존경의 마음이 저절로 생겼다.

다시 본론으로 들어가서, 길치인 내가 딱 한 번 와 본 산티탐의 미용실 길은 신기하게도 다 생각이 났다. 태국어로 '약'이라고 쓰인 오래된 간판의 약국, 미싱 한 대와 행거만 두고 옷을 수선하는 옷 수선점도 그대로다. 오늘은 어디로 가볼까? 지난번에 안 가본 방향으로 발걸음을 돌렸다. 아까 오토바이 타고 오면서 보니 사원이 있었다. 절의 이름은 '왓수안독'(Wat Suandok), '꽃의 정원'이라는 뜻이다. 사원 안으로 들어가면 시야가 탁 트이는 초록 정원이 나오고 정원 안쪽으로 새하얀 '체디'가 줄지어 있다. 이 체디들은 역대 왕족들의 유골을 안치한 탑이다. 그중 48미터로 단연 돋보이는 황금 체디는 부처의 유골을 모신 곳이다.

산티탐 투어를 끝내고 미용실을 다시 찾았다. 서진이의 헤어 탈색은 거의 마무리 단계였다. 뒷머리를 거울로 보여 주니 입을 씰룩거린다. 즐거움을 참으려 할 때 나오는 표정이다. 우리나라에서 서진이는 염색을 딱 한 번 해봤다. 그리고 치앙마이에 두 번 왔는데 올 때마다 염색을 하니 서진이에게는 이게 '치앙마이의 매직'이 아닌가 싶다. 머리 손질이 드디어 끝났다. 탈색을 한 거라 시간이 지나면 조금 더 밝아질 거라고 하니 서진이의 표정도 더 밝아졌다.

산티탐의 카오소이 맛집, '카오소이 매싸이'에서 지양을 만나기로 한 시

홈스테이 마당에서

간이다. 한 시가 조금 지난 시간, 카오소이 매싸이 앞은 여전히 사람이 많았다. 지양은 숫자 23이 적힌 파란색 번호표를 신나게 흔들며 우리를 반겼다. 1월에 이 식당에 왔을 때 우리 바로 앞에서 카오소이 재료가 떨어져 '꾸어이띠여우'(쌀국수)를 먹고 갔다. 오늘은 다행히 모든 메뉴의 주문이 가능했다. 맛있게 '카오소이'를 먹었다. 나와 지양이 카페 Roast8ry에서 여유를 부리는 사이 서진이는 집 앞마당에서 피글렛과 한참 재밌게 놀았다. 원래 일인용인 듯한 앉은뱅이 자전거를 둘이 사이좋게 타고 있었다. 앞자리에서 신이 나게 운전하는 서진이를 보니 이제 다 큰 척해도 영락없는 어린아이이다.

치앙마이에서 급히 결성된 오총사(서진이, 나, 지양, 플로이, 피글렛)는 새우 낚시터 '버꿍 반파페린'으로 향했다. 서진이가 피글렛에게 새우 낚시를 같이 가자고 하니 피글렛이 새우 낚시는 처음이라고 했다. 플로이도 새우 낚시를 해본 적이 없다며 흔쾌히 동행하기로 했다. 태국 현지인에게 태국 로컬의 인기 장소를 소개하려니 왠지 어깨가 으쓱거렸다. 낚시터에 도착하니 붙어 있는 자리는 없고 띄엄띄엄 하나씩 남아 있었다. 둘이 꼭 같이 앉겠다던 서진이와 피글렛은 결국 의자 하나에 엉덩이를 반씩 걸치고 새우 낚시를 시작했다. 사람은 둘이요, 낚싯대는 하나니 한 명이 낚싯대를 들고 있으면 다른 한 명은 멍 때리게 되었다. 그러니 재미있을 리가 없지. 삼십여 분의 시간이 지나자 둘의 새우 잡기에 대한 의지가 시들시들해졌다. 때마침 일행 세 명이 한꺼번에 빠져 어른 대표인 지양을 포함해 각각 한자리씩 차지하고 다시 낚시를 시작했다.

새우 낚시터에서

낚싯대와 미끼가 제공되는 낚시터의 이용 요금은 한 시간에 99바트. 두 시간을 하면 한 시간을 무료로 더 줬다. 눈치를 보니 대부분 세 시간은 채워야 자리를 떴다. 식사나 주류를 팔고 직접 잡은 새우를 구워도 주니 맥주 한잔하며 시간 보내기에 딱 좋았다.

지난번 서진이와 둘이 간 새우 낚시터에서는 두 시간에 여덟 마리의 새우를 잡아 꽤 즐거웠다. 한 시간이 좀 지났을 무렵, 지양의 낚싯대가 움직이기 시작했다. 낚싯대를 들어 올리니 커다란 새우가 매달려 긴 다리를 이리저리 흔들어 댔다. 새우를 낚싯대에서 떼어 그물에 넣으며 지양이 너무 좋아했다. 좋은 기운을 받아서였을까? 곧 피글렛과 서진이의 낚싯대에도 새우가 걸려 들었다. 세 시간 동안 셋은 사이좋게 한 마리씩 새우를 잡았다. 모두가 새우를 한 마리씩 잡아서 정말 다행이었다. 세 시간의 낚시가 끝나려는 찰나 지양의 낚싯대가 한 번 더 움직였다. 우리는 네 마리의 징거미 새우를 구워 달라고 했고, 잘 구워진 새우는 엄마들의 안주가 되었다.

한국에 와서 이 주쯤 지났나? 플로이한테 카톡이 왔다. 다시 방문한 새우 낚시터에서 피글렛이 한 시간 삼십 분 만에 일곱 마리의 새우를 잡았단다. 소식을 들은 서진이의 표정은 놀람 그 자체였다. 다음 치앙마이 여행 때에도 새우 낚시터는 무조건 콜이다.

11일차

## 크리스마스이브의 핑강 & 크리스마스 선물

아침부터 플로이네 식구와 올드타운 Mesa Garden Villa 호텔의 수영장으로 출발했다. 호텔의 Mesa 레스토랑에서 식사를 하면 무료로 수영이 가능했다. 식사하며 아이들이 노는 걸 볼 수 있으니 어른들은 굳이 수영장에 들어가지 않아도 되었다. 한낮에 방문했지만 역시나 물은 차가웠다. 치앙마이의 겨울이라 그런지 수영하는 사람도 없었다. 그럼에도 불구하고 서진이와 피글렛은 수영을 시작했다. 애들 진짜 대단하다.

Mesa 레스토랑의 메뉴는 이태리식, 태국식, 다이어트식으로 음식 종류가 아주 다양했다. 나는 카오소이를 주문했다. 호텔 레스토랑의 카오소이가 90바트라니. 이 가격 어쩔 거야? 다이어트 샐러드로 식사를 끝낸 플로이는 낮잠을 자야겠다며 방석을 베개 삼아 누웠다. 신발을 벗고 들어가는 좌식 자리에 손님이라고는 우리뿐이니 아이들도 어른들도 제각각 자유시간이었다. 물놀이에 한참 열중하던 아이들이 배고프다며 자리로 돌아왔다. 둘이 파스타를 하나씩 시켜 나란히 앉아 먹었다. 치앙마이에 처음 와서 같이 수영하러 간 날, 서진이의 포차코 수영 가운을 유심히 보던 피글렛이 플로이에게 무언가 속삭였다. 그 모습을 눈여겨 본 내가 수영 후 그 수영 가운을 피글렛한테 주고 가자고 했다. 아니나 다를까, 피글렛이 아까 그 수영 가운이 마음에 든다고 얘기했단다. 한국에서 같은 걸 주문해 오늘 입고 식사하는 모습을 보니 영락없는 쌍둥이다.

Mesa Garden Villa 호텔의 수영장

수영이 끝나고 둘은 장소를 집으로 옮겼을 뿐 놀고 또 놀았다. 평소와 다르게 오늘은 2층 우리 방이다. '앗, 큰일이다. 우리방 엉망인데?' 오늘의 놀이는 "Shoot me on the butt."(내 엉덩이를 맞춰 주세요.)이다. 스펀지 총알이 든 총으로 벽이나 거울을 맞추며 놀다가 피글렛이 아이디어를 냈다.

"상대방이 원하는 부위를 서로 맞춰 볼까?"
"좋아. 재밌겠다."

피글렛이 자신의 엉덩이를 가리키며 외쳤다.

"Butt"(엉덩이)

엉덩이라는 단어에 깔깔거리는 서진이. 피글렛도 덩달아 박장대소한다. 그렇게 서로의 엉덩이와 손바닥, 발바닥을 맞추며 한참을 더 놀았다.(스펀지 총알이라 푹신하고 안전하다.)

Shoot me on the butt 게임 초반에

더운 나라의 크리스마스는 어떨까? 예전에 따뜻한 미국 서부에서 크리스마스를 보낸 적이 있다. 겨울의 추운 날씨가 아니었지만 초대형 트리와 곳곳의 크리스마스 이벤트는 크리스마스가 왔음을 느끼기에 충분했다. 특히 집의 곳곳에 크리스마스 장식을 하고 집 앞을 지나가는 아이들에게 산타 복장으로 지팡이 모양 사탕을 건네며 “Merry Christmas”라고 인사하던 노부부는 이십 년이 지난 지금도 잊히지 않는다. 오늘이 해외에서 맞이하는 두 번째 크리스마스다, 정확히 말하자면 크리스마스이브지만. 크리스마스이브를 함께 보내자는 플로이의 제안에 귀가 솔깃했다. 오늘 플로이의 부모님과 고모가 치앙마이에 오시기로 했다. 저녁에 핑강 주변의 분위기 좋은 레스토랑에서 함께 크리스마스이브 식사를 하자고 했다. 그냥 밥 한 끼 먹는 건데 ‘Christmas Eve Dinner’라고 하니 뭔가 거창해 보였다. 드레스 코드가 있을 듯한 느낌이었다.(실제로 나와 서진이는 레드와 화이트의 옷을 입고 나름의 크리스마스 분위기를 냈다.) 핑강 주변에는 좋은 레스토랑이 많았다.(방콕에 차오프라야 강이 있다면 치앙마이에는 핑강이 있다.)

레스토랑 ‘The Good View Bar & Restaurant’(더 굿 뷰 바&레스토랑)에서 저녁 식사가 시작되었다. 플로이의 부모님은 한국에서 온 낯선 외국인들을 잘 챙겨 주셨다. 접시에 음식이 빌 새 없이 담고 또 담아 주셨다. 말은 통하지 않았지만 음식 하나로 따뜻한 마음이 느껴졌다. 플로이의 고모님은 우리를 보자마자 끊임없이 영어로 대화를 시도했다. 나중에 알고 보니 대학교에서 영어를 가르치던 교수님이었고, 지금은 은퇴 후 학교에서 아이들을 가르치고 있다고 했다. 서진이와 피글렛을 가리키며 ‘Same Group’(다 같은 젊은이들)이라며 웃으시던 유쾌한 분이었다. 우리가 준비한 크리스마스 머리띠와 안경을 쓰니 크리스마스 분위기가 더 났다.

크리스마스이브에 핑강 레스토랑에서

식사 후 바로 집으로 들어가기 아쉬운 날이라며 플로이가 원님만으로 가자고 제안했다. 평소에도 원님만의 저녁은 사람들로 북적인다. 오늘은 내가 본 중에 원님만에 사람이 제일 많았다. 크리스마스 옷차림으로 한껏 멋을 낸 사람들이 곳곳에서 가족, 연인, 친구와 함께 크리스마스를 즐기고 있었다. 누구 하나 어두운 표정 없이 즐거워 보였다. 매일이 딱 오늘만 같으면 얼마나 좋을까? 크리스마스이브까지 크리스마스 선물을 받지 못한 서진이가 다가와 귓속말을 했다.

"엄마, 이번 크리스마스 선물은 없는 거지?"

산타클로스의 존재를 알아 버린 서진이는 엄마가 준비한 선물이 없는지 다시 확인했다. 원하는 걸 사주기로 해놓고 여행 준비하느라 깜빡했다. 그 때 플로이가 다가왔다. 플로이는 서진이를 한 가게 앞으로 데려가더니 크리스마스 선물이라며 뽑기를 하라고 했다. 며칠 전 플로이가 요즘 태국 아이들에게 제일 인기 있는 인형이라며 눈을 깜빡이는 인형을 보여 준 적이 있다. 바로 그 인형을 파는 가게였다.(인형을 원래의 가격으로 살 수도 있고, 399바트를 내고 뽑기를 해서 가져갈 수도 있었다.) 뽑기를 좋아하는 서진이가 한참을 플라스틱 통에 손을 넣고 휘휘 저었다. 그리고 종이 한 장을 뽑아 펼치니 갑자기 플로이가 팔짝팔짝 뛰며 소리를 질렀다. 서진이가 뽑은 건 그 가게에서 제일 좋은 799바트의 인형이었다. 플로이는 서진이가 언박싱하는 영상까지 손수 찍어 주었다. 플로이의 깜짝 선물로 함께 있던 모두가 행복해지는 시간이었다. 서진이는 플로이 덕분에 더없이 행복한 크리스마스이브를 맞이하며 치앙마이에서의 추억이 또 하나 생겼다.

12일 차

## 반캉왓 예술인 마을에서 예술을 배우다

오늘은 크리스마스! 어제의 북적거리던 님만해민이 아니었다. 조용하다 못해 너무나 고요했다. 뭘 하면 좋을까? 아직 아침 식사 전이니 일단 먹을 걸 찾아보자. 큰 길을 따라 걷다 맥도널드가 눈에 들어왔다. 문득 방콕에서 못 먹은 바노피 파이가 생각났다. 키오스크에서 주문을 하는데 바노피 파이가 안 보였다. 혹시나 해서 직원에게 물으니 바노피 파이를 받으려면 칠 분을 기다리란다. 생애 첫 바노피 파이인데 칠 분이 대수일까? 콘파이까지 주문하고 콘파이와 바노피 파이를 받아 다시 길을 걷기 시작했다. 집까지 가는 길, 결국 참지 못하고 콘파이를 먼저 꺼내 들었다. 순식간에 다 먹고 바노피 파이를 꺼내 들었다. 우리나라에서는 길 가며 음식을 먹은 기억이 거의 없다. 하지만 여기는 치앙마이 아닌가? 다른 사람의 시선이 느껴지지 않는 곳이다. 그렇게 바노피 파이도 세 입에 끝내 버렸다. 여유롭게 바노피 파이맛을 궁금해하던 이모에게 카톡까지 보냈다.

“이모, 방금 맥도널드 왔어. 콘파이와 바노피 파이 중 하나를 선택하라면 내 입맛엔 콘파이네! 그래도 바노피 파이도 완전 맛있어. 초코와 바나나 맛이 괜찮다. 방콕 가면 꼭 바노피 파이 먹어요.”

집에 오니 서진이가 아침 식사를 막 끝내고 나를 기다리고 있었다. 지양이 있는 호텔 수영장을 가기로 했으니 수영복부터 챙기자. 집을 나서기 전 피글렛과는 아쉬운 작별 인사를 했다. 피글렛은 오늘부터 방학이라 며칠 외갓댁에 다녀올 예정이다. 1월에 사진을 찍었던 계단에서 다시 한 번 같은 포즈로 사진을 찍었다. 왠지 모를 이 감동은 뭐지? '정말 고마워, 피글렛. 서진이가 보낸 치앙마이에서의 일상이 소중한 추억이 된 건 다 네 덕분이야.'

어젯밤 플로이가 서진이에게 피글렛이 좋냐고 물었다.

"피글렛은 제 첫 외국 친구에요. 치앙마이에서 피글렛과 함께 좋은 추억을 많이 쌓아서 너무 좋았어요. 피글렛이 있어서 치앙마이에 또 오고 싶어요."

피글렛과 계단에 앉아

앞으로도 둘이 좋은 추억을 함께 하기를 진심으로 바란다. 집에 와서 예전에 같은 포즈로 찍었던 사진과 비교하니 일 년여 만에 다시 찍은 사진 속의 아이들은 훌쩍 커 있었다.

지양이 있는 호텔로 출발하기 직전 지양한테 카톡이 왔다. 호텔 근처에 유명한 도넛 가게가 있어 잠깐 들린다고 했다. 그럼 우리 도넛 가게에서 만날까? 지양보다 먼저 도착한 홋카이도 밀크 도넛 가게인 '체바차비'(Cheva&Chavee)는 인스타 감성이 물씬 풍기는 마치 숲속 한가운데에 온 듯한 느낌의 가게였다. 지양이 '치앙마이 삼총사' 결성을 자축하며 선물해 준 카키색의 태국 티셔츠가 너무나 잘 어울리는 곳이었다. 서진이와 지양은 이날 그 티셔츠를 입고 커플 티셔츠라며 신나 했다.(나는 사이즈 교환을 해야 해서 입지 못한 게 두고두고 아쉬울 만큼 예쁜 사진을 많이 찍은 날이었다.) 체바차비의 도넛은 보기만 해도 폭신함이 느껴졌다. 도넛이 부드럽기는 또 얼마나 부드러운지. 한 박스를 셋이 앉아 사이좋게 먹었다.

체바차비 도넛 가게에서

한적한 골목길을 걸어 부리시리 호텔로 이동했다. 예전에 와본 부리시리 호텔의 수영장이 너무 좋아서 호텔을 옮기려는 지양에게 부리시리 호텔을 추천했다. 노보텔에서 지내다 온 지양은 부리시리 호텔의 룸 사이즈가 귀엽다며 노보텔의 3분의 1밖에 안 된다고 했다. 지양에게 미안해지

부리시리 호텔 수영장에서

는 순간이었다. 다행히 긍정 마인드가 넘치는 지양은 혼자 지내기 불편하지 않은 룸 사이즈이고 호텔이 깨끗하다고 했다. 그리고 주변에 맛집도 많고 무엇보다도 동네가 조용하고 아늑해서 마음에 든다고 했다. 며칠간 바쁜 관광객 모드였다면 오늘은 지양 덕분에 수영장에서 편안한 시간을 보냈다. 칵테일까지 한잔한 지양이 수영장에 계속 있고 싶다고 했다.

"언니, 수영장에 온 지 세 시간이 다 되었어. 우리 내일 집에 가잖아. 이제 나가자. 반캉왓으로 출동!"

반캉왓을 안 왔더라면 진짜 후회할 뻔했다. 반캉왓은 치앙마이에 거주하던 젊은 예술인들이 작품 활동을 마음껏 할 수 있는 곳을 찾아 만든 예술인 마을이다. 마을은 감각적이고 신선한 아이디어로 가득했다. 체험 수업을 할 수 있는 상점도 곳곳에 있어 만들기를 좋아하는 서진이에게는 놀이터 같은 곳이었다. 여러 체험 수업을 살펴보던 서진이는 레진 아트 귀걸이 만들기에 도전하기로 했다. 딸들과 함께 오지 못한 지양은 예쁜 핸드메이드 키링 사진을 딸들에게 보내며 마음에 드는 게 있는지 묻느라 바빴다. 민트색의 청량한 귀걸이를 완성한 서진이가 '엄마에게 주는 선물'이라며 귀걸이를 내밀었다. 귀걸이가 너무 마음에 들어 그 자리에서 해보았다. 여름에 하얀 원피스에 하면 정말 잘 어울릴 것 같은 투명하고 사랑스러운 귀걸이였다.

"고마워, 서진아. 평생 간직할게."

문득 『예술 수업』이라는 책에서 본 구절이 생각났다.

“예술의 반대말은 추함이 아니라 무감각인 거죠. 뛰어난 예술작품은 우리의 감각을 되살립니다.”

반캉왓 예술인 마을의 작품들이 그랬다. 잠자고 있던 나의 예술적 감각을 깨어나게 하는 작품들이 이곳저곳에서 손짓하고 있었다. 어느 하나 놓칠 새라 천천히 사진으로 담았다.

이번 여행의 마지막은 또다시 마야몰이었다. 치앙마이에 있는 동안 거의 매일 마야몰을 갔다. 방콕의 쇼핑몰이나 센트럴 페스티벌에 비할 건 아니지만 음식 맛도 좋고 웬만한 건 다 있다. 마지막 식사인 만큼 먹고 싶은 걸 사 오자고 하고 각자 먹을 것을 찾아 나섰다. 다시 모였을 때 뭔가 아쉬운 마음에 음식을 2개 시켰다고 하니 지양도 똑같은 마음으로 2개 시켰다고 했다. 우리는 역시 잘 통하는(?) 베프다. 셋이 5인분의 음식을 깨끗하게 비웠다.

반캉왓의 거리

올드타운에서 봤던 센스 마사지(Sense Massage)가 님만해민에도 생겼다. 님만해민 지점에 대한 후기가 많지 않았지만 새로 생긴 곳이니 좋을 거라는 막연한 기대감으로 미리 예약을 했다. 치앙마이에서는 동네 마사지숍만 몇 번 가봤던 서진이가 치앙마이에서 가본 마사지숍 중에서 제일 좋다며 입이 벌어졌다. 두 시간의 마사지 중 한 시간은 발마사지나 타이 마사지 중에서 선택하고 남은 한 시간은 오일마사지, 허브볼 마사지, 보디스크럽 중에 선택할 수 있었다. 가격은 1100바트. 더 저렴한 곳도 있지만 시설과 서비스 대비 참 괜찮은 곳이었다.

마사지가 시작되고 잠깐 아픈 느낌이 나는가 싶었는데 그만 일어나라고 했다. 두 시간이 순식간에 끝났다. 서진이도 상황은 마찬가지. 자다 일어나니 힘들다며 그냥 이대로 계속 자고 싶다고 했다. 뻗어 자버렸으니 마사지를 잘하는 건지 알 겨를도 없었다. 준비된 차와 스낵까지 먹고 나니 시간은 이미 밤 열한 시가 넘었다.

서진이를 재우고 본격적으로 짐 정리를 시작했다. 오래 걸릴 줄 알았던 짐 정리는 의외로 싱겁게 끝이 났다. 마트에서 산 맛있는 스낵들로 캐리어를 꽉 채워갈 계획이었으나 어찌된 일인지 마트 쇼핑을 거의 못했다. 빈 캐리어를 보고 있자니 마음이 허했다. 내일 아침에 시간이 되려나? 일단 이만 자고 일찍 일어나야겠다.

13일 차

## 샤부샤부 뷔페 Ryota에서 치앙마이 공항으로

치앙마이 여행의 마지막 날이다. 한국에 가면 플로이가 차려 주는 아침 식사가 제일 그리울 것 같다. 그렇게 생각하니 밥 한 톨도 남길 수가 없네. 민망할 정도로 접시를 깨끗하게 비웠다. 문득문득 어젯밤 짐을 정리하고 널널해진 캐리어가 생각났다. 결국 마야몰 림핑마트로 가서 쇼핑카트를 채우기 시작했다. 코케의 와사비 콩과 새우 맛 콩, 마카다미아, 커피 원두, 깨강정, 쌀 과자, 망고젤리, 포키 등등. 여행지에서는 넉넉하게 산다고 사는데 막상 집에 도착해 가족과 지인들에게 나누어 주다 보면 늘 부족했다. 누가 가져간 것도 아닐 텐데 말이다.

시간이 되면 티를 사달라고 한 지양의 부탁이 생각나 원님만의 몬순티(Monsoon Tea)로 갔다. 달달한 과일향이 나는 레인보우 티(Rainbow Tea)를 빠르게 계산하고 나가는데 낯익은 사람이 들어온다. 지양이다. 지금 열한 시 오십 분인데? 지양은 아직 호텔 체크아웃도 안 하고 막바지 쇼핑에 한창이었다.(참고로 오늘 비행기 시간은 세 시 이십 분이다.) 집이 코앞이지만 우리도 늦기는 마찬가지였다. 식사 후 짐을 찾을 시간은 안 될 것 같아 캐리어를 들고 마야몰 샤부샤부 뷔페 료타(Ryota)로 가기로 했다. 플로이에게 마야몰에서 식사를 하고 갈 거라 하니 괜찮으면 같이 밥을 먹자고 했다. 우리나라 사람들에게 "밥 먹자."는 식사를 같이 하는 것 이상의 의미일 때가 있는데 태국 사람들도 그런 건가 싶었다.

"Okay. Why not?" (좋아. 당연히 되지.)

나와 서진이는 택시로 먼저 이동했다. 뒤를 이어 플로이와 빈이 샤부샤부 집에 도착했다. 플로이는 마야몰에 샤부샤부 집이 두 개가 더 있다며 여기는 처음이라고 했다. 재료의 가짓수에 따라 199바트 혹은 299바트만 내면 샤부샤부를 무제한으로 먹을 수 있다. 199바트 샤부샤부는 한 끼 식사로 훌륭했다. 음식은 직접 가져오거나 자리에서 큐알코드로 주문하는 방식이었다. 마라와 재패니즈 블랙 수프를 선택하고 이것저것 재료를 넣는 사이 지양이 도착했다. 고기를 몇 점 먹었나? 시간을 보니 어느새 한 시다. 인천공항 같으면 벌써 도착하고도 남았을 시간이다. 아담한 치앙마이 공항을 만만하게 본 건지 시간은 계속 흐르고 젓가락질은 멈출 줄 몰랐다. 이제 진짜로 가야 한다!

"우리 한 시 이십 분 되면 나가자."

모두의 젓가락질이 좀 더 빨라졌다. 39바트를 추가해서 음료, 아이스크림, 빙수도 주문했다. 빈이 젓가락을 마지막으로 내려놓는 순간 남은 네 명이 동시에 일어났다. 이제 전속력으로 공항을 향해 갈 시간! 치앙마이에서의 마지막 점심은 지양이 쐈다. 한국에서도 나에게 밥을 잘 사는 지양이다. 진짜 재밌게 봤던 드라마 〈밥 잘 사주는 예쁜 누나〉의 예쁜 누나

보다 나에게는 지양이 훨씬 예쁘다.(예쁜 누나의 팬분들께는 미리 사과드립니다.)

샤부샤부 뷔페 Ryota

밥을 먹기 전 플로이가 공항까지 태워주겠다고 했지만 정중히 거절했다. 하지만 지금은 이것저것 따질 때가 아니다. 제발 우리를 치앙마이 공항으로 데려가 달라고 사정해야 할 시간이었다. 내 마음을 눈치챘는지 플로이는 차로 가자고 했다. 출발 시간을 다시 확인한 빈은 전속력으로 차를 몰았다. 친절하게 우리의 캐리어를 하나하나 다 내려주는 빈.

"한국 오면 꼭 우리 집에 와. 너희 가족 덕분에 치앙마이는 늘 즐거운 곳이야."

인사를 하고 서둘러 입국장으로 들어갔다. 검색대까지 늘어선 줄이 진짜 어마 무시했다. 비행기를 탈 수 있을까? 다행히 우리 차례가 왔다. 앞에서 보니 관광객이 많은 이곳에 검색대는 단 네 대뿐. 비행기 탑승 시간까지 십 분을 남기고 모든 수속이 끝났다.

"엄마랑 둘이 다니는 것보다 이모랑 함께 한 여행이 훨씬 재밌었어요."

"이모도 너무 재밌었어. 다음에 또 같이 여행하자. 다음에는 방콕 갈까?"

다음 번 여행지를 서진이와 지양이 알아서 척척 정했다. 나는 무조건 콜이다. 좋아하는 사람들과 좋아하는 곳으로 가는 걸 마다할 이유가 없잖아? 다음 여행은 언제가 될까 행복한 상상을 하며 비행기에 올랐다.

## 여행은 새로운 나와 춤추는 것
## - 스윙댄스 같았던 태국 여행!

by 효정(지양)

나에게는 20년 지기 아끼는 동생이 있다. 그녀는 대학교 시절부터 한결같이 나를 잘 챙겨주는 따뜻한 동생이다. 그런 동생이 가장 좋아하는 것을 꼽으라면 당연히 태국 여행이다. 어느 날 그녀에게 "우미야, 너는 태국이 왜 그렇게 좋아?"라고 물으니 "태국에 가면 음식도 맛있고 쇼핑도 마음껏 할 수 있고 모든 것이 즐거워. 태국은 다 좋아!"라고 대답했다. 나는 '그런 동생과 함께하는 태국 여행이라면 얼마나 좋을까?'라는 생각에 '우미와 태국 여행하기'를 내 버킷 리스트에 추가했다.

지난해 12월. 때마침 회사에서 근속 20년 포상휴가를 받았다. 나에게는 20년 회사생활을 보상받는 휴가라 뭔가 의미 있게 보내고 싶었고 순간 내 머릿속에서 '우미랑 태국 여행하기' 버킷 리스트가 생각났다. 여행을 좋아하는 나는 그동안 세계 30개 이상 지역을 자유여행으로 다녀봤지만 태국 여행은 처음이었다. 한국 사람들이 많이 가는 여행지인 태국이 왠지 나에게는 큰 이끌림이 없었다. 그러나 여행은 어딜 가는지 보다 누구랑 가는 건지가 더 중요한 법! 일정상 크리스마스에 가족을 두고 혼자 떠나는 여행이기에 고민이 많았다. 결국 여행 가기 하루 전날 비행기 표와 내일 묵을 호텔만 예약하고 태국으로 혼자 떠났다.

우미는 이미 일주일 전 가족들과 태국 여행을 시작했고 나는 치앙마이에서 합류하기로 했다. 우미는 내가 호텔에 도착하는 시간에 맞춰 그랩으로 웰컴푸드인 '망고찹쌀밥'과 '팟타이'를 배달해주었다. 달콤한 망고와 쫀득한 라이스가 내 입 안에 들어온 순간 긴 비행시간의 피로가 한순간 날아가고 난 혼자말로 "미쳤다!"라고 말했다. 왜 우리나라 사람들이 그토록 태국 여행을 많이 가는지 이해할 수 있었다. 그날 이후에도 계속된 맛집투어! 싼티탐의 미슐랭 맛집인 카오소이 매싸이의 '카오소이', 코이집의 '치킨라이스', 올드타운 블루누들집의 '고기국수' 등 모든 태국 현지음식이 훌륭했다. 세계 여러 나라 음식을 맛보았지만 이렇게 싼 가격에 맛있는 음식은 단연 태국이 일등인 것 같다. 태국 음식에 푹 빠져버린 나는 이 맛있는 음식 때문이라도 내년에 가족들과 함께 태국으로 여행을 올 것 같다.

독특한 시스템의 새우낚시 가게, 햇볕 내리쬐는 예쁜 로스터리 카페에서 커피 한잔의 여유, 홈스테이 피글렛 가족들과의 크리스마스 파티, 원님만의 화이트 마켓, 아기자기한 예술품이 가득한 반캉왓 예술인 마을 투어, 1일 1마사지, 5일 내내 반쪽자리 혼밥과 혼숙 등등… 특히 태국 여행이 처음인 나에게 여행 내내 태국 여행 선배인 서진이가 재잘거리면서 알려준 태국 이야기는 여행을 더욱 즐겁게 만들어 주었다. 서진이랑 다음에는 방콕 여행을 함께 가기로 약속했다.

3개월이 지난 지금 태국 여행사진을 다시 보니 사진마다 기억하지 못했던 미소들과 행복들이 속속들이 보인다. 누가 나에게 "왜 여행을 좋아하고 여행을 통해 무엇을 얻나요?"라고 묻는다면 이렇게 대답해 주고 싶다.

"여행은 일상 속에 지친 나를 잠시 멈춰주는 것 같아요. 여행하는 순간은 모든 것을 잊고 온전히 그 곳에 빠져들어 새로운 나와 춤추는 것 같아요. 그리고 그 춤이 오늘을 살아갈 힘이 되어 주는 것 같아요."라고 말이다. 인생도 긴 여행과 같다. 난 내 인생에서 우미를 만난 게 너무나 큰 행운이고 그녀와 그녀의 사랑스러운 딸 서진이와 함께한 이번 태국 여행이 유독 나를 춤추게 만들었다.

## 기대하며 다시 떠난 방콕, 치앙마이 여행

by 서진

일 년 만에 비행기를 탔다. 아빠와 함께 방콕에 가고 피글렛을 만나러 치앙마이도 가게 되어 기뻤다. 방콕에 밤늦은 시간에 도착해서 도착하자마자 잠이 들었다. 다음 날 아침에 일어나서 방을 둘러보고 "내가 어디에 있는 거지?"라며 잠깐 헷갈렸다. "아, 참. 나 지금 방콕에 있지." 아침에 호텔에서 먹은 뷔페는 정말 최고였다. 조선호텔에서 먹은 뷔페보다 백 배 맛있었다. 특히 팬케이크를 귀여운 모양으로 만들어 주니 더욱 맛있게 먹었다.

방콕에서는 아빠와 디너 크루즈를 탔다. 디너 크루즈에서 〈APT.〉 노래가 나와서 황당했다. 우리나라 노래가 어떻게 방콕의 크루즈에서 나올 수가 있지? 신기하게도 태국 가수는 한국어 노래를 아주 잘 불렀다. 노래가 신이 나서 모인 사람들과 함께 춤을 추었다. 마하나콘 전망대에 가서는 엄마, 아빠와 스카이워크에 갔다. 엄마, 아빠는 투명한 스카이워크에 있는 것을 많이 무서워했다. 우리 집에서 제일 용감한 사람이 나라는 게 증명이 되는 시간이었다. 마하나콘 전망대의 선물가게에서 사진을 세울 수 있는 마하나콘 모양의 집게와 가족사진이 들어간 머그잔을 구매해서 지금도 집에서 아주 유용하게 잘 쓰고 있다. 어느새 방콕을 떠날 시간이 되었다. 엄마와 비행기를 타고 치앙마이로 갔다.

오랜만에 피글렛을 만나 어색했지만 금방 다시 친해졌다. 올해 휴대폰이 생겨서 이번에는 휴대폰의 번역기를 이용해 피글렛과 대화를 했다. 피글렛과 같이 놀려고 한국에서 가져 간 실리콘 테이프로 공도 만들고 뽑기(달고나)도 했다. 함께 짚라인도 탔다. 치앙마이에서 이번에 제일 좋았던 곳은 원님만이었다. 피글렛과 같이 돌아다니며 마시멜로를 구워 먹었다. 마라탕을 주문해서 원님만 광장 계단에 피글렛과 나란히 앉아 먹으니 꿀맛이었다. 플로이 이모에게 크리스마스 선물을 받아 너무 행복했다. 인형을 뽑게 해 주셨는데 1등이었다. 너무 재밌었다.

며칠 후 엄마 친구인 효정 이모가 치앙마이에 도착했다. 함께 여행을 갔는데 동굴 사원의 천정에서 박쥐가 자고 있었다. 사람들이 돌아다녀도 깨지 않고 잠을 잘 잤다. 처음에는 무서웠지만 움직이지 않고 있는 박쥐에게 빛을 비추어 보았다. 역시 깨지 않았다. 효정 이모는 신기한 작은 카메라를 갖고 있었다. 영상 촬영도 되어서 내가 들고 다니며 우리가 가는 곳을 촬영해 보았다. 효정 이모가 사준 '싸왓디'라고 쓰인 티셔츠가 마음에 들어서 잘 입고 다녔다. '싸왓디'는 태국어로 '안녕'이라는 뜻이다. 태국에 자주 온 덕분에 나도 이제 태국어를 조금 할 수 있게 되었다. 새우 낚시에서 이번에는 새우를 많이 못 잡아 속상했지만 나쁘지 않았다. 효정 이모와 여행을 같이 다니니 더 재미있고 새로웠다. 치앙마이 여행이 끝날 무렵, 벌써 집에 갈 시간이 되었다고 생각하니 너무너무 아쉬웠다. 치앙마이에 또 가고 싶다. 효정 이모도 같이 가서 효정 이모의 작은 카메라로 다시 여행지를 찍어 보고 싶다.

## 호스트 패밀리를 위한 특별한 선물

by 서진

태국 여행을 하는 동안 기억에 남는 걸 아이패드로 틈틈이 그렸다. 치앙마이를 떠나는 날 내가 그린 그림을 플로이 이모에게 선물로 드렸다. 어떤 반응일지 두근거리고 기대가 되었다. 이모가 집을 멋지게 잘 그려주어 고맙다고 인사를 해주어서 정말 기뻤다.

서진이가 그린 치앙마이의 홈스테이

## 나에게 방콕이란 - 3분 인터뷰

by 서진아빠

Q. 가장 기억에 남는 여행지는?

A. 차오프라야 오퓰런스 디너 크루즈.

크루즈를 기다리는 순간부터 기대감이 컸다. 크루즈를 타기 전 우리를 향해 손을 흔드는 선원들의 모습이 매우 인상적이었다. 초호화 크루즈 못지않은 오퓰런스 디너 크루즈의 등장이었다. 방콕의 야경을 감상하며 가족들과 여유롭게 식사했던 시간, 라이브 음악에 맞추어 딸과 함께 춤을 추며 행복했던 순간이 아직 잊히지 않는다. 방콕에 가면 꼭 한 번 크루즈 타기를 추천한다.

Q. 가장 소중한 기념품은?

A. 마하나콘 전망대에서 찍은 가족사진. 지금껏 산 기념품이나 사진과 비교하더라도 마하나콘 전망대의 사진은 단연 최고다. 마하나콘 1층 단색 배경의 공간에서 찍은 사진을 진짜 마하나콘 꼭대기에서 찍은 듯 멋진 배경으로 바꾸어 주니 사진이 참 근사하다. 제일 잘 나온 사진 한 장은 인화해 주고 원본사진 세 장과 동영상을 큐알코드로 보내 준다.

Q. 좋아하는 음식은?

A. 해외 출장을 많이 다녀 호텔 조식을 좋아하는 편이 아니다. 하지만 방콕의 조식 뷔페는 좋아한다. 태국 전통음식이 뷔페에 나오니 조식 뷔페도 즐기게 된다. 쌀국수나 태국의 모든 커리 종류와 고수를 좋아한다. 집에서 가끔 고수를 사서 찌개나 라면에 넣어 먹는다. 방콕의 길거리 음식과 배달 음식을 사랑한다. 딸이 길거리 음식을 좋아하지 않아 많이 못 먹은 게 못내 아쉽다. 호텔에서 지내며 배달 음식 먹는 시간도 행복하다.

Q. 별로 혹은 비추인 곳은?

A. 쏨땀누어. 아내가 치킨과 쏨땀(파파야 샐러드)이 맛있는 집이라며 추천했다. 하지만 치킨은 자주 먹는 우리나라 간장치킨과 맛이 비슷했고 굳이 쏨땀 하나 먹으로 그 식당을 다시 방문할 것 같지는 않다.

타아룬. 뷰 맛집인 건 알고 갔다 하더라도 음식 대비 가격이 많이 비싸다고 느껴졌다. 세금이 두 번이나 붙어 생각한 것보다 금액이 더 많이 나왔다. 왓아룬 뷰는 굳이 레스토랑까지 가지 않아도 선착장이나 카페에서 보는 것만으로도 충분히 멋지고 잘 보였다.

Q. 다시 간다면 가고 싶은 곳은?

A. 택시를 타고 차이나타운을 지난 적이 있다. 그냥 바로 내리고 싶었다. 차이나타운의 야왈랏 거리를 가득 매운 야외 식당이 내 스타일이다. 다음 번 방콕 여행 때 가보고 싶은 곳 1순위가 차이나타운이다.

방콕과 치앙마이를 다녀온 후 오래 알고 지낸 언니를 만나 점심 식사를 같이 했다. 별일 없냐며 안부를 묻는 언니에게 태국 여행을 다녀왔다며 내 이야기를 시작했다. 이야기를 한참 듣고 있던 언니가 웃으며 한 마디를 툭 던졌다.

"우미야, 그거 알아? 너 태국 이야기할 때 눈이 반짝거려. 목소리도 커지고 말도 엄청 빠르다. 하고 싶은 일이 있다는 건 참 좋은 일인 거 같아."

언니의 이야기를 들으며 생각해 보니 진짜 그랬다. 평소와 다르게 말이 속사포처럼 빨라지고 하이톤인 상태였다. 갑자기 부끄러워질 정도로. 언니의 말처럼 아직도 내가 하고 싶은 게 있어서 그런 거라면 난 참 행운아구나 싶었다. 하고 싶은 일보다는 해야 할 일을 더 많이 하며 살고 있다고 생각했는데 난 아직 하고 싶은 게 있는, 열정이 있는 사람이라는 거니까.

20년이 넘게 태국을 다니며 지금은 여행의 스타일도 취향도 많이 바뀌었지만 그때나 지금이나 여행을 하려면 용기가 필요했다. 특히 여행의 기간이 길어지고 가족과 함께할수록 모든 것이 나에게는 새로운 도전이었다. 낯선 곳에서 뜻하지 않은 상황을 맞닥뜨리며 당황하기도 했고 즐겁기도 했고 또 때로는 감동을 하기도 했다. 더 젊었을 때는 이런 감정이 드라마틱한 자극제가 되었다면 이제는 여행지에서 생길 수 있는 소소한 일들을 통해 그런 감정들이 나에게 끊임없이 여행의 예찬론자가 될 수 있는 상황을 만들어 주었다.

누군가는 해답을 찾기 위해 떠난다고 했다. 하지만 내가 내린 결론은 여행을 다녀와도 딱히 해결책이나 뾰족한 수가 생기지 않는다는 거다. 다만 여행을 통해 예전에는 보지 못했던 걸 좀 더 볼 수 있는 마음의 그릇이 커진 것 같다. 여행을 통해 차곡차곡 쌓인 나의 내면이 곧 내공이 되어가고 있음을 느낀다. 예측하지 못했던 상황은 좀 더 나와 내가 소중하게 생각하는 사람들에게 집중하도록 만들었다. 내가 아닌 우리가 좋아하는 것들로 채워가며 빈틈없던 여행 계획표를 여행지에서 조금씩 느슨하게 만들어 가는 것도 마음의 평온함을 가져다주었다. 특히 아이가 더 넓은 세상을 바라보는 눈을 키우고 조금씩 성장하는 모습을 보는 일도 엄마로서 큰 기쁨이었다. 책상 정리도 안 하던 아이가 준비물을 챙기고 버킷 리스트를 작성하니 놀라운 일이 아닐 수 없었다.

부모님과 가족이 없었다면 내가 한 달 살기를 할 수 있었을까? 아이가 없었다면 내가 홈스테이를 할 용기를 낼 수 있었을까? 아이의 성화에 치앙다오를 간다고는 했지만 가기 전까지 그곳이 어떤 곳인지 어디로 가는지 알 수 없었다. 두려움 반 기대 반으로 떠난 그곳에서 아름다운 대자연을 만났다. 치앙다오에 들어선 순간부터 '너무 좋다, 예쁘다, 진짜 멋지다.' 라는 말들을 몇 번이나 했는지 모른다. 바쁜 하루하루를 보내며 세상에 수도 없는 이 기쁨의 표현을 마음속에만 담아 두고 입 밖으로 꺼낼 기회를 놓치고 살았다. 여행은 그런 거다. 새로운 곳에서 내가 잊고 살던 나의 원래의 모습을 찾을 수 있는 것. 그래서 내가 여행을 참 많이 좋아한다.

부모님과 함께 하기도 했고 세 식구가 가기도 했고 또 때로는 딸과 베프 지양까지 함께 한 방콕과 치앙마이에 대한 이야기다. 부족한 글솜씨로 무슨 배짱이었는지 기획서 한 장 덜렁 들고 출판사의 문을 두드렸다. 태국에 대한 이야기를 잘할 수 있을 것 같은 자신감에 의욕이 넘쳐 시작한 일이었지만 글을 쓰는 과정은 생각보다 쉽지 않았다. 그냥 조용히 댓글이나 쓰면서 살 걸 후회해 봤자 다가오는 건 출판사와 약속한 원고 마감 시간이었다. 어릴 때 그 흔한 백일장의 장려상 한 번 받아 본 적 없는 내가 책쓰기에 도전했다. 내가 무엇을 하든 언제나 응원해 주는 가족이 있었기에 가능한 일이었다. 앞으로도 내가 여행 계획을 세우는 한 우리 가족의 태국 여행을 계속될 거다. 치앙마이에서 홈스테이를 하며 예전보다 용감해졌고 에너지가 생겼다. 씩씩해진 김에 좀 더 용기를 내어 이번에는 송끄란 축제를 다녀올까 싶다.

집에서 아이만 돌보던 아줌마가 딸아이, 부모님과 함께 한 달 살기를 했고 치앙마이에서는 홈스테이를 했다. 시작부터 방콕에서 코로나를 만나 당황하기도 했지만 지금은 이 또한 추억으로 기억의 한편에 담았다. 여러 가지 이유로 당장 떠날 수 없는 분들에게는 우리 가족의 여행이 조금이라도 위안이 되기를, 지금 어디선가 한 달 살기를 고민하고 망설이는 분들께는 이 책이 도전이 되고 희망이 되었으면 하는 바람이다.

"떠나려고 마음먹은 순간 떠나야 한다. 다음 기회는 쉽게 오지 않는다."

부록

# 태국 가족 여행 필수 팁

## 이 앱 추천합니다

### 1) 택시: 그랩(Grab), 볼트(Bolt), 맥심(Maxim)

방콕에서는 그랩을 주로 이용했고 치앙마이에서는 맥심과 볼트를 이용했다.(단, 맥심은 현지 전화번호가 있어야 앱 이용이 가능하다.)

### 2) 지상철(BTS), 지하철(MRT) 노선도: 누아 메트로

방콕뿐만 아니라 해외 지하철 노선 확인이 가능하다.(BTS와 MRT는 환승 불가)

### 3) 음식: 그랩(Grab), 푸드판다(Foodpanda), 이티고(Etigo)

그랩은 교통뿐 아니라 음식이나 마트 배달이 가능하다. 음식 배달은 주로 그랩을 이용했고 가끔 푸드판다를 이용했다. 이티고는 식당을 시간대별로 할인해 준다. 고급 레스토랑이나 씨푸드 뷔페, 애프터눈 티를 예약할 때 유용하다. 쉐라톤 그랜드 수쿰윗 호텔의 애프터눈 티를 50% 할인받아 일인당 290바트에 이용했다.(단, 세금 및 봉사료 10%, 7% 추가)

### 4) 일일 투어, 근교 투어: 마이리얼트립, 클룩(Klook), 케이케이데이

방콕과 치앙마이 시내의 전일 투어나 반일 투어, 근처 도시의 투어, 마사지 상품 등을 판매한다. 가격이 조금씩 다르니 사이트를 비교하여 저렴한 것으로 선택하면 된다.

Ex) 왕궁과 사원, 차오프라야 디너 크루즈, 마하나콘 전망대, 렛츠 릴렉스 마사지, 아유타야 반나절, 파타야, 치앙마이 나이트 사파리, 도이 인타논 국립공원, 몬쨈 짚라인, 쿠킹 클래스, 치앙라이, 치앙다오 등

**5) 결제: 지엘엔(GLN)**

보유 계좌를 GLN에 연결해서 일정 금액을 충전해 두고 GLN 결제가 가능한 곳에서 휴대폰 QR코드로 결제한다.(단, 사업체가 아닌 개인으로 등록된 매장은 GLN 결제 불가.)

**6) 기타: 고와비(GoWabi), SF Cinema, 파파고(Papago)**

고와비는 헤어, 네일 등 뷰티숍의 할인과 예약이 가능하다. SF Cinema는 센트럴 월드, 엠포리움, 터미널21 등의 영화 예약 사이트로 영화 시간 확인만 해도 편리했다. 통번역이 필요한 건 파파고로 해결했다.

앱은 국내에서 다운로드를 하고 인증한 후 여행하는 걸 추천한다.

## 한 달 살기 비용

(어른 3명, 아이 1명 기준)

| 항목 | 비용(만 원) | 내용 | 비고 |
|---|---|---|---|
| 항공 | 287 | 75만 원*3명, 62만 원*1명 | 타이항공(태국 국적기) |
| 숙소 | 230 | 콘도 188만 원 + 호텔 42만 원 | 콘도 27박(방2, 화장실2), 호텔 3박(방 2개) |
| 학원 | 12 | 수업 총 5회 + 레벨테스트(0.8) | 1회 1시간 30분 수업 |
| 여행자보험 | 10 | 70대 2명, 40대 1명, 10대 1명 | 연령별, 성별 금액이 다름<br>라이트(최소) 요금 기준 |
| 유심 | 9 | 30일 기준, 총 3개 | |
| 근교 투어 | 13.5 | 아유타야 야간투어 | 코끼리 옵션 2명 포함 |
| 입장료 | 34.4 | 짐톰슨(2회), 아쿠아리움, 왕궁 및 사원, 마하나콘, 무앙보란, 어린이 과학관, 영화관 등 | 마하나콘 1명만 드링크 포함<br>무앙보란 런치 포함 |
| 발마사지 | 32 | 발마사지 1시간 | 주 1회 1인 2만 원 기준 |
| 쇼핑 | 40 | 기념품, 선물 | 주 1회 10만 원 기준 |
| 식비 | 246.5 | 아침 5천 원, 점심 3만 원, 저녁 5만 원 | 아침은 2명, 점심과 저녁은 4명 합산이며, 음료 및 디저트 포함 |
| 식료품비 | 20 | 마트 | 주 1회 5만 원 기준 |
| 교통비 | 26 | 택시, BTS | 숙소가 시내라 도보 이용도 많음 |
| 총 합계 | 960.4 | | |

- 숙소, 항공, 식비는 여행 스타일에 따라 편차가 크다. 저가항공, 중심가 외의 숙소, 노천 식당을 이용하면 비용을 훨씬, 진짜 훨씬 더 줄일 수 있다.

## 여행지 추천

| | |
|---|---|
| **방콕** | 왕궁과 사원: 왕궁과 에메랄드 사원(왓 프라깨우), 왓 포, 왓아룬<br>시장: 차이나타운, 짜뚜짝 시장, 아시아티크, 조드페어 야시장<br>박물관 및 전시관: 짐톰슨하우스 박물관, 방콕 국립박물관, 시암 박물관, 방콕 예술문화센터(BACC), 마담투소 박물관, 어린이 과학관<br>백화점 및 쇼핑몰: 센트럴 월드, 시암파라곤, 센트럴 엠버시, 아이콘시암, 원 방콕, 빅씨마트, 엠쿼티어, 터미널21<br>핫 플레이스: 킹파워 마하나콘 전망대, 차오프라야 디너크루즈<br>기타: 무앙보란, 아쿠아리움(Sea Life), 쿠킹 클래스, 전통의상 촬영, 마사지 |
| **방콕 근교** | 일일 투어: 칸차나부리, 파타야 산호섬 투어<br>반일 투어: 아유타야, 담넌사두억 수상시장과 매끌렁 기찻길 시장, 암파와 수상시장과 반딧불 투어<br>몇 시간: 초콜릿 빌(Chocolate Ville) 테마 카페 & 레스토랑 |
| **치앙마이** | 사원: 왓 프라탓 도이수텝, 왓 체디루앙, 왓 프라싱, 왓 우몽, 왓 록 몰리<br>박물관 및 전시관: 치앙마이 아트 앤 컬쳐센터, 곤충 박물관<br>동물원: 치앙마이 동물원, 치앙마이 나이트 사파리<br>시장: 토요 마켓, 선데이 마켓, 찡짜이 마켓, 코코넛 마켓, 밤부 마켓<br>백화점 및 쇼핑몰: 마야몰, 센트럴 페스티벌, 원님만, 센트럴 프라자<br>무료 클래스: 원님만(요가, 댄스 등), 농부악 공원(오전 무료 요가)<br>기타: 새우 낚시터, 쿠킹 클래스, 전통의상 촬영, 마사지 |
| **치앙마이 근교** | 일일 투어 혹은 숙박: 치앙라이, 치앙다오, 빠이<br>반일 투어: 버쌍 우산마을 & 싼캄팽 온천<br>몇 시간: 몬쨈 짚라인, 반캉왓 예술인마을, 매림 푸푸페이퍼 파크 |

- 시장은 주말만 여는 곳이 많으니 여행 전 요일과 시간을 미리 확인해 두자.
- 어린이 과학관은 우리나라가 훨씬 좋으니 한 달 살기로 여유가 있을 때 추천한다.

## 태국 가족 여행의 소소한 꿀팁

### 1) 휴대폰 유심 vs 이심 vs 로밍

| | 장점 | 단점 |
|---|---|---|
| 유심 | 많은 휴대폰 기종과 호환 사용. 유심 교체 후 바로 사용하여 편리함. | 실물로 유심을 수령해야 함. 한국 번호로 오는 전화나 문자 수신 불가.(앱은 사용 가능) |
| 이심 | 실물 수령 없음. 구매 후 십 분 내로 바로 설치 및 사용 가능. 한국 번호로 오는 전화나 문자 수신 가능. | 사용 가능한 휴대폰 기능이 제한적임. 처음 사용 시 설치가 다소 어려울 수 있음. |
| 로밍 | 앱이나 공항 통신사 고객센터에서 로밍 요금제를 신청 후 바로 사용. 한국 번호 그대로 사용. | 유심이나 이심에 비하여 가격이 비쌈. |

### 2) 여행자 보험

해외에서 일어나는 갑작스러운 사고나 질병 발생을 대비하여 여행자 보험 가입을 추천한다. 마이뱅크나 카카오(카카오페이 손해보험)가 저렴하다. 유병자는 캐롯 손해보험에서 보험 가입이 가능하다.(단, 병력 부분은 보장 제외)

### 3) 교통카드

일일 패스 – BTS 이용 시 하루 동안 무제한 이용이 가능(150바트)

래빗 카드 – 한 달 혹은 매일 BTS 이용 시 사용이 가능한 충전식 교통카드

### 4) 장거리 비행 대비 놀 거리

아이가 어릴수록 비행기 안에서 놀 거리는 필수다. 어린이 헤드폰, 영화를 미리 다운로드 받은 탭, 부피 작은 장난감, 색칠공부, 인형, 책, 보드 게임 등을 챙겨 간다.

### 5) 샤워기와 필터

고급 호텔을 제외하고는 석회수, 녹물에 대비하여 샤워기와 교체용 필터를 가져가는 것이 좋다. 양치할 때는 생수를 이용했다.

### 6) 대마 표시주의

식당 메뉴판이나 마트의 스낵 중 '초록색 단풍잎' 표시가 있으면 대마가 들어 있다는 의미다. 태국은 대마가 합법화되어 있으니 이 표시를 보면 주의하자.(태국어로 대마는 '깐차'다.)

### 7) 유료 화장실

터미널, 시장에 유료로 운영되는 화장실이 있다. 요금은 5-10바트. 무인인 곳도 있으니 잔돈을 미리 준비하자.

### 8) 도서관 대신 서점

백화점과 쇼핑몰에 서점이 있다. '키노쿠니야(Kinokuniya)'와 '아시아북스(Asia Books)'. 키노쿠니야가 매장이 더 넓고 영어, 중국어, 일어, 독어, 불어, 태국어 등 다양한 책을 취급한다. 아시아북스는 영어 원서만 전문적으로 판매하는 서점이다. 여유가 있을 날 숙소 근처인 센트럴 칫롬 아시아북스에 들러 영어책을 읽었다.

### 9) 방콕 빅씨마트 추천 방문 시간

방콕 시내 한복판의 빅씨마트는 오후 시간대로 갈수록 사람이 많다. 네 시쯤 가서 계산하려고 삼십 분을 기다린 적도 있다. 오픈이 오전 아홉 시니 되도록 오전에 방문하는 걸 추천한다. 그리고 계산 시 오른쪽 편의 줄이 더 짧다. 오른쪽 끝의 1-4번 카운터는 소량 결제만 가능하다.

### 10) 공항에서 숙소로 이동하는 교통편

어르신과 아이가 있다면 비용이 조금 더 들더라도 여행 전 미리 택시를 예약하기를 추천한다. 오랜 비행으로 피곤한 가족들을 이끌고 정류장에서 택시를 기다려 타는 것도 일이다.(젊은 시절, 비용을 아끼려고 택시 예약은 상상도 하지 않았지만 가족여행을 할 때는 꼭 택시를 예약한다.)

### 11) 가족사진용 의상

멋진 가족사진을 남기고 싶다면 커플 옷이나 색깔을 맞춘 의상을 두세 벌 준비해간다.

### 12) 여행일지나 일기 쓰기

일기를 잘 쓰는 아이라면 한 달 살기 일기를 추천한다. 글쓰기가 부담이라면 예쁜 여행일지를 구입해서 간단한 여행일지를 작성하는 것도 좋다. 한 달 살기 동안 아버지와 서진이는 여행일지를 작성했다. 아버지는 매일의 방문지와 비용을 기록으로 남겼고 서진이는 특히 좋았던 곳에 간 날을 간단한 소감과 그림으로 남겼다.

### 13) 여행 후 포토북 만들기

여행지에서의 추억은 시간이 지나면 잊히기 마련이다. 조금이라도 기억이 생생할 때 여행의 기억을 남기고 싶었다. 앱을 이용하여 포토북을 만들면 제작 방법이 의외로 간단하고 비용도 그리 부담스럽지 않다. 주로 '스냅스'와 '찍스'를 이용한다.

## 캐리어를 하나 더 사서 채워야 할까요?
## 기념품 리스트

| 구분 | 물품명 |
|---|---|
| 부츠나 왓슨 | 야돔, 프로폴리스 스프레이, 타이거 밤(호랑이 연고), 스트랩실(목캔디), 타이레놀 |
| 위생 생활용품 | 마담행 비누, 덴티스트, 달리, 콜게이트 치약 |
| 식료품 | 꿀, 마이츄이(캬라멜), 포키(태국 빼빼로), 코케(땅콩과자), 벤또(오징어포), 빅롤(김과자), 치즈와 유제품 |
| 커피와 차 | 차트라뮤(Chatramue) 타이 티, 버디(Birdy) 커피, 트리오(Trio) 커피, 칼디(Kaldi) 커피 |
| 생활용품 및 가방 | 굿굿즈(goodgoods), 엘리프(ELEPH) 코끼리 장바구니, 나라야(NaRaYa) 가방과 파우치 |
| 보디용품과 디퓨저 | 탄(Thann), 카르마카멧(Karmakamet) |

## 꼭 알고 가세요! 비상 연락망

주 태국 대한민국 대사관 +66-2-481-6000

긴급전화(24시간) +66-81-914-5803

### 1) 방콕

방콕 병원(Bangkok Hospital): +66-2-310-3000 (한국어 통역)

범룽랏 국제 병원(Bumrungrad Internatinal Hospital):

+66-2-066-8888 (한국어 통역)

### 2) 치앙마이

람 병원(RAM Hospital): +66-52-004699 / (응급실) +66-52-004601

(한국어 통역)

맥코믹 병원(McCormick Hospital): +66-53-921777 (한국어 통역)

## 알아두면 좋은 태국어, 나 VS 서진이가 많이 쓴 태국어

- 태국어는 총 다섯 개의 성조(평성, 1성, 2성, 3성, 4성)가 있다. 발음이 같아도 성조가 다르면 뜻이 달라진다. 기본적으로 문장 내 띄어쓰기를 하지 않는다.

- 1인칭 대명사(나)가 성별에 따라 다르다. 문장 앞에 붙인다.
  남성 – 폼(**ผม**)
  여성 – 디찬(**ดิฉัน**) 혹은 찬(**ฉัน**)

- 존대와 공손을 나타내는 표현을 문장 끝에 붙인다.(영어의 Please와 같은 의미)
  남성 – 크랍(**ครับ**) 혹은 캅(줄임말인 캅을 더 많이 사용한다.)
  여성 – 카(**ค่ะ**)
  Ex) 감사합니다: 남성 – 컵쿤캅(**ขอบคุณครับ**), 여성 – 컵쿤카(**ขอบคุณค่ะ**)

## 내가 많이 쓴 태국어

| 한국어 | 읽기 | 태국어 |
|---|---|---|
| 제 이름은 ○○○입니다 | 남성 – 폼츠○○○캅 | ผมชื่อ ○○○ ครับ |
| | 여성 – 찬츠○○○카 | ฉันชื่อ ○○○ ค่ะ |
| (저는) 한국인입니다 | 콘까올리카 | คนเกาหลีค่ะ |
| 만나서 반가워요 | 인디티다이루짝카 | ยินดีที่ได้รู้จักค่ะ |
| ○○은 어디에 있나요? | ○○유티나이카 | ○○ อยู่ที่ไหนค่ะ |
| 실례합니다. 미안합니다 | 커톳카 | ขอโทษค่ะ |
| 괜찮습니다 | 마이뻰라이카 | ไม่เป็นไรค่ะ |
| 메뉴판 주세요 | 커메누너이카 | ขอเมนูหน่อยค่ะ |
| 고수 넣지 마세요 | 마이싸이팍치카 | ไม่ใส่ผักชีค่ะ |
| 이거 주세요 | 커안니너이카 | ขออันนี้หน่อยค่ะ |
| 얼마에요? | 타오라이카 | เท่าไหร่ค่ะ |
| 비싸요 | 팽카 | แพงค่ะ |
| 깎아 주세요 | 롯하이너이카 | ลดให้หน่อยค่ะ |

## 서진이가 많이 쓴 태국어

| 한국어 | 읽기 | 태국어 |
| --- | --- | --- |
| 안녕하세요 | 싸왓디카 | สวัสดีค่ะ |
| 감사합니다 | 컵쿤카 | ขอบคุณค่ะ |
| 진짜 맛있어요 | 아러이막카 | อร่อยมากค่ะ |
| 야채 빼주세요 | 마이아오팍카 | ไม่เอาผักค่ะ |
| 화장실 | 헝남 | ห้องน้ำ |
| 물 | 남 | น้ำ |
| 계란 | 카이 | ไข่ |

(주의) 남성은 문장 끝에 꼭!!! '카' 대신 '크랍'이나 '캅'을 붙인다.